贾平凹研究资料汇编编委会

学术顾问（按姓氏笔画排序）

丁　帆　李敬泽　吴义勤　陈思和

陈晓明　孟繁华　谢有顺

主　　编　韩鲁华　王春林　张志昌

副 主 编　张文诺　张亚斌　杨　辉

总 策 划　刘东风　范新会　王思怀

编辑统筹　王新军　马英群　郭永新

贾平凹研究资料汇编

主　编　韩鲁华　王春林　张志昌
副主编　张文诺　张亚斌　杨　辉

《白夜》《土门》《病相报告》研究

余　琪　秦艳萍　编

陕西师范大学出版总社

图书代号：WX22N0221

图书在版编目(CIP)数据

《白夜》《土门》《病相报告》研究 / 余琪，秦艳萍编. ——西安：陕西师范大学出版总社有限公司，2022.3
（贾平凹研究资料汇编 / 韩鲁华，王春林，张志昌主编）
ISBN 978-7-5695-2731-5

Ⅰ.①白… Ⅱ.①余…②秦… Ⅲ.①贾平凹—小说研究 Ⅳ.①I207.42

中国版本图书馆CIP数据核字（2021）第271328号

《白夜》《土门》《病相报告》研究
BAIYE TUMEN BINGXIANGBAOGAO YANJIU

余琪 秦艳萍 编

出版统筹	刘东风　郭永新
责任编辑	陈柳冬雪
责任校对	王淑燕
封面设计	张潇伊
出版发行	陕西师范大学出版总社
（西安市长安南路199号　邮编710062）
网　址	http://www.snupg.com
印　刷	陕西龙山海天艺术印务有限公司
开　本	720mm×1020mm　1/16
印　张	12.75
插　页	2
字　数	176千
版　次	2022年3月第1版
印　次	2022年3月第1次印刷
书　号	ISBN 978-7-5695-2731-5
定　价	58.00元

读者购书、书店添货或发现印装质量问题，请与本公司营销部联系、调换。
电话：(029) 85307864　85303629　传真：(029) 85303879

总　　序

　　自1978年《满月儿》引起当代文坛的关注，贾平凹的文学创作，已走过了四十余年的历程。四十余年来，贾平凹始终保持着旺盛的艺术创造生命力，特别是在《废都》之后，几乎每两三年出版一部长篇小说，业已是当代文学史上的一个奇观。也许是一种历史宿命，贾平凹的文学创作与对其的研究，呈一种互动的、正向的发展态势。自1978年5月23日《文艺报》刊发邹荻帆先生关于贾平凹文学创作的评论文章《生活之路——读贾平凹的短篇小说》之后，也特别是《废都》之后，有关贾平凹的研究与探讨，已然成为当代文学研究中作家研究方面富有典型性的一个显学案例。当我们对贾平凹文学创作与研究进行历史性梳理后发现，不论是贾平凹的文学创作，还是贾平凹研究，与中国改革开放这四十余年，产生了一种感应性的脉动或者律动，从中可以探寻到当代文学创作与研究的历史走向。

　　这并非一个虚妄的判断，因为既有贾平凹千余万字的文学作品呈现在读者面前，更有数千万字的研究文章、专著摆在了那里。

　　从当代文学研究来看，资料文献的整理与研究，越来越受到学界的关注与重视，并且进行着卓有成效的研究实践，取得了累累硕果。学术研究从某种意义上来说，是一种历史的沉淀，也是一种历史的总结与发现。在学术研究的发展过程中，沉淀了许多资料文献，到了一定历史阶段，自然也就需要进行历史的归纳总结，而立足当下，从中也会有一些新的发现。对某种文学现象的研究资料进行收集整理,以期为后来的研究提供某种方便,本就是一项重要且不容忽视的基础性研究工作。就对当代作家研究资料整理而言,毫无疑问,贾平凹应当是其中一个极为重要的对象。

于是,我们便组织编辑了这套"贾平凹研究资料汇编"丛书。

贾平凹的文学创作研究,已经形成了一个具有独特意义的文学研究现象。不仅研究成果丰硕,而且涉及面也非常广阔,体现出了作家个体研究的水准与高度,其间所涉及的问题,也是当代文学研究中所遭遇的境遇之命题。可以说,贾平凹的文学创作研究已经构成了一部作家个案研究史,而这部作家个案研究史,在某种程度上,亦显现着新时期文学研究历史的脉象。

从历史纵向来看,贾平凹文学研究确实有一个肇始、发展、丰富深化的历史进程。这个历史进程,大体可分为初期、中期和近期三个时段。这三个时段的划分,是以《废都》和《秦腔》研究为节点的。初期研究,就对文学体裁的关注而言,主要集中在散文与中短篇小说上,诗歌研究也有,但很少。这也是与贾平凹的文学创作情景相契合的。贾平凹前期的文学创作,致力于散文与中短篇小说,这也正是他们那一代作家在文学创作上由散文、短篇小说而中篇进而长篇的发展路数。20世纪90年代,更确切地说,自《废都》之后,贾平凹的长篇小说创作,成为研究者关注的一个极为重要的焦点。值得注意的是,贾平凹几乎每出版一部长篇小说,都有一批研究文章问世,而且直至今天,关于《废都》等长篇的研究成果仍然不断出现。这个时期,对于贾平凹文学创作整体性的研究著作与论文,也逐渐多了起来;贾平凹的文学创作,更成为硕士、博士论文的选题对象。进入21世纪,尤其是《秦腔》出版并获得茅盾文学奖之后,长篇小说研究、整体研究与比较研究、传播影响研究,成了贾平凹研究中几个重要的理论视域。当然,在这四十余年间,贾平凹的散文研究成果虽不如小说研究成果丰富,但始终延续着。另外,他的书法绘画作品,也受到了研究者的关注,出现了一批研究成果。这方面的研究虽然并不是很多,但书法绘画乃至收藏等方面的研究,尤其是文学与书画艺术的互动研究,拓宽了贾平凹研究的视野与维度,是贾平凹研究中不可或缺的有机构成部分。

关于贾平凹文学创作研究,可以从如下几个方面加以归纳总结。

贾平凹文学创作整体研究。这一研究，不仅着眼于贾平凹文学创作的整体特征，而且往往是将其创作置于整个中国当代文学背景之下加以论说的，从中可以看出贾平凹文学创作与当代文学历史建构的息息相关与内在关联性。不过，早期的研究文章主要以评论家的主观感受、心理映照为主，多侧重于贾平凹文学创作阶段的划分，厘清不同阶段的创作特色。近期的研究文章，则呈现出更加宏观和多元的研究视域，更为全面深入地从批评史的角度来讨论批评与创作的互动关系，不仅打通了贾平凹文学创作的时间关节，而且试图对贾平凹创作不断走向历史化和经典化的进程加以学理性的归纳探究。在这一背景下的研究中，需要重点提及的是陈晓明《穿过"废都"，带灯夜行——试论贾平凹的创作历程》一文。其梳理了贾平凹1980年至2013年的小说创作，勾勒出贾平凹三十多年来文学创作的风格、特色变化，肯定了贾平凹对当代中国"新汉语"写作的杰出贡献，对贾平凹的文学创作，给予了具有文学史意义的评价判断。此外，李遇春《"说话"与贾平凹的长篇小说文体美学——从〈废都〉到〈带灯〉》一文，以中国传统文学中的"说话"体小说为视角，从贾平凹小说创作对传统小说的继承、化用等方面，分析了贾平凹自《废都》至《带灯》以来的长篇小说文体美学特征，指出贾平凹对中国古代"说话"体小说的现代性转化及对中国传统"块茎结构"艺术的创造性转化，认为贾平凹在继承中国传统文学"史传"与"诗骚"传统基础上富有卓见地创造了以意象支撑结构的日常生活叙事方式。对于贾平凹以意象为其艺术建构核心的论说，笔者在《精神的映像——贾平凹文学创作论》，以及系列论文中有比较充分的论说，此处不再赘言。

贾平凹文学创作的艺术风格、审美特征研究。这方面的研究，已深入作家文学建构的潜心理层次。早期这方面研究，如丁帆《谈贾平凹作品的描写艺术》一文，指出贾平凹对作品人物的塑造是抒情性的，表现出对新生活的向往、对美的追求，其人物具有"姿""韵"兼备的美学特点，认为贾平凹的文学创作具有诗美特质及生活美感复现的特点。王愚、肖云儒《生活美的追求——贾平凹创作漫评》一文，对贾平凹早期文学创作的艺术风格进行细致、具体的探讨与挖掘，认为贾平凹创作的艺术特色在于着重表现社会变型期普通百姓的生活美和深居乡土的乡民的心灵美,具有诗的意境。刘建军《贾平凹小说散论》一文,开篇指出贾平凹小说的艺术特色在于汲取传统小说资源的同时具有强烈的表现欲和浓重的主观色彩,渲染着诗的意境和情绪,是散文化的小说,认为贾平凹文学创作的艺术实质在于真实和主观抒情性。笔者《审美方式:观照、表现与叙述——贾平凹长篇小说风格论之一》一文,以历时性的描述、分析、研究对贾平凹小说的美学风格作了比较准确、精当的界定,认为贾平凹的小说创作追求一种清新优美、空灵飘逸的美学风格,并从审美观照视角、审美表现方式、具体的叙述结构形式等方面详细阐释。

从整体上把握、宏观上研究的论文大多以文学史的发展为背景,出现了一批视角独特、观点新颖的评论文章。对贾平凹文学创作的内在美学风格的观照与作家审美个性、审美心理的把握做出精准的判断,则令始于90年代的贾平凹研究得以进一步深入,并使这种研究具有当代文学普遍意义上的阐发。

贾平凹文学创作的比较研究。这是指研究者将贾平凹的文学创作与东方文学中不同时代、不同作家的作品进行比较论说,或者是将贾平凹的文学创作与西方文学中不同时代、不同作家的作品进行比较探析。一般而言,贾平凹文学创作的比较研究大致可分为影响研究和平行研究两类。

影响研究又可分为三类:

一是中国传统文化思想对贾平凹文学创作的影响。如栾梅健《与天为徒——论贾平凹的文学观》一文,较为全面地论述了贾平凹文学观的形成原因,认为传统文化资源中的"天道"、自然观是形成贾平凹文学观的基础;而客观的地理环境和主观的个体生理条件、个人气质特色、家庭背景等因素均影响了贾平凹的小说创作。胡河清《贾平凹论》一文,从道家文化思想观念对贾平凹小说创作的影响切入,着重分析了传统文化中阴阳观、《周易》思想对贾平凹早期作品《古堡》《浮躁》《白朗》《废都》等的影响,认为在中国当代作家群中,贾平凹对阴阳观(男女性别)的观照最得中国传统文化色彩的熏染。张器友《贾平凹小说中的巫鬼文化现象》一文,从巫术、鬼神文化等对贾平凹小说创作的影响切入,认为巫术、鬼神等民间文化资源是贾平凹文学建构的重要组成部分,巫术、鬼神等文化现象参与、渗透于贾平凹笔下商州世界的独特人文环境、自然景观，并影响着乡民真实、真切的生活经历和情感变化。樊星《民族精魂之光——汪曾祺、贾平凹比较论》一文，从中国传统文化思想资源对汪曾祺、贾平凹小说创作的影响切入，指出汪曾祺小说世界中表露出的士大夫的幽远、高邈境界在贾平凹小说创作中得到了继承和发扬，认为虽然中国传统文化思想资源对汪曾祺、贾平凹二人的小说创作影响程度不同，但两位作家在复现民族魂、反观社会的多变性与复杂性上是相一致的，承续了中国文学的另一种文脉，对当代文学的历史建构具有特殊意义。

二是西方文化、文学传统资源对贾平凹文学创作的影响研究。有关西方文化、文学传统资源对贾平凹文学创作的影响研究的文章是双向的，也就是说，有的研究文章是从西方文化、文学传统资源对贾平凹文学创作的影响这一角度展开论述，而有的研究文章则是从贾平凹的文学创作这一角度来看西方社会对中国文化、文学的接受程度。21世纪以来，贾平凹的文学创作在欧美、日本等国家的影响力越来越大。《西方读者视角中的贾平凹》以及《欧洲人视野中的贾平凹》等文集中讨论了贾平凹的作品在欧美国家的传播。如韦建国、户思社《西方读者视角中的贾平凹》一文，认为贾平凹的主要作品在国外连获大奖、引起巨大反响的主要原因，是其作品展现了人类文明发展史必经的特定阶段，真实地描绘了社会转型时期人们的复杂心态。姜智芹《欧洲人视野中的贾平凹》一文，从三个方面探讨了贾平凹作品在英语、法语世界的传播：一是国外的译介与影响，二是国外的研究，三是传播与接受的原因。吴少华《贾平凹作品在日本的译介与研究》一文，重点介绍了贾平凹的小说在日本的翻译和研究情况。上述研究、评介文章是从贾平凹的文学创作这一角度，来看西方社会对中国文化、文学的接受程度。黄嗣《贾平凹与川端康成创作心态的相关比较》一文，从创作心态、气质、心理的角度，比较了贾平凹与川端康成在文学建构上的相似性。沈琳《试析加西亚·马尔克斯对贾平凹创作的影响》一文，认为贾平凹继承了马尔克斯作品中的孤独感，指出商州农村的建构与拉美农村存在相似性。笔者《特殊视域下特殊时代的人性叙写——〈古炉〉与〈铁皮鼓〉叙事艺术比较》一文，通过对贾平凹《古炉》与君特·格拉斯《铁皮鼓》的文本梳理，指出中国当代文学本土化、民间化叙事的确立与世界文学整体叙事中的当代性建构有着某种相似性、关联性，认为两位作家在文化差异的背景下虽然有着迥异的艺术个性，但都对人类的某些共同经历进行了有情书写。

三是中国文学思想对贾平凹文学创作的影响。具有代表性的研究如雷达的《心灵的挣扎——〈废都〉辨析》、陈晓明的《废墟上的狂欢节——评〈废都〉及其他》，他们都指出《金瓶梅》《红楼梦》《西厢记》等世情小说对《废都》创作的影响。而李陀《中国文学中的文化意识和审美意识——序贾平凹著〈商州三录〉》和李振声《商州：贾平凹的小说世界》，则共同指出贾平凹"商州系列"小说的艺术特质带有明显的明清笔记体小说的印痕。王刚《论贾平凹小说创作的审美视角与话语建构》一文，指出作家身上具有明显的现代作家（如张爱玲、沈从文、孙犁、川端康成等）审美意识的影响痕迹。

关于贾平凹文学创作的平行研究，多以同一国别、同一民族的作家为比较对象，从同一类型的文本出发，分析其艺术风格、创作个性等方面的异同。有关作家之间地域文化差异性研究，如赵学勇《"乡下人"的文化意识和审美追求——沈从文与贾平凹创作心理比较》一文，认为沈从文对湘西世界的建构是其审美理想的总体表征，含蓄朴素的文字风格、淡化人物的主观情绪及对意境的创造，是沈从文独特的审美追求；而构成贾平凹笔下商州的审美境界，是一个静达、高远、清朗的世界，其审美追求是对沈从文笔下营造出的古朴、旷达的湘西世界独特审美意蕴的发展与延续。李振声《贾平凹与李杭育：比较参证的话题》，从贾平凹小说创作对西部文化资源的承袭与李杭育小说创作对吴越文化资源的承袭进行比较论证，认为贾平凹、李杭育为繁荣、壮大地域文化书写做出了卓越的贡献。梁颖《自然地理分野与精神气候差异——路遥、陈忠实、贾平凹比较论之一》一文，对西部作家的杰出代表路遥、陈忠实和贾平凹的创作进行比较，指出三位作家所处的不同自然地理环境对其创作产生了不同程度的影响，认为路遥的小说建构带有陕北高原刚毅与悲凉的色彩，陈忠实的文学创作具有关中地区厚重与朴实的因子，贾平凹的文学创作则具有陕南地区灵秀与清奇的特色。李吟《莫言与贾平凹的原始故乡》，认为莫言的创作追求的是放纵的情感表露，由野向狂，追求狂气、雄风和邪劲，而贾平凹则是有所节制的吟唱，由野向雅，雅俗相得益彰。

有关贾平凹文学创作的研究，还体现出跟踪式研究的特点。而这一方面主要是对于贾平凹长篇创作的跟踪研究，相比较而言，关于《废都》《怀念狼》《秦腔》《古炉》《带灯》《老生》等的研究又比较集中。毋庸置疑，《废都》研究已经成为中国当代文学研究中一个标志性的案例。《废都》是当代文学，甚至当代社会，必然要重提的一个话题。无论谁，是致力于文本探析，或者工于当代文学史的建构，是对当代文学给予充分肯定，还是予以严厉批评，都难以绕过《废都》，也不能无视它的存在。倘若不是如此，恐怕中国当代文学的文本建构，就会留下一个明眼人一眼便看得出的空白，而进行历史叙述，也会留下一个令人惋惜的缺憾。所以，你赞成也好，批评也罢，甚或是给予枪炮似的批判，你都在阅读《废都》，都在审视《废都》。

整理包括作家作品研究在内的文学研究资料的价值意义，自不必多言。就现当代作家的研究资料汇编而言，已有几种丛书问世了。但是，就某位作家文学创作研究的资料整理来看，多为选编，全编性质的少之又少。而对于一位还健在的作家，对其研究资料进行整理、编辑和出版，似乎要更难一些。因为作家的创作还在进行着，亦有新的研究成果不断涌现，又何以给出定论的评价呢？但是，作家创作有终结的时候，而对作家作品的研究却没有终结的时候。当然，这一持续性的研究，是建立在作家文学创作所具有的文学史价值意义基础之上的。换一种角度来看问题，要对某位作家研究资料进行整理汇总，则要看其是否具有文学研究史料的价值意义。毫无疑问，贾平凹是一位具有文学史价值意义的作家，贾平凹研究亦是具有支撑当代文学研究史料价值的存在。

接下来要面对的问题是：全编还是汇编。从收集资料的角度来说，自然是尽可能全面地将收集到的资料，统统纳入，不论文章长短，见解看法深浅，以期给人一幅完整、全面的研究景象。如此下来，且不说那些见于报纸及网络上的浩瀚资料，更不说成百上千的学位论文和研究专著，仅就刊于学术期刊的文章而言，研究成果就已有五千余篇。单就字数来看，研究文字是贾平凹文学创作的数倍。鉴于此，似乎还是需要做出某种选择，而编辑一套研究资料汇编则更为切实可行。

故此，编者在对贾平凹文学创作研究及其与之相关联的学术研究成果，进行全面系统的收集、梳理基础上，又有所权衡取舍。原则上，各类媒体的新闻报道类文章不入选，有关贾平凹研究的博硕论文亦不入选，仅于研究总目中稍作体现，而研究专著，只作极个别的节选。遴选时，编者尽可能选择那些兼具学术严肃性和科学性的文章。无论学术上持肯定还是否定观点，只要是具有建设性意义的文章，都是对于学术研究、学术生态的一种积极建构，乃至对于作家的文学创作，也是具有积极意义的。学术研究的多元化与多样性，是学术研究应有的状态，只要是从学术层面研究探讨问题，言之有理有据的各种观点、思路方法，都应当受到尊重。即便某些文章在理论视域等方面有不成熟的地方，也没有求全责备，有一定的创新和开拓性即可。

最后，说明一下丛书的编选体例问题。大体上，按照论说对象进行分类编选，如创作整体研究、长篇小说研究、中短篇小说研究、散文研究、书画研究等。其中，由于长篇小说文章甚多，研究成果凡能独立成卷的，均独立成卷。各卷整体上按自述与对话、综合研究、思想研究、比较影响研究等几个大的板块进行编选，但是，具体到各卷，则在此基本思路下，根据具体情况进行增删调整。因此，丛书在总体统一的体例下，又保持了各卷的差异性特征。

对一位作家的研究作多卷本汇编，本就是一种尝试，由于编者学识有限，不足、不妥之处在所难免，敬请专家学人、广大读者批评指正！

韩鲁华

目 录

《白夜》研究

自述与研讨

004 《白夜》后记 / 贾平凹

008 自　序 / 贾平凹

010 《白夜》《怀念狼》重读札记 / 韩鲁华

文本分析

022 追寻的悲哀
　　　—— 论《白夜》/ 费秉勋

037 平平常常生活事　自自然然叙述心
　　　——《白夜》叙事态度论 / 韩鲁华

048 烦恼即菩提：有意选择而无力解脱
　　　—— 读贾平凹长篇小说《白夜》/ 石　杰

054 视角　场面　人物
　　　——《白夜》叙述结构分析 / 韩鲁华

064 读者反应视角下《白夜》中的"夜郎"形象解读 / 王烈琴

比较研究

072 从《废都》到《白夜》/ 旷新年

078 "说话"小说：民族化的现代小说形式探索

—— 以《白夜》和《高老庄》为例 / 许爱珠

《土门》研究

自述与研讨

090 《土门》后记 / 贾平凹

093 《土门》与《土门》之外

—— 关于贾平凹《土门》的对话 / 邢小利　仵　埂　阎建滨等

文本分析

108 面对今日中国的关怀与忧患

—— 评贾平凹的长篇小说《土门》/ 孟繁华

114 《土门》：文化的审视及抉择 / 石　杰　石　力

123 土地——生命之根

—— 重读《土门》/ 石　杰

比较研究

134 乡村守卫者的悲歌

—— 读《土门》与《德伯家的苔丝》/ 于　红　胡宗峰

140　无处归抑或不想归？
　　——从《土门》到《高兴》的"乡土"变迁 / 王昱娟

《病相报告》研究

自述与研讨

146　《病相报告》后记 / 贾平凹

文本分析

152　叙述密度与意象空间
　　——《病相报告》的一种解读 / 王仲生

158　报告现实社会生活的种种病相
　　——贾平凹小说《病相报告》的艺术文化学解构之一 / 张亚斌

162　报告现实社会生活的种种病相
　　——贾平凹小说《病相报告》的艺术文化学解构之二 / 张亚斌

170　论《病相报告》的现代主义特色 / 席忍学

174　在传统与现代之间挣扎
　　——论《病相报告》主题的误读及贾平凹小说创作与接受的困境之因 / 石　杰

187　附录：研究总目

《白夜》研究

自述与研讨
ZISHU YU YANTAO

《白夜》后记

贾平凹

当小说成为一门学科，许多人在孜孜研究了，又有成千上万的人要写小说而被教导着，小说便越来越失去了本真，如一杯茶放在了桌上，再也不能说喝着的是长江了。过去的万事万物涌现在人类的面前，贤哲们是创造了成语，一句万紫千红被解释为春天的景色，但如果我们从来没有经历过春天，万紫千红只会给我们一张脏兮兮画布的感觉。世界变得小起来的时候，一千个人的眼里却出奇地是一千个世界，就不再需要成语。小说是什么？小说是一种说话，说一段故事，我们做过的许许多多的努力——世上已经有那么多的作家和作品，怎样从他们身边走过，依然再走——其实都是在企图着新的说法。在相当长的时间里，从开始作为一个作家，要留言的时候，我们似乎已经习惯了一种说法，即，或是茶社的鼓书人，甚至于街头卖膏药人，哗众取宠，插科打诨，渲染气氛，制造悬念，善于煽情。或是坐在台上的作政治报告的领导人，慢慢地抿茶，变换眼镜，拿腔捏调，作大的手势，慷慨陈词。这样的说话，不管正经还是不正经，说话人总是在人群前或台子上，说者和听者皆知道自己的位置。当现代洋人的说法进入中国后，说话有了一次革命。洋人的用意十分地好，就是打破那种隔着的说法，企图让说者和听者交谈讨论。但是，当我们接过了这种说法，差不多又变了味，如干部去下乡调查，即使脸上有着可亲的笑容，也说着油盐柴米，乡下人却明白这一切只是为了调查，遂对调查人的作伪而生厌烦。真和尚和要做真和尚是两回事。现在要命的是有些小说太像小说，有些要不是小说的小说，又正好暴露了还在做小说，小说真是到了实在为难的境界，干脆什么都不是了，在一个夜里，对着家人或亲朋好友提说一段往事吧。给家人和亲朋好友说话，不需要任何技巧了，平平常常只是真。而在这平平常常只是真的说话的晚上，我们可以说得很久，开始的时候或许在说米面，天亮之前说话该结束了，或许已说到了二爷的那个毡帽。过后想一想，怎么从米面就说到了二爷的毡帽？这其中是怎样过渡和转换的？一切都是自自然然过来的呀！禅是不能说出的，说出的都已不是了禅。小说让人看出在做，做的就是技巧的，这便坏了。说平平常常的生活事，是不需要技巧的，生活本身就是故事，故事里有它本身的技巧。所以，有人越是想要打破小说的写法，越是在形式上想花样，适得其反，越更是写得像小说了。因此，小说的成功并不决定于题材，也不是得力于所谓的结构。读者不喜欢了章回体或评书型的小说原因在此；而那些企图视角转移呀，隔离呀，甚至直接将自己参入行文等等的做法，之所以并未获得预期效果，原因也在此。

《白夜》的说话，就是基于这种说话的基础上来说的。它可能是一个口舌很笨的人的说话；但它是从台子上或人圈中间的位置下来，蹲着，真诚而平常的说话，它靠的不是诱导和卖弄，结结巴巴的话里，说的是大家都明白的话，某些地方只说一句二句，听者就领会了。比如我说："穿鞋吧。"你就把鞋穿了，再用不着我来说人和动物的区别在于穿鞋，鞋的发明人是谁，什么是鞋底，什么是鞋帮，怎么个法儿去穿。这样的说话，我是从另外一部长篇小说开始的，写完《白夜》，我觉得这说法并不别扭，它表面上看起来并不乍艳，骨子里却不是旧，平平常常正是我的初衷。那部长篇小说完成以后，曾引起纷纷扬扬的对号入座，给了我相当沉重的压力，我却也想，这好嘛，这至少证明了我的一种追求的初步达到：毕竟读者读这部小说使他们觉得他们不是在读小说，而是在知道了曾经发生过的一段故事。它消解了小说的篱笆。当然，小说仍是小说，它是虚构的艺术，但明明知道是小说却不是了小说，如面对着镜子梳头、刮脸或挤脸上的疖子时，镜子的意义已经没有，面对的只是自己或自己脸上的疖子。

现在，我该说明一些与《白夜》有关的事了。

一、在《白夜》里，穿插了许多目连戏的内容，不管我穿插目连戏的意旨如何，而目连戏对于许多读者可能是陌生的。目连救母是一个很古老的民间故事，将目连救母的故事搬上戏剧舞台，可以追溯到北宋时汴梁的杂剧。在近千年的中国文明史上，目连戏以其独特的表现形式，即阴间阳间不分，历史现实不分，演员观众不分，场内场外不分，成为人民群众节日庆典、祭神求雨、驱魔消灾、婚丧嫁娶的一种独具特色的文化现象。它是中国戏剧的活的化石。1993年秋天，我来到四川，在绵阳参加中国四川目连戏国际学术研讨会，观看了五台目连鬼戏。我太喜欢目连戏的内容和演出形式，当时竭力搜集有关目连戏的资料。在《白夜》中所写到的部分剧情文字，便是从那次会议上获得的《川剧目连戏绵阳资料集》中，由杨中泉、唐永啸、米泽秀等先生执笔整理的四本目连戏中摘录的。同时，也参照了杜建华女士所著的《巴蜀目连戏剧文化概论》一书中所提供的剧目剧情。在此，向他们致谢。在1994年的夏天，我出游到了苏州东山，有幸参观了金家雕花大楼，翻阅了这里的简介材料。《白夜》中所描写的关于民俗馆的建筑的文字，便是引用了这简介材料的部分内容，但我实在不知道这些简介材料为谁整理，在此不能提名道姓，仅作说明并致谢意。1993年的10月，突然收到了嘉峪关市一个署名为张三发的来信，他在信中给我倾诉他的苦闷和无奈，同时，信的最后附有一页他所编写的《精卫填海》的寓言，让我更进一步懂得他的心绪。这篇寓言我觉得改写得不错。当然，我们谁也没有见过谁，《白夜》写成后，我将他改写的《精卫填海》的寓言引用在了结尾，我要向这位朋友道谢了。

　　二、构思《白夜》的时候，我是逃在了四川绵阳的一座山上，那是绵阳师专的所在地，山中有校，校里藏山，风景极其幽静。我常常坐于湖边的一块石头上发呆，致使腿上胳膊上被一种叫小咬的蚊子叮得一片一片疙瘩。涌动一部朦胧中的作品，伴随的是巨大的欢乐和痛苦。我明显地消瘦下来，从未失眠过的（我）却从此半夜要醒来一次。但是，在长长的六七个月里，《白夜》的设计，却先后推翻了三次，甚至一次已经动笔写下了三万余字，又被彻底否定了。直到1994年，住过了半年多的医院，我要写的人事差不多已经全浮在眼前，我决意正式动笔。此时有朋友劝我再到乡下去，说在乡下写作，心里清静。我不去的，我说，大隐于市，我就要在闹市里写《白夜》呀！写作是我的生存方式，写作是最好的防寒和消暑，只要我面对了稿纸，我就会平静如水，安详若佛。而且，西安城里已经有一所可以供我借居的房子了，这是我的母校借我的，他们愿意收留我，我挂了个兼职教授的名儿就心安理得地住了下来。这所房子的所在，正为唐时"太平坊"里"实际寺"的旧址。"实际寺"是当年鉴真和尚受具足戒处，它太适宜于供我养气和写作。从这所房子的北窗望去，古长安城的城墙西南角就横在那里，城墙高耸，且垛口整齐排列，虽然常常产生错觉，以为是待在监狱之内，但一日看出了那墙垛正好是一个凹字一个凹字一直连过去，心情便振奋不已。房子里过日子的家具是没有的，但有读者赠送我的一支一人多高的巨型毛笔，一把配有银鞘的龙泉宝剑和一架数百年的古琴，这足以使我富有了！每日焚香敬了这三件宝贝，浇淋了粗瓷黑罐里的朋友送来的鲜花，就静心地去写《白夜》。每次动笔，我都要在桌子的玻璃板上写五个字：请给我力量！我喜欢那个动画片中的英雄希瑞，每次默喊着这五个字，如咒语一般，果然奇效倍生。日子就这么一天天过去，病依然在纠缠，官司在接二连三地出现，全书终于让我写完了。不论《白夜》写成是个什么模样，我多么感谢在1993、1994年间为我治病的医生、护士，感谢去医院和家里给我送饭、送菜、料理日常生活的朋友和读者，感谢始终在鼓励我的人。生活着是美丽的，写作着是欢乐的，人世间有清正之气，就有大美存焉。

书写成后，我并没有立即拿去出版，我习惯让我在西安的一些评论家、作家先读读。我反复说明这样做并不企望他们说什么好话，叮咛他们万万不要对外声张，我只乞求他们以平常心来读这部作品，提出宝贵的意见，因为我要再修改一次。他们的意见提得真好——我幸运我有这样一批同道的朋友，我的许多作品的修改全得益于他们——我认真地进行了第三次修改。1995年的3月底，我在一间小小的私人复印室里工作到了夜里4点，第三天就背着沉重的皮箱北上。我来到了京城。京城是大地方，那里有一大批我仰观的人，但我第一个要见的就是我的一个真挚的朋友。我信赖她的见解和对作品的总体把握，我希望她解读我的这本书。我的愿望达到了！她连夜就读稿，几个晚上都熬到3点，一读完就来找我，我们谈了一个下午。这一个下午充满着激情和智慧。我设想，这应该是一幅庄严的油画，将珍存于我的历史档案里。

写到这里，我不能不说明我的内疚。《白夜》在写到一半的时候，许多一直关心我的出版家们就来电来函甚至人到西安约稿，因为多年的交情，我不敢慢待这些尊敬的师长和朋友。直到稿子写完，我还不知道交到哪个出版社，但稿子毕竟只能在一家出版社出版，这使我不得不逃避许多朋友，我在此拱手致歉，也以此发奋，勤于写作，在日后的时候回报他们了。愿我们的友谊长驻。

1995年4月21日

（选自《白夜》，华夏出版社1995年版）

自　序

贾平凹

二十年前,《白夜》的第一次出版是在华夏出版社,二十年后,华夏出版社要再次出版。无限的感慨,我真不知道《白夜》是个什么命啊。

之所以愿把《白夜》与《怀念狼》一同再版,一是它们都是短的长篇,身世和经历差不多,二是因有怀念字样,也是别有一番用心。

在我以往的作品里,《废都》当然大有事在,关乎过我的命运和文运的重要意义。但还有两本书让我纠结的,就是《白夜》和《怀念狼》。《白夜》是《废都》之后紧接着的作品,《怀念狼》要往后再迟了几年。当《废都》在极其喧哗热闹不久经过声势浩大的讨伐而归于死寂,其巨大的阴影便严重地影响了《白夜》和《怀念狼》。

《白夜》是直接被遮蔽的,出版后任何评论都没有报刊肯发表,一块石磨扔在水中竟无声无息。那时,《废都》在法国获奖,国内没有报道,偶在一个非主流报纸上有了消息,也仅是一句:贾平凹的一部长篇小说在法国获得法国三大文学奖之一的"费米娜奖"。《怀念狼》也是如此,持肯定的评论文章极少,且每篇的字数极短,倒是有一个长文,仍在全盘地否定和刻薄地挖苦。作品出版了,说长道短都是作者所接受和乐见的,而遭到不能理会不许理会,这如同孩子出生了报不上户口,作者就郁闷可悲了。

这种状况长达近二十年啊,二十年里,我像受伤的兽躲在洞里舔自己的伤口。时代的好处是我还能继续写作,于是关闭了与外部的往来通道,灭绝了对一切繁华的幻想,只是埋头继续写自己想写的东西。近些年不断有人向我提问:你怎么能一直写下来,写出了那么多作品?其实除了别的原因外,我的不甘,我得努力,我要证明自己,恰是其动力。

这些都是往事了,过去的好事或许已不那么好了,过去的坏事可能还变成了好事。冬不冷夏不热五谷是无法长成的,一切经历过后都成了故事,那便是这个人的财富啊。

就在这本书的责编一定要我为再版写几句话时，老家的一个远房亲戚带着她的儿子来见我。那儿子是大学三年级学生，个头有门扇那么高大。我说：这么帅的小伙！亲戚说：他是超生的，为躲计生专干，我逃跑到山坡上的草窝里生的。跑了半年回去后，家里的牛被牵去，房上的瓦也被溜下来拉走了。但孩子已经生下来总不能再掐死吧，就罚了三千元才保下来。

亲戚说完哈哈大笑。我也哈哈大笑。

2016年10月22日

（选自《白夜》，华夏出版社2017年版）

《白夜》《怀念狼》重读札记

韩鲁华

一个偶然的契机，我重新阅读了《白夜》与《怀念狼》。

这两部小说一出版，便从平凹兄处得到签名本，即刻阅读，并趁热打铁，连着为每部作品写了两篇文章，谈了自己的阅读感受，刊发于学术期刊。如今，再拿起这两本书，虽已经没有了那种刚刚阅读时的荡漾激情，有的只是一种沉静，但依然有种东西撞击着我思考的神经，甚至还使得我这思考的神经颇有点疼痛。

贾平凹的文学创作犹如一架山脉，而且是一架横贯平原与高原的雄浑而苍茫的山脉。这使我想到了秦岭。秦岭东至中州平原，西到青藏高原北缘的昆仑山脉，南会波浪起伏的丘陵山地，北接深厚凝重的茫茫高原，可以说是通东西而汇南北。既然是山脉，那就有许多的山峰与沟壑、河流与盆地，有许多的进口与出口。《白夜》与《怀念狼》应当是贾平凹文学创作这架山脉中虽不险峻高拔却也瑰丽奇异的两座山峰。这两座山峰，亦有着它们的进口与出口，进入其内，自然也就可以领略一番它们独到的风景。

一

《白夜》不是贾平凹最有影响力的长篇小说，但它却是贾平凹整个文学创作中一部具有特殊意义的作品。这特殊意义中重要的一点是与《废都》相关联的。不论从哪个角度看，《废都》对贾平凹的影响，都是痛彻入骨且深刻久远的。对中国当代文学发展而言，恐怕再过上几十年、上百年，也是无法抹掉《废都》这部作品的名字的，除非此一历史阶段的文学创作都被抹掉。因此，人们在对贾平凹的文学创作进行阅读与整体判断（不论是赞成还是否定）时，也总是首先想到《废都》。《白夜》就是在《废都》巨大的身影威压之下创作出来的，也就自然而然地在《废都》的身影之下存在着。因而，在相当程度上它的价值和意义也就或多或少地受到了某种遮蔽。实际上在我看来,《白夜》是贾平凹在舔舐伤痛的过程中所完成的一次将养性的调适缓行。从贾平凹文学创作的历程来看,《白夜》没有给人一种如《废都》那样的炸裂感、刺痛感或者断裂感,而是一种承续性的艰难而毅然前行之中的温和与宁静的思索。也许,对贾平凹来说,《白夜》的创作,犹如注射了一剂安痛定,舒缓了神情心绪。而就创作的延续性而言,不可否认,这部作品从立意到具体叙事,都能够窥视出其与《废都》的内在联系来,比如夜郎与周敏,这两个人物形象之间就存在着许多相似性与承续性。那颜铭与婉儿、柳月呢?其间不也存在着某种血脉的关联性吗?甚至在叙述上,《白夜》也保留了少量的在《废都》中被批评得最多的方框框。更为重要的是,《白夜》承续着《废都》开创的日常生活化的叙事方式,并更加自然流畅;他所致力追求建构的意象叙事艺术模态,也柔顺圆润多了。他在《浮躁》序言二中明确坦言:"艺术家最高的目标在于表现他对人间宇宙的感应,发觉最动人的情趣,在存在之上建构他的意象世界。"从某种程度上来说,这成为贾平凹20世纪90年代后文学艺术创造追求上的一个目标。以此观之,在2000年出版的《怀念狼》,乃至2016年出版的《极花》,都是一脉相承的。于叙事艺术上所极力追求的以实写虚的意象创造,作为一种小说叙事艺术整体建构,起始于80年代的中短篇小说创作,完形于《废都》,明确于《白夜》。从叙事的心性气韵来看,《白夜》改变了《废都》过于忧愤的气性,但在精神气脉上却是一以贯之的:对中国历史转型大时代的人的困顿与尴尬生存状态的忧思与开掘,并寻求穿过云层都是阳光的与世界相同的思想精神。比如对人生尴尬之表现,正如虞白身上生出了虱子一样。因此,要准确体会贾平凹文学创作的心态,尤其是《废都》之后的心理心态,把握贾平凹整体文学创作的艺术追求流向,《白夜》是不可缺失的重要一环。

《怀念狼》的创作,应当说是贾平凹意欲给自《废都》之后的20世纪的艺术探索做个归结,并进行新世纪文学创作的一次探寻。《废都》之后,贾平凹连续创作了《白夜》《土门》《高老庄》。依据贾平凹的心性,他不仅于每部作品的创作中都会有些新变,而且过上十年八年,必然会有一次更大的裂变。比如说于《白夜》中追求一种"说话"式日常生活叙事,在《土门》中呈现城乡阴阳交合体的悖论,而《高老庄》又在做着无序而来、苍茫而去,于黏黏糊糊的原生态生活中张扬自己意象的事情。就我的阅读感受而言,《怀念狼》依然是一种新变,而没有完成大的裂变；或者说它既未完成将90年代的创作收拢归结，亦未开启出新世纪的美学新原则。一次新的裂变，是在《秦腔》的创作中完成的。但是，《怀念狼》于意象艺术建构上，带有明显的归结性意向。如果就将现实生活直接引入诗境，将情节于整体艺术建构上直接化为意象而言，《怀念狼》做了一次成功的试验。这种完全将情节意象化的艺术叙事，越过《秦腔》《高兴》《古炉》《带灯》《老生》，在《极花》中做了更完善的呼应。

二

如果将贾平凹几十年的文学创作联系起来研读，就能发现他一以贯之的艺术思考与探索的发展脉络。简单地说，他就是要从文化思想精神与艺术思维方式，以及将二者融会贯通的文学叙事艺术模态上，建构中国式的新汉语文学写作。近年来，中国化、中国式叙事或者讲述中国故事等，成为一个主导话语，或者时髦话语。其实，在20世纪70年代末、80年代初，贾平凹就已经开始了这方面的美学思考与创作实践的探寻。对于他初登当代文坛殿堂的作品《满月儿》，人们更多关注的是它那充盈着田园牧歌式的清新优美的山野气息，而未觉察到其间所蕴含的贾平凹所特有的还未被意识到、未达自觉状态的古典意味。70年代末那两三年，他就在阅读与写作中开始寻求自己特异的文学出路，也是中国当代文学新的出路。到了1982年，他在《"卧虎"说》与所记写的读《川端康成小说集》的笔记中，明确提出了叙写以中国传统美学来表现与世界思想意识相通的，重精神、重情感、重整体、重气韵，抽象而丰富的中国现代文学。应当说贾平凹已经把握住了中国文学艺术传统文脉的大致脉象。之后，贾平凹就在这一文学创作道路上不断地进行探索、不断地完善自己的艺术思考，至今已经形成了他的基本成熟的文学艺术美学思想观念，只是没有系统地梳理成形而已。当我们立于《极花》反观贾平凹以往的系列作品时，就会发现这条山脉是连通着中国文学艺术精神之血脉的。

在此背景下阅读《白夜》与《怀念狼》，表面看这两部作品好像是风马牛不相及：一个叙写城市生活，一个记述商州的山野故事；一个透视从乡村到城市谋求生存者的困顿与无奈以及尴尬的命运，一个叙写似乎在城里待得无聊的记者跑到山里搞什么狼的调查而最终将狼彻底灭掉的荒诞之举。其实，于内在精神上，都是在探讨处于历史转型时期人的生存状态及其困顿的精神状态。当然，在具体的艺术叙写上，作家在二者间又有着自己的思考。《白夜》是对中国转型期的人生、生存状态、生命本体和民族文化等方面做一种艺术的阐释，但是，作者的意图是借助故事自身——事件和人物暗喻出来的，如再生人、鬼戏、饺子馆、再生人留下的钥匙等等，都隐含着作者的意图。夜郎、虞白、颜铭、吴清朴、祝一鹤、库老太太等人物，从语义学角度看，都是一种符号，带着明显的隐喻、象征的意味，或者可说是一类人物意象。

无疑，《怀念狼》是贾平凹根据寓言故事撰写的。文本的指义，不在故事的外在形态，而在于其间所负载、蕴含的哲理思考。在这里，实与虚形成了鲜明的比照反差。这里提出了一个问题：文学创作，意象的创造，能否用实而又实的笔法去创造一个高度抽象的文学意象境界？《怀念狼》的故事从社会时代内涵指向上看，是非常前卫的。它所揭示的是人类生存过程中，所面临的困境与精神尴尬。故事，或者说意象的指义，直逼人的生命本体以及与大自然的对抗，并由此造成生态环境与生命本体的双重萎缩。这是一个世界性的主题。在这个主题中，又包含着多矢向的意义内涵。而这一切，又统摄于高度概括、高度抽象的哲学思考的烛照之下。但是，就作品的故事及其叙述而言，从语言到细节描写，以至于情节，又是那么写实。贾平凹于此是用一种刻绘的笔法去塑造意象，使意象的形态栩栩如生。不论是人、狼、事、物，都显得真实可信。而其义又是那么抽象，那么高拔，是一种穿过云层都是阳光的哲思统照。

三

西方有一句哲学名言："我思故我在。"在此，我想逆向使用它（我在故我思）来解析贾平凹这两部作品。作为作家，贾平凹的文学创作始终是与他的现实生存境遇密切相关的。他的创作不是坐在咖啡馆里的高谈阔论，也不是高坐讲坛的指指点点，而是深钻于社会生活内里，再从中升拔出来之后的艺术叙说。所以，这是一种根植于大地而又通向天宇的文学创作。

这里，主要说说这两部作品关于人的思考。

关于人的思考，始终是文学创作史上的一个基本主题。中国当代文学关于人的思考及其艺术表现，总体是从人的客观社会存在到人自身作为生命本体存在的发展过程。换言之，就是由他在、客在到自在、本在。这也是从自我、本我的迷失、失落到自我、本我的回归与深化。就贾平凹的文学创作而言，他关于人的思考,是从社会政治层面、现实层面到历史、文化层面,再到人生命本体层面,最终归结到人类生存哲学层面。这中间,不同层面的思考,又是相互交叉、相互交汇的,亦即多义的组构。20世纪90年代的几部作品,他追求作品内涵的多义性、意义的多矢向性,通过塑造不同类型、不同层面上的意象,来完成多义性内涵的传达。

二十世纪八九十年代之交,中国的社会历史又面临着一次世纪大转型中的小转换,社会与人面前都是新的十字路口,都陷入一种新的困顿与尴尬之中。就贾平凹自身而言,他几乎是陷入了灭顶般的生命困顿之中,于是,创作了《废都》以安放他那破碎了的灵魂,修复他那破缺了的生命之轮。但《废都》出版之后,却使他陷入了更大的困顿与尴尬。这迫使他进一步思考人生的困顿与尴尬,乃至于无边的无奈与荒诞。他需做更为冷静的思考,思考的结果就是《白夜》——人陷入了白天的夜晚之中。贾平凹的《白夜》极易让人想到陀思妥耶夫斯基的《白夜》。两部作品放到一块,发现确实有着某种思考问题的相似之处。我曾就此问过作家本人,回答非常肯定:知道陀思妥耶夫斯基这部作品,但并未读过。贾平凹读过与否就此先放下不谈。从三十多年追踪他的文学创作整体上来看,《白夜》对于人的生存命运的终极追问,应当说是与陀思妥耶夫斯基之间存在着某种相通性的。但也确实是两种叙事生命状态的揭示。这至少说明作家对人生命终极意义的追问,是不会停止的。不过从作品叙事来看,贾平凹《白夜》中的人物,夜郎、虞白、颜铭等,似乎比陀思妥耶夫斯基笔下的人物更加悲惨。起码在陀思妥耶夫斯基笔下,女主人公最终回归了自己的幸福,而在贾平凹的笔下,这些人物没有一个寻求到自己的生命归宿之处,依然是白夜中的梦游者。其实,在这里,"白夜"既可解释为虞白与夜郎之名的组合,亦可解释为白天与黑夜,更可解释为白天不是白天,黑夜不是黑夜,而是白天之夜或黑夜之昼。若做最后这种解释,那就可体会出贾平凹之用意了。

《怀念狼》作为他对人思考的结果,与他以往的其他作品有所不同。在这部作品中,他是将人类生存的多义性思考,融汇在基本意象之中,形成了一种复合建构。这就犹如将五色之石,熔于一炉。而且,对人类生存思考,基点不是社会、文化等,而是人类生存本身,这一点,应引起人们的足够重视。在解读过程中,发现他关于人的思考,在诸多方面与存在哲学相契合。贾平凹的思考,源于他自己的生存现实和生存环境,源于他生命本体的困惑与裂变。就文化思想而言，更多地源于中国古典哲学，尤其是《周易》、老庄的哲学思想。他试图以此在与现代生存环境的契合中，寻求人类生存的救赎方式。思维上，不是先有理念，后有思考，而是先有现实存在，后引发出思考，即我在故我思。

人类进入20世纪后，科学技术得到了飞跃性发展。人类过度扩张，造成大自然的严重破坏，也造成了人类自身生存环境的萎缩。生态环境危机成为人类生存中的最大问题之一。人类严重打破了与自然的平衡，人为地破坏了生物链，受到惩罚之后，开始意识到保护大自然就是保护人类自身，并注重保护还未遭破坏的生态环境，甚至人为地恢复已被破坏的大自然。像《怀念狼》中所叙述的：进行人工繁殖大熊猫，保护商州仅存的十五只狼。贾平凹的深刻之处在于提出进一步的思考。人类在破坏大自然时，是按照自己的主观愿望进行的，在保护及恢复时，亦是如此。这最终又将如何呢？人工繁殖大熊猫失败，普查狼却事与愿违，加速了狼的消亡。在此，我们可以窥知贾平凹对人主观意志的怀疑，暗示着对人自然本真存在的呼唤。保护大自然，首先要顺其自然，要遵循大自然的运行规律。这中间既有协调发展，也存在着万物之间的自然对抗。因此，《怀念狼》的意义指向，并非仅是一个生存环境及对其保护和恢复的问题，而是对人类生存意义的叩问。

人类的生存是一种对抗。人的生命本能中存在着一种自然的对抗质因。就社会历史层面而言，人总是在与这个社会进行着对抗，与他人进行着对抗。正是这种对抗，激发着人生命的创造力量，显示着自身生命存在的价值。同样，人类在与大自然的对抗之中，也包含着人生命本体的对抗。贾平凹并没有简单地因大自然的破坏而去寻求人与大自然的平衡。同时，他从人生命本体角度出发，肯定了对抗是人类生存中一个不可或缺的内涵。人一旦失去对抗，自身的价值和意义也就相应消失，就会造成人自我的失落、生命本体的变异。《白夜》中夜郎在与城市对抗，在与宫长兴等对抗，也在与颜铭等进行对抗，最终，他是在与他自己进行着更为深刻而痛苦的对抗。《怀念狼》中傅山在打狼的年代，成为人们心目中的英雄，其生命价值得以充分展现。他在与狼的对抗中，实现了自我存在的价值。但是，当他无狼可打、失去与自己对抗的对象时，他便发生了生命的变异，得了怪病。耐人寻味的是，傅山以违背自己生命存在的方式去保护狼时，狼并不买人的账，继续与人类对抗。最终，傅山还是打死了狼，放弃了平衡，选择了对抗。作品在此揭示出人类生存陷入了一个怪圈而不能自拔。

在强大的生命对抗面前，平衡的环境保护意识是多么地脆弱。的确，人类陷入一种深层的矛盾和尴尬的境地。对抗造成人与自然的严重失衡，进而使人类自身感到失衡，开始迷失。对抗似乎不仅是一种自然属性，而且积淀为一种生命的意志，成为人生命本体不可分割的有机构成要素。贾平凹试图探寻人类走出生存困境的方式——在对抗中寻求平衡，在人与自然的对抗中达到一种和谐。

当然，贾平凹的这两部作品所进行的探索不仅仅是这些方面。人们从其他视角还可以做别的阐释。他探索的意义也并非仅限于这些。在此，我只是就自己的阅读感受，做了一些粗浅的阐述。在我重读这两部作品时，更加强烈地感知到贾平凹对于建立新汉语写作的执着追求。我以为这是一个新的、非常好的研究角度。这一方面，还有待于进一步深入探讨。如果从中国新文学和现代汉语发展的历史角度出发，将贾平凹的《白夜》《怀念狼》及其整个文学创作，放在汉语写作大背景下进行考察，可能是一个很有价值的课题。

四

近十多年，文学界一直被一个问题所困扰。

中国的新文学，经过一个世纪的发展，到了该冷静思考的时候了。以鲁迅为代表的现代思想家、文学家，在反传统中建立起了新的中国文学传统。这个文学传统，先是被误解或者被肢解，后来一些人产生了疑问，乃至一些轻浮的人，想要推倒鲁迅。但结果怎样呢？鲁迅依然是鲁迅。鲁迅作为 20 世纪中国文化、思想和文学艺术的标志性人物，始终放射出耀眼的光华。随着历史迷雾不断地被拨开，人们对此看得越来越清楚。问题是，鲁迅那精深广博的文化、思想意蕴，娴熟深湛的艺术建构，今天的人们如何方能达到呢？进而，在历史的累积与新的历史背景下，如何去做进一步的发展与超越呢？因此，问题不在于简单地要推倒什么，而在于对自身的建设、发展与超越。今天批判这个，明天打倒那个，不过是一种装腔作势、外强中干的喧嚣罢了。这于中国文学的发展，并无补益。装腔作势、狐假虎威的洋装写作，涂抹口红的妖艳写作姿态，令人厌恶。可敬的是脚踏实地的建设性的写作。

百年来，中国文学一直被"我是谁"的问题所困扰。西化移植模仿，或者以实用主义的方式，从中外文学中拿来一些东西，貌似古典的、西方的，实际上却给人一种拼贴的感觉，并没有完全地融会贯通。所以，对于传统的承续，更为内在的是，在艺术创造中，融会贯通着中国文学艺术的思维方式和艺术精神，内在具有一种中国文化艺术的品格风骨及一种中国文学艺术的精神神韵。也就是说，至今中国式的当代文学的艺术思维、艺术精神还未完全建立起来，这就是我们今天的作家、理论家所应当彻底检视和思考的问题。

对此，我认为，中国文学叙事的现代性历史转换，在这百余年或者近百年间，经过西向吸纳、本土承继的奔突之后，经历了从自卑到自信的确认，现在应当进行历史性归纳总结了。也就是说，中国现代文学叙事发展中"我是谁"的问题，经过一个世纪的不断追问，到又一个世纪交替的这一时段（1980年至今），终于将目标明确地指向了"我就是我"。实际上从文学创作的情形来看，中国式文学叙事，起码从20世纪80年代起，许多作家在用自己的创作实践，去努力做出现实的回答。贾平凹及其同代作家，所做的努力，就是从"我是谁"到"我是我"的转换。在这一历史转换中，贾平凹不是唯一的，但是无论进行怎样的历史叙述建构，他都是无法忽视、不可缺少的一位。

这里可能还涉及一个问题，就是我们探讨中国文学叙事的社会时代的文化语境问题。谈到文化语境，学界最普遍的一种表述就是全球化的文化语境。随着冷战时代的结束，特别是高科技的迅猛发展、网络信息时代的到来等等，从建构经济一体化到整个人类文化的一体化或者全球化的建构，似乎成为许多人的一种文化理想诉求。中国当代文学创作及其研究，在这种文化语境下自然也就卷入或者融入其中，并且负有一种不可推脱的历史使命。这里自然有着将中国文学从过去几十年与西方的对立，引向趋同的意愿。比如中国文学走向世界就成为诸多作家与理论家的诉愿。当许多人将中国文学走向世界视为以西方文学来建构中国当代文学时，自然是将主要精力放在了向西方学习借鉴甚至模仿上，即以西方的文化思想和文学艺术为准则，来建构中国当代文学。这几乎可以视为中国文学近百年来发展历史的一种主导趋向。对于西方学习借鉴乃至模仿的文学创作实践热情，远远高于对本民族文化思想、文学艺术传统的传承。纵观中国文学百年发展的历史，特别是近三十年的历史，可以说，西方从古到今，特别是近代以来的文化思想与文学艺术，从某种意义上来说，成为当代文学创作思想与艺术极为重要的、不可或缺的资源，甚至是一种兴奋剂，又或者是中国文学创作发展的原动力。以西方的文化思想和文学艺术方式，来叙写中国的历史与现实生活，而中国的文化思想与文学艺术传统，几乎成为愚昧、落后、保守的代名词。我们这样说，并非排斥对于西方的学习借鉴，而是想说，这种学习借鉴不是以西方为体的照搬，而是以中国为体的吸收容纳。

　　这里还隐含着一个问题：中国当代文学具有与世界当代文学进行对话的资格吗？有人认为，从世界华文文学角度看，2000年法籍华人作家高行健获得诺贝尔文学奖，2012年中国本土作家莫言获诺贝尔文学奖。除此，一批大陆作家也获过国际性文学奖。故此可以说中国文学已经得到世界的认可，自然具有了与世界其他国家文学进行对话的资格。也有人认为就是莫言获得诺贝尔文学奖，其他作家获过其他国家的文学奖，从思想艺术整体上看，中国文学与世界文学还有一定差距，不能平等对话。甚至觉得获奖有非文学方面的因素，比如中国国势国力强大起来，外国不敢忽视中国的存在，文学也是如此。我曾将贾平凹、莫言等作家的作品与外国当代作家的作品一起阅读，读了以后确实是非常震惊，感觉贾平凹、莫言等与这些外国当代作家之间有文学本质、文学精神、文学思想等方面相通的东西，这是一种殊途同归。我得出的结论是：就我所了解到的世界文学情况来看，贾平凹、莫言等的作品是可以和世界文学中的名作相媲美的，是完全有资格与世界文学进行心平气和的对话的。

　　说这些，似乎已经跑题了，与解读这两部作品没有关系。但我却不这样认为，我觉得这恰恰对于这两部作品以及贾平凹的整个创作的认知具有极为重要的意义。

五

　　下面的更是题外话。这是我写的《极花》评论中的最后一部分，再抄录于此，以表达我对包括《白夜》《怀念狼》在内的贾平凹文学创作，乃至中国当代文学创作所做的思考。其内容如下：

　　在阅读贾平凹的作品的过程中，我想到了米兰·昆德拉，想到了古典诗词，想到了庄子。而在读相关文史资料及研究时，忽然想到了歌德。于此并非是要强行将贾平凹与歌德进行类比或者比附，而是由此引发了些题外话。比如就创建一国一时代文学艺术而言，不同国度不同民族之文学，是否存在着某种相似性？比如美国曾经出现过所谓的西部文学，过了若干年后，中国也出现了西部文学。中国的西部文学可视为中国现代化历史进程中所出现的一种文学形态，那美国的西部文学是否也是其现代化历史进程中的一种文学形态？由此进而想到，歌德所处的时代，不也是在德国从启蒙到现代化完型的过程中吗？歌德之前有莱辛，同时代有席勒，而后有荷尔德林、海涅等，以及两次世界大战之后关于反思与探寻德国历史命运的作家格拉斯等。由此可见，歌德既不是开启德国社会现代性历史转换的作家，也不是终结这一历史转换的作家，但他却是将德国文学推向世界的时代文学的集大成者。

于是我在想：莱辛、席勒都是非常了不起的大作家，他们对于德国文学艺术的现代性历史建构，做出了不可磨灭的贡献；他们不仅在德国文学史上留下重重的一笔，在世界文学史上也是独树一帜的。但他们终归未能有歌德那样的地位。

在世界文学史上，歌德是个巨大的、复杂的矛盾体。于此本该做出深入探讨，但是，我缺乏广阔的世界文学史学术背景，自然也就谈不出什么深入新颖的观点来。为表达我的阅读感受，这里摘录专治德国文学史学者的一段话作答：

> 18世纪下叶，随着德国资本主义生产方式的逐步建立（内因）以及英、法等国强大的启蒙思潮的影响（外因），德国启蒙运动得到了开展。德国启蒙运动的主要代表、德国民族文学的奠基人莱辛，以他的文学理论和创作实践使德国文学跻身于世界文学之林。此后，德国文学出现了空前兴旺的繁荣局面，形成了第二个高峰时期。继启蒙运动后，德国文坛兴起了气势汹汹的狂飙突进运动，它的代表人物有赫尔德、歌德和席勒。接着德国文学进入了以歌德、席勒为代表的古典时期。在古典时期的后段同时存在的还有德国浪漫主义文学运动。德国古典文学的四个主要代表人物莱辛、歌德、席勒和稍后的海涅，都诞生于德国文学的第二次繁荣时期。其中歌德则不仅是德国古典文学最主要的代表人物，也是欧洲文学史上为数不多的几个最重要作家之一，他的代表作——诗剧《浮士德》是欧洲文学史上几部最重要的文学作品之一。经过莱辛的开拓之后，歌德把相对落后的德国文学提高到世界水平。[1]

---

[1] 余匡复：《德国文学史》（上），上海外语教育出版社2013年版，第3—4页。

显然，在中国文学现代性历史转换与建构中，虽然出现了可以与世界文学平等对话的作品及作家，但似乎还没有出现像歌德这样的具有世界文学意义的集大成者。这也许正是当代中国作家所应当深入思考的吧。

不仅仅是作家，我们这些从事理论研究的人，也都应当好好深入地阅读研思一下歌德的作品啊。

最后说明一下，本阅读札记写作中，吸纳了此前所写论文的观点甚至论述，这并不是有意自己抄袭自己，而是为了体现自己思考问题的一种延续性，请谅解。

2016 年 10 月 1 日

（选自《白夜》，华夏出版社 2017 年版）

文本分析

WENBEN FENXI

追寻的悲哀

——论《白夜》

费秉勋

《废都》问世后对文坛及社会的影响刚刚消退,贾平凹又写成一部新长篇小说《白夜》。

《废都》标志着贾平凹对都市已经有了相当的归属感。在文学世界里,他已经走出了商州山地。过去,他的潜意识中一直存在着自卑和对城市上层社会的敌意;近些年,由于他常以座上宾身份出现在各种社会场合,对城市各种景象饱游饫看,以一个知名作家身份受到城市各阶层人的仰慕,从而便渐渐淡化了往日的敌意,并对城市产生了归属感,也乐于以都市人自居,而不大愿意说他是"山地的儿子"了。

《白夜》继《废都》之后,不但进一步确立着贾平凹的文学新领地——都市文学世界的根基,并且稳步丰富着这一世界的景观。《白夜》仍是写西京的,较之《废都》,社会层面有所扩大。如果说《废都》更多地显示着作家生命、人格、经历、情绪等近距离体证的话,《白夜》则拉开了这种距离,显得更加冷静和从容。都市生活在《白夜》中虽然仍点缀着魔幻,仍不是现实主义的真实的全景再现,但比起《废都》来,却略微放开了观察生活的角度和视野,从文人圈子延伸到打工者的蜗居和贵族遗老的宅院。

人们还记得,早在1986年,贾平凹写成第一部有影响的长篇小说《浮躁》的时候,即在序、跋中宣称,他以后不会再用写《浮躁》那种流行的、严格写实的方法去写作品了。他觉得那种写法使他感到很苦,他要试用"散点透视"的写法,那将是有趣的、自由的、充满着艺术劳作的愉快的写法。这种艺术憧憬,很快在《废都》中得到实现。所谓"散点透视",不单是一个视觉问题,它还带有反史诗、反传奇的性质,即化解和剔除传奇性、戏剧性的情节,打掉叙述人那种居高临下操纵全局的做报告的架式，而用平常的、平和的、聊天式的口吻来叙说生活的自然状态。我国在唐代就萌芽宋元时期成了气候的"说话"，主要是在瓦子、书场中面对听众市场形成的一种小说形式。它最重要的特征就是以曲折诱人的情节吸引听众，这便成了我国古代最正宗的小说形式即章回小说。这种小说的形成根源和听众对象，决定了它的民间文学基因。《三国演义》《水浒传》《西游记》就秉承着这种艺术遗传。其后，《金瓶梅》虽然外壳上仍用了话本的形式，但舍弃了惊险、壮阔、离奇的戏剧性情节和史诗的气势，而把视野移向了琐屑平凡的家庭生活，叙述的声口情态也从报告式转为聊天式。《红楼梦》在《金瓶梅》辟出的这条路上走得更加辉煌风流，有着更多的新创造。与有民间渊源的文学体系相区别，《金瓶梅》《红楼梦》可以说是属于另一文学体系的文人小说，其中融贯了在《三国演义》等书中还很淡薄的以作家为主体的艺术气韵。1949年后的长篇小说，在一定程度上又向报告式回归，不过它们更多地承袭了西洋小说的气质。这种承袭从"五四"时期就开始了。贾平凹从《废都》开始的所谓"散点透视"写法，自觉摒除了报告式，而采取聊天式。这种聊天式叙写，采用最具当代气息的平常语言，外观上倒显出中国作风极浓的文人气质。贾平凹这样写，得力于他纯熟的语言功力。这种写法看似容易，实则很难，于平易中寓有丰富的创造性，从而也成就了作品的独特性，会立即在当代长篇小说之林中呈现出卓尔独立之姿。贾平凹在《浮躁》之后的中篇中就试验应用在《废都》《白夜》中全面实现的聊天式散点透视叙事写法。这种叙事风范脱胎于中国古典小说《金瓶梅》《红楼梦》，既不拿作文架子，容易拉近叙事人与读者的距离感，又灵便机动，跳出了许多限制，又便于表现作者才情。这里说的是"脱胎"，脱胎并不等于搬用，它是很需要创造和天才的。这犹如要用脱胎于传统国画那种染写山水、屋宇、花鸟、人物的笔法，来画现代生活，必然会出现格格不入的尴尬，会把现代生活画得不今不古，失去时代的神韵。贾平凹的独特创造，是用脱胎于古典的叙事笔法来写现代生活，却无意不可入，随物赋形，得心应手，举重若轻，读来如行云流水，感到畅美。这绝不是"搬用"可以做到的，中国文坛上的搬用者难以数计，为何只有《废都》《白夜》搬出了独特，搬出了鲜活与规模？所谓"脱胎"，是指吸收以往某种成功文学范式的神髓，作为创造精神新物的样态角度的支撑。它的价值重心在新的时代内容所促成的新的创造，这种创造是需要天才和魄力的，绝不是一种照葫芦画瓢的模仿。

对一部长篇小说来说,"散点透视"最主要的是整部作品的特有结构。这种结构与聊天式反作文的叙事语言相一致,它师法生活本身流程状态的无结构,情节间的承接无端无绪,呈现着自然性和偶然性,很少看出人为安排的痕迹。当然,《白夜》有它欠缺的地方。这主要是缺少块头较大的情节,像戏班在金矿演鬼戏那样能撼动人的大的生活场景在书中比较少,色彩饱满充分淋漓的厚重情节也比较缺乏,它虽是一泓深而广的湖泊,却因为湖面平静或仅有粼粼细浪,便会使一般只有大波涛才能引起兴奋的观赏者失去驻足盘桓的耐心。

二

我们把《白夜》的基本思想概括为"追寻的悲哀",这也许是作家对时代的一种独特感受。西京城里各种职业、各种身份、各种志趣的具体的个人,越是乘着世风而强烈地追寻的人,所得的越是一个虚空。然而,从书中我们并未感受到佛教的色空观,也觉不到一丝从作家主体情思中透出的感伤和灰色,根本没有一股能感动人的形而上的观念力量。我们所看到的只是生活本身的流动,只是依凭我们最普通最一般的理性逻辑能力,做出了"追寻的悲哀"的概括。如果这个概括不十分离谱的话,我们首先看到的,就是贵族与游侠的苦恋。这是《白夜》重要的旨趣之一。

在贾平凹的文化意趣世界中,一个情结始终萦绕着,这就是对历史的怀恋。这一情结又总是被揉进最新的生活中去,而不做孤立地呈现。试读他1985年以来的中长篇小说,就知道恋史情结的确是贾平凹潜意识中挥之不去的一个顽固的幽灵。在《白夜》中,通过贵族与游侠的苦恋,历史与现实显示出深邃而绵长的联系。《白夜》在体现这一联系时,贵族自然做了历史的承载,而游侠则具有最浓烈的现实色彩。贵族与游侠的苦恋,便在深广的历史背景上,演出了精神觅寻而怅惘无得的悲剧。

这里的所谓"贵族",并不是严格意义上的称谓,和18世纪的法国贵族绝不可同日而语。经过民主革命、社会主义革命和建设以来诸如土改、反右、社教、"文革"等政治运动,贵族的优势不仅荡然无存,而且在精神上比平民矮了三分。所以贾平凹笔下的贵族,主要是恋史情结孕育出来的产儿,是作家的一种艺术创造。但艺术绝不是纯主观的产物,因之贾平凹笔下的贵族也并非完全的子虚乌有。它第一个方面来源于生活角落里平民中所追存的贵族遗风,第二个方面来源于半个世纪中逐渐产生的新贵,第三个方面才是刻意挖掘出来的孑遗的贵族光影。新贵不是贾平凹意象世界中的贵族,甚至存在着贵族的负面,但它精神上的优越感和对平民俯视的姿态,则有着同构的形态。

《白夜》中的虞白作为贵族,便有了较厚重的分量。她作为这部书的主角之一,心比天高,而容纳贵族精神的环境已经过去了几十年,她的精神游魂似的无所归依,韶光已过,现在她只有进行着与游侠的苦恋,以显其精神之独特。

再说"游侠"。游侠在中国历史中作为一种社会力量和人文精神,可谓源远流长,可以说已成为一种贯彻古今的文化。司马迁曾从价值论的角度,给予游侠以高度的评价,以为"侠"的社会价值与精神价值皆可与"儒"相抗衡,他们的行为虽然不合乎正统的价值尺度,而"其言必信,其行必果,已诺必诚,不爱其躯",即使让亡者得存死者得生,他们也"不矜其能,羞伐其德",高行义举是十分令人景仰的。司马迁动情地慨叹:"吾视郭解,状貌不及中人,言语不足采者。然天下无贤与不肖,知与不知,皆慕其声,言侠者皆引以为名。"作为一个始终保持着平民意识的作家,自20世纪80年代以来,贾平凹的作品中,一直徘徊着游侠的身影。当然,在新的特殊时代里,这些变了形甚至变了种的游侠,已与朱家、郭解大异其韵了。天狗、五魁、光子(《人极》)、吴三大(《远山野情》),都是富于侠肠义肝的浪人,又都献身于受难的女性。这是贾平凹笔下游侠人物的主调。到了长篇小说《商州》中的秃子时,这一主调虽然仍保留着,但又加进些丑的色调而向下沉降。后经雷大空(《浮躁》)而到夜郎,游侠带上了应有的刚气,但却回不到吴三大那种纯净雅正的含蕴。他的意识中因袭着民间传统的伦理和观念,但同时他受着时代雨露的沾溉,使我们觉得,他是由广远的历史文化和当今时代联手共同塑造而成的。在文章的下节,我们再具体分析夜郎这一形象;这一节的题旨为"贵族与游侠的苦恋",来集中探讨一下虞白形象的意义。

用李清照的"寻寻觅觅,冷冷清清,凄凄惨惨戚戚"来描述虞白的精神追寻历程,也许不无恰切。在中国五十多年的巨大变革中,虞白这一形象体现了贵族精神绵韧长命的一面。在《废都》中,我们看到牛月清、赵京五徒然居住在先祖的深宅大院中,但都逐随世俗的波涛,成了世俗的市民,为着俗务而奔忙劳碌。虞白则与他们不同,她苦苦地固守在贵族的精神领地中,苦苦地寻觅求索,不使自己裹入浩荡的世风中。虞白出身于资本家家庭,虽然1949年的中华人民共和国成立和50年代初的工商业社会主义改造，摧垮了虞家的辉煌，但虞白由于优良的遗传，天生丽质，又接受了高等教育，这样，她就在新的时代里作为资本家子女，保留了一定的来自于门第的精神优势，不但可以不在连续的政治风云中处处做阶下囚，而且有资本保持某种贵族的孤傲。她与西京民间艺术博物馆居住于同一大宅，因为这个博物馆正是虞家以前的宅第和园林。这种巧妙的偶然，又从环境方面加深了虞白的贵族质地。表面看起来，日常的生活起居，她与世人相俯仰，没有什么大的不同，但在精神上，她则是一个旷世的孤独者。她不可能找到知音和同调者，只能眼看着光阴飞逝，年华水流。但是无论怎样的孤独者，实际上都不可能自足封闭，必然要找寻自己的精神出路。除了豢养一条颇通人性的狗以冲减孤独外，虞白在具有艺术迷狂精神的剪纸老太太的导诱下专注地拥抱艺术，给孤寂的生命以合宜的安排。当然最重要的与写得最见独特性的还是虞白与作为新时代游侠的夜郎亦真亦幻的恋情。

　　虞白对夜郎的恋情，用刻骨铭心来形容也许并不过分。但冷静地分析，这种爱情只能是短暂的，而且可以说是虚假的。它的虚假在于它骨子里的功利性，这一点也许连他们两个人都不一定意识到。从夜郎一方看，他已把恋爱纳入他闯世界以陟升其社会位置和社会角色的大目标之下，他与虞白相恋是被一种类似小偷闯入民宅的快感所驱使的。作为一匹野马，他就是要往新的地平线驰骋它的野性，而不愿轻而易举吃足下现成的嫩草。他没有受过于连·索瑞尔那样良好的教育，却有着几分于连式的野心。从虞白一方看，她的确爱着夜郎。她为什么爱夜郎？我们却找寻不到真实可信的感觉。对一个并无出众之处，只有一把鬼钥匙的农民，一个长着一副马脸的人，虞白怎么会对他一见钟情？还不是为了在一种青春的迟暮感中出奇制胜地爱一个在一般人看来绝不会去爱的人，以此来显示她精神的独特嘛！在这场情爱活动中，虞白是一个彻头彻尾的矛盾体。她爱夜郎是在显示自己精神的独特，显示就是要人们看见；但同时她仍然要保持贵族的高傲，所以她又绝不愿意承认自己爱着夜郎。细想，这种矛盾也并不难统一，无论是独特还是高傲，都是贵族脾气所使然，这样，矛盾的两极就在贵族这一本质上统一起来了。一方面是高傲，另一方面又是自卑。高傲是贵族的自尊，自卑是青春已残的自省。作为农民的夜郎绝难适应一个怪僻而敏感得近乎病态的贵族之女的感情波动；而一个感情细腻的贵族女子恐怕也驾驭不住夜郎这匹来自荒僻山乡的野马。他不会恪守爱情专一的信条，这却是无论怎样标示独特的虞白也不会接受的。于是两个人终于分手。

见到夜郎也许是虞白青春生命的最后一次闪光，但无可否认，这是一次误恋，所以对虞白来说，这也是一场悲剧。这种悲剧的背景，是半个世纪的历史和改革开放的现实所提供的。没有这特定的历史和现实，也不会有这样的悲剧的发生。就是说，虞白要是没有贵族惨重的失落，要是没有时代搅动她的意识并给她注入虚弱的浪漫，她是不会爱上夜郎的；而夜郎要是没有遇上让这意识涌乱开放的时代，他就是见到虞白也不会有去爱的勇气。所以，与其说是两个个体的误恋，毋宁说是历史和时代的误恋。

三

如果说虞白的精神主要是历史的留遗的话，夜郎的精神则主要是现实所孕育的。说"主要"，当然就有"次要"不容忽视。正如前文所说，夜郎的身上含蕴着深厚的历史文化，是耳濡目染了民间传统的伦理观长大的。他的父亲被生存的重负压弯的脊梁，一直成为一个幻影萦绕在他的记忆中，使他非常痛苦。但他毕竟是一匹野马，他没有被这一切压趴下，相反地，低下的社会地位倒给了他一种反弹力，使他对身居高位的弄权者有一股本能的仇恨。他一进城便成了情场上的闯将，但他并无成熟的爱情观，也没有清醒的爱情意识，该珍爱的爱情轻忽地抛却，不实际的爱情却企冀苟得，因此他的爱情命运只落得"追寻的悲哀"。

夜郎离开农村来到城市，目的并不在发财致富，而是要求得精神上的勃发甚至冒险，他要乘着传统秩序堕骤的世风，于乱世中作逍遥游。他不甘心自己低下的社会地位，觉得自己应该与城里的其他人一样地位平等，所以他要像游泳一样奋力划向上游。说到底，他是一个农民。农民中有一些人：既是紧紧地恋着黄土，胆小守旧，填饱肚子就十分满足，又是屈大不安分，对富人有无名的嫉恨，他们的理想是平均世上的财富。夜郎的父亲也许是前者，但夜郎无疑属后者。历来揭竿造反的也都来自后者。对夜郎的爱情位置，也只有放到他作为后者来认识，才能看得清楚。

在对爱情的处理上，上述意识支配了夜郎的行动，他要把婚姻爱情作为首要的奋争疆场，通过爱情以挣离同侪，提高人的等次归属；上述意识甚至武装了他的感情、他的爱情活动，使他不由自主地把陟升地位的理性意识，通转成一种对高层异性的感性意识。所以他追逐虞白也确实出于真诚，而且钟情到寤寐求之的程度。也正因为如此，他轻弃了颜铭而追逐虞白。夜郎并不是不爱颜铭，他的心也曾经被颜铭所占有而与颜铭同居，直至对方怀了孩子并毫无反顾地与他结婚。但他在这种情况下却因为多疑和心系虞白而抛弃了颜铭，没有丝毫的责任心，无师自通地实现着"杯水主义"。

夜郎凭着被祝一鹤赏识，认识了不少权要人物，加上他本人的余闲和活力，在西京很自然很容易地建立了广泛的关系网，似游侠般驰骋疆野。其后祝一鹤在政治斗争中败北，由身居要津的官员变成了植物人。夜郎在祝一鹤失势后继续尽心照顾他，显示了他的游侠人格，但祝一鹤在社会上的残余影响被他作为工具继续使用。夜郎的主要朋友是警察汪宽和鬼戏班班主南丁山，汪南二人作为夜郎的投影，分别映射出夜郎人格的正反两面。汪宽缺乏灵动，但他身上关注人群社会并助人为乐的那种巨大的善性，则净化着夜郎的灵魂；南丁山与夜郎联手则同构共振，他激活了夜郎身上的流氓禀性。夜郎能与汪宽始终保持兄弟般的朋友关系，说明他自身本来就潜存着善的素质。夜郎为朋友的事奔走效命两肋插刀的精神，带有封建侠义性。夜郎与宫长兴的斗法，并不能纳入社会革命群体的大道中去。宫长兴固然是一个弄权的贪官，但夜郎伙客式地与宫长兴的斗智斗勇，主要是为泄个人的私愤，并非为了社会进步。这一行动对夜郎来说，既然成了一种使命和乐趣，他就重在行动过程的兴奋感受，而不去考究手段的高下和对整个社会的利弊了。他和宫长兴斗法所使用的手段，有些是正当的，如通过信访局；有些是不正当的，如冒用传呼机制造混乱给宫长兴造成难堪；有些则近于黑道，如通过盗窃以揭示宫长兴的贪污受贿。不管他使用怎样的手段，最后都一一失败，结果是将镣铐戴到自己的身上。夜郎通过正当途径揭露宫长兴而归于失败，说明了当代政治斗争的不分明性和复杂性，这也是他不能把自己的行动纳入社会革命群体大轨道的原因之一。

夜郎这一形象具有一定的典型性。一个充满活力并负载着文化沉积而无坚实追求的生命个体，在信仰轰毁、观念淆乱、价值观多元的时代里，成为一匹盲动的野马，没有目标地仅仅受着本能野性地驱使瞎跑着。这是特定时代里生长出来的悲剧人物。这种文学典型，其生活原型在时代中的产生，和俄国文学中所创造的"多余的人"的产生一样，带有时代必然性。在这样突然转型和各种观念处于文化整合过程的特定时代里，只有坚强丰实的主体，才能不为纷乱所迷惑而把自己造就成有价值的存在,而夜郎不能成为这样的人。

四

在《白夜》中,"追寻的悲哀"带有普泛性,几乎贯穿在每一个人身上。夜郎和虞白的这种追寻,还具有一定的精神性和深刻性。就其本质而言,虞白和时代是矛盾的;夜郎和时代有相冲突的一面,又是乘了时代的风云驱驰他的性灵的。对邹云和宁洪祥来说,其追寻主要是物质的。站到人本质的基点上来看,他们的追求无疑浮浅而盲目。然而他们对这一个时代的人来说,具有相当的代表性,所以他们都显出和时代的同一性与和谐性,在时代中如鱼得水。但是不管虞白、夜郎、邹云、宁洪祥、吴清朴、汪宽,或者其他什么人,命运都给他们安排了悲剧的结局。

邹云有着光彩夺目的形貌,强烈追求着富贵和享乐,在这样的时代里,这样的形貌与追求相得益彰。她不太看重精神和人格,由于她结识了吴清朴,她的周围本来有一些难得的朋友,靠着自己的条件和与吴清朴的共同劳动,她所追求的富贵完全可以由自己获得。但是她"弃周鼎而宝康贺",急于得到富贵而投入暴发户宁洪祥的怀抱,于是她急迷地陷入悲剧的深渊,毁了她自己也毁了曾经与她相爱的吴清朴。除了咎由自取外,还有造成悲剧的凶手吗?如果说有,这个凶手便是时代,商品经济大潮和人欲横流的世风,给了她膨胀的欲望和走向悲剧的驱动力。

暴发户宁洪祥的悲剧在当今具有一定典型性。中国的现代化需要一部分人先富起来,以较集中的经济实力来推动社会经济的发展。能够走在经济先锋的人,其行为每每需要反传统,但传统绝不能完全抛弃,宁洪祥正是这样一个发得火爆活得张狂的短命鬼。

在汹涌澎湃的商品经济大潮中,宁洪祥和邹云,一个是弄潮儿,一个是趁潮女,一个猎色,一个逐金,相求相应,一拍即合,共同向悲剧的深渊进发,所以吴清朴再大的真情,也不可能把邹云再拉回到自己的身边去了。

吴清朴的悲剧,是知识分子的时代悲剧。他热爱自己的考古事业,但他一度不得不放弃自己的事业而经营饭店,这除了为迁就爱情外,还有时势造成的无奈。文化人的事业道路不通而下海经商,企图以此先安稳生计,为正正经经干事业提供保障。但文化人下海鲜有不被海水淹得一塌糊涂的。吴清朴为迁就邹云而下海，但下海后还是失去了邹云。他在心力交瘁中毅然回到考古队，也许是因为生活对他打击太重，使他极度伤心而精神恍惚，为自然物——葫芦豹蜂蜇伤惨遭不幸。吴清朴死得凄凉，死得痛苦，死得孤独寂寞。他的遭遇反映了一代善良知识分子的悲剧命运。

吴清朴惨死时，老朋友中只有汪宽与之邂逅在身边，大约是天意安排一个半生以扶危济难为己任的人，即使在自己人生程途的惶惑中，也还要来行使自己所认定的使命。《白夜》中，人们都以"宽哥"这个亲切称呼来叫汪宽，这可以说是这部小说写出的一个时代感很强的独特形象。说这个人物形象的时代感很强，是指他在作品中起着一种逆态显示的作用——时代使他显得陌生可笑，我们又从这种可笑中加深了对时代的印象和省察。所以这里所谓时代感很强，实际上是指他和时风很"隔"，非常堂吉诃德。1963年3月5日，毛泽东号召大家"向雷锋同志学习"，汪宽一定学得非常认真，终生贯彻不逾，一心一意地做好事，解救弱者的危难，而把自己的私事置之脑后。他身上潜存着大善，谋私成风的世俗使他显得迂腐鲁钝；他学雷锋学得不够灵动，不适变通，同时缺乏火眼金睛以辨识坏人的能力，也没有足够的威猛以震慑邪恶，只会做好事。这当然算不上一个称职的警察了。作家写汪宽背上的宿疾——牛皮癣越来越严重，背上角质化的厚皮使他像卡夫卡笔下的格里高尔，几乎将要变成甲虫了，这是寓言式的魔幻笔墨。汪宽兢兢业业实心实意地奉行为人民服务的崇高革命道德准则，但他处处受到生活的嘲弄，最后的结局是取消了他的警察资格。丢了警察这个在他看来极其神圣的崇高职业，使他惶惑迷茫地离开西京在乡野间游走，又遇上了吴清朴的惨死。汪宽的悲剧在类型和色彩上，并不同于上述三个毁灭了生命的人的悲剧，而是一种略带喜剧的使人欲哭无泪的悲剧。这种环境逼使人变为甲虫，有着格里高尔式的悲剧，在社会转型的时代里，是有着相当的普遍性和典型性的。

如《变形记》的悲剧，汪宽变成了甲虫，祝一鹤则变成了一条蚕。在知识贬值的时代，虽然大多数知识分子也只能腹怀知识在生存线上挣扎，或在冷清的书斋中耐住寂寞，但总会有一些人大着胆子冲向新的人生领域去找出路。吴清朴停薪留职去开饭馆，祝一鹤则打入了官场并腾达了一阵子，但最后仍是败北，精神上的刺激使他中风卧床，失去了意识，整天嘴里流着涎水，成了植物人。但他也从此没有了烦恼，慈眉善眼半卧在床上，养得白白胖胖，像一条要上蔟的蚕。失去了人生的烦恼，同时也失去了人生的意义和价值，这是又一种不同的韵调的悲剧。各种人的悲剧，各式各样的悲剧。浑浑噩噩地活着倒还罢了，越追求越陷入悲剧——这是作品本身所再现的事实。但作家只是从容冷静地叙说生活，他没有调动文学手段来渲染气氛和煽动情绪，犹如布莱希特戏剧体系的"间离效果"意欲起到的作用，作家刻意走一条一反以往文学习惯的新道，这样不但在审美方面给欣赏者以新的感受，而且也使读者不跟在作家后头按作家安排的既定的指向去进行其文学活动，可冷静地发挥各自的思考机能。

人们有权利提出一个问题：这是一个伟大的变革时代，是一个急遽迈向更高文明的时代，中国在以前所未有的速度行进着，将把这个时代表现为一个悲剧的时代，难道是可以的吗？难道不是一个大歪曲吗？历史永远是前进的，从人文的角度、精神的角度看，从人们对所熟知的事物包括制度、社会经济结构、生产关系、人文景观等等的正常留恋看，从这些将被取代的旧事物、旧制度上所纠结的精神价值将被抛弃看，正是在最重大历史转折关头，新制度将取代旧制度的转型时代，才产生最深刻的悲剧。请回顾世界文学史，许多最伟大的史诗性悲剧作品不都产生在这样的时代嘛！所以不是我们这个时代可不可以写成悲剧，而是这一文学悲剧，是否具有与时代相称的厚重感和深刻感。正是在这一点上，《白夜》显得缺乏力度，小说中的一系列悲剧多显得轻淡和浮泛，不具有巨大深邃的震撼力。

五

我们上边就人物进行分析时，都是从书中提取出来一些东西。虽然所提取的是具有本质意义的东西，但对一个有机的完整的艺术品来说，这样的提取，已经抛掉了全书整体的活的神韵。"根之茂者其实遂，膏之沃者其光晔"，和一个生命一样，一部艺术品的精神韵味是发自内里的，这种精神韵味的产生，是各种复杂的因素共同造成的。形成《白夜》整体神韵的因素当然也是多方面的，但再生人和鬼戏却具有决定性的意义。

对世界的神秘性的关注和审美兴趣，对宇宙人生的终极究诘，是贾平凹生命的重要内容，贯穿他艺术活动和非艺术活动的整个生命过程之中。将阴性世界与阳性世界沟通起来，则是他这种生命活动的主要成果，它作为一种感受世界的主题旋律，在1985年以来的作品中反复咏叹。如《古堡》《废都》中老太太对阴阳世界的弥合和感知;《龙卷风》中人和鬼在鬼市贸易中的相互斗智欺诈;《瘫家沟》中侯七奶奶对天象和自己死期的预知,牛过秤的阴魂在阴间走后门;等等。以上都显示着此岸世界与彼岸世界的等齐和连通。不过,这些描写在以前的作品中都只是局部的情节,到了《白夜》,再生人和鬼戏作为情节,则贯穿全书,营造氛围。

全书是以讲再生人的故事开头的。已经死了十多年的戚老太太的丈夫,一天却回来了并拿一把铜钥匙开门认家,但他的儿子认为丢面子,不肯相认,戚老太太羞恨上吊,再生人也失去再生下去的信心,于街口自焚再死。警察汪宽在救火时,从灰烬中拣了那把再生人的铜钥匙。这把铜钥匙后被夜郎拿去,做了与虞白的定情之物。也是这把铜钥匙,使夜郎患了夜游症,似乎他背负着再生人的使命,经常晚上去开竹笆街七号的门。夜郎又是演鬼戏的,"再现"着小鬼、大鬼、民鬼、官鬼、善鬼、恶鬼间的生命跃动。他人不人鬼不鬼,成了一个活在阴阳两界的人物。他的艺术形象像果戈里《钦差大臣》中的赫列斯达柯夫,通过他或严肃或玩世不恭的活动,通过他的特殊导游,读者感知到了鬼魂世界活脱脱的世俗人性。

鬼戏是阴阳的连通器,展现着鬼的世界,演出时人鬼是混合的,人们要加入到鬼的生活中去,是鬼们婚嫁办喜事时的吃客,而且演鬼戏的主要目的,就是要请鬼神界的权威来惩压潜伏在阳世中作祟的邪鬼。

鬼戏还是文化的弥合剂。贾平凹《商州》中一直都有着浓厚的文化内涵,尤以民俗文化的浓郁生动见特色。而对在从容的历史脚步中留遗下来的城市社会文化,贾平凹远没有像对农村民俗文化那样熟悉。《白夜》是写城市的,在《白夜》中,西京城里的文化氛围,除了民俗博物馆的屋宇廊庑(虞公馆的遗存)这些固态的死物和陆天膺的名士式生活方式(而这些实际上也是农村世族地主庄园中的文化特色),主要就靠鬼戏班的目连戏来营造,而鬼戏和鬼戏班的活动特征,也都是属于农村的。不错,中国人的根子以及由此决定的思维方式和文化心理,本质上都是农民的,像西京这样的古城,也就是一个大农村而已。这样看来,《白夜》中的城市文化的染写也许是成功的。但不管怎样说,这部作品中文化氛围的营造和体现,主要是借助于鬼戏的。《白夜》对鬼戏和鬼戏班花费如此多的笔墨,写成如此的规模,都是值得的。

六

这一节，我们要在《白夜》中追寻作家的人格心理。我以为，书中可以和作家自我的生命和心灵相共振的人物有三个，这就是：夜郎、陆天朤、库老太太。夜郎体现着作家的爱情躁动，陆天朤抒发了作家对人格风度的企冀之感，库老太太是作家审美化的生命特征。

自从胡适提出《红楼梦》是曹雪芹的自叙传之后，赞同这个说法和反对这个说法的人一直争吵不休，在争吵的根本原因上各执一词。曹雪芹在写《红楼梦》的整个过程中，都把自己的灵魂附在贾宝玉身上，通过贾宝玉的心肠、脾性、作为、追求，来抒发自己的一腔真情。但贾宝玉的个人履历、社会环境、亲属关系等等，决不会和曹雪芹完全重合，《红楼梦》绝不是18世纪的报告文学。这说明大凡作家倾注了心血的长篇，主人公是作家的天才创造，作家是主人公的造物主，作家创造的这个人物的身上往往萦绕着作家自己的灵魂和人格精神。金狗（《浮躁》）、庄之蝶（《废都》）、夜郎（《白夜》）的体内，都涌流着贾平凹的血液，散发着贾平凹的情怀，特别是体现着贾平凹的爱情体验和情欲焦躁。

贾平凹尽管有着放眼世界的艺术视野，但他浑身上下浸透着中国人的气质，他像一台陈旧的PC机，对洋的人性硬件概不兼容，对即使很随和的西方人文软件也不支持。作为文人，他有着浓厚的士大夫气。虽然还未放纵到魏晋名士的怪僻和潇洒，却已经很有点个性主义了。他注重的当然是精神，即使有了与大款相敌的财富，他也不会浸泡到物欲中泯灭了自我。而直至目下，他还受着环境等诸多方面的制约，自己也没有修炼到能够凭虚御风的道行，所以他还没有取得自由，还不能在滚滚红尘中使精神作逍遥游，因此他憧憬一种既不脱离茫茫人海，而又是闲云野鹤的新士大夫生活。在《白夜》中，各种人都有痛苦和烦恼，都难逃悲剧的命运，而只有陆天朤保持着士大夫式的独立人格，过着自在洒脱的日子，来了酒瘾便开怀畅饮，有了兴会便挥毫画虎，有朋友聊天，有娇妻相伴，与世无争，自足自乐，真是20世纪90年代陷居于都会中的高士。然而这恐怕仅是贾平凹真诚地虚画出来的一个乌有先生，在实际生活中是很难效法的，且不说小说中那个不肖公子已经着实让陆先生伤透脑筋了。

《白夜》中的库老太太，是一个有着特殊的艺术才能的民间艺人，开始是被民俗博物馆请去创作剪纸，后来则和虞白生活在一起，二人相依为命。这是一个生长在农村的普通妇女，一个不识字的文盲。但她一旦进入艺术创造中，便显出非凡的艺术才能和迷狂的投入状态。这时候，她的剪刀上好像有了魔法，一系列匪夷所思的刀法和意想不到的毕加索立体派式的万物造型，便从她的剪刀下显现出来。伴随着剪刀的运作，她还不假思索地从嘴里即兴吟唱出带有神秘色彩的铿锵流利的歌谣。奇怪的是她不经意说出来的话，常常成为奇验的预言；她吟唱着歌谣剪成的剪纸被人拿去治病，则疾病霍然可愈。这好像回到了艺术主要由巫觋把持的古老的青铜时代，女巫成了原始艺术殿堂上的主角。我以为，在《白夜》中，从事艺术的女巫式的库老太太，是贾平凹对自我生命的一种艺术观照。

我曾经论证过贾平凹的生命审美化。生命审美化的含义之一就是生命体验贯穿主体的大部分意识活动，脱离理性判断和功利目的对世界、对生活进行体味和审美观照，这成了主体重要的、惯常的生命需要。对世界无限性和永恒性的终极究诘造成贾平凹对宇宙人生的神秘感，这种神秘感主要应属于审美范畴，同时艺术对存在的追踪、冥合，以及这种冥合的不期而遇、不可期性，等等，常常使艺术也产生神秘感。所以库老太太实际承担了体证贾平凹生命勃发特征的角色，当库老太太进入艺术迷狂状态时，作家和她发生着极为契合的生命共振。

七

把一部新长篇放到当代文学的大背景下和作者的创作历程中，做总的判断性的评估，这当然是可以的，人们也经常这样做。但这样的事很难做好，因为话说过后要不了几年，回头一看觉得当时很唐突，眼界很窄，话说得太绝对，当时何不多留点余地。虽然如此，我们还是要按照习惯对《白夜》做一番总估价，作为本文的结束。

《白夜》在近年的长篇小说中是表现独特的。除了写法以强烈的民族性和驾驭语言的纯熟叙述功力而显出卓尔不群的风姿外，它既非常切近现实，又没有把生活框死，并且从发散性的叙说生活中造就出一个可以无限感受的艺术生活体系。它既从文化艺术气质上显示出收纳古今的深厚浓郁的民族品格，又具有可与世界对话的一定的前锋性。

《白夜》是对由《废都》所创试的聊天式散点透视写法的一种必要的巩固。这种写法除表现为发散的章法结构外,还摸索出相应的语感和叙写体系。这是升华了、雅化了的聊天式语言,有从容平和的节奏及排拒欧化的翻译语言。叙写体系是以脱胎于宋元"说话"的叙说情态来驾驭当代口语,整体上淡化描写。这种试验对中短篇当然比较容易,长篇就十分难。打比方说,你采用一种爬山方法去爬寻常的山甚至华山泰山,可能都容易成功,但当你参加国际性的攀登喜马拉雅山竞赛,每前进一步都与刷新世界纪录相关时,你的新爬山法敢否在全部攀登途程中一以贯之,就非常难说了。《废都》用聊天式散点透视写法基本成功了,但还未臻圆熟,贾平凹有必要对这种长篇小说新写法加以巩固和完善,《白夜》在行使这一艺术重任时,可算得不辱使命。它进一步证明了,这种在当代独树一帜的长篇小说写法是可行的、成功的。比起《废都》来,《白夜》在生活方面的挖掘、素材提炼、情节转换承接、语言操纵驾驭等,都有所前进,整体看来较为自然圆融。以语言为例,《废都》的语言还时不时杂有文言虚词和文言语法,带有脱胎于旧小说的汰除未尽的毛发,读起来多少给人以作文的感觉;《白夜》则以流畅的当代口语贯彻始终,这样从结构到语言没有任何跳出来的技巧,没有作文的痕迹,读者只从侃侃的聊天中感受到生活的流动,较好地达到了作家所追求的效果。

《白夜》的缺陷主要为对现实主义的依违两可。作为一部十分切近生活的长篇,作家很难摆脱他一直意欲摆脱的现实主义,作为一部切近生活的长篇,也不能无视广大中国当代读者对生活特别是对社会生活的感觉惯性,这使得作家产生这样的顾虑:过重的魔幻笔墨或其他非现实笔墨,是否难以为读者所认可,所以除了较外部性的再生人和鬼戏外,非现实的叙写就显得很有节制,不敢逸纵,所写出的如夜郎的夜游、汪宽的鳞甲、祝一鹤的女化和蚕化、虞白的生虱、库老太太的特异功能等,必使其不逸出现实真实为度。其中如虞白的生虱,目的在闪现贵族身上丑的一面,略同于作家当年写高干之女阿娇出浴时亲睹自己身上难看的伤疤。人身上有寄生虫,这固然没有非现实到怪异化,却又从顾及现实性偏离到外壳真实而太不真实了。其他某些魔幻之笔,也有类似的情况。现实主义、非现实主义,或者二者的掺合,这都可以,但必须在感觉上给人以新的震撼,从这种震撼中产生有机的整体感。以非现实主义创作法为旨归,其实正是要离开现实主义的常规的真实感,而不能有囚徒在牢狱中害怕越狱便被枪毙的精神状态。请想一下《废都》中的老牛这一非现实主义安排是如何给读者心灵震颤的新感觉，就知道《白夜》在创造的路上是向后退缩了。可见开创新天地和石破天惊的划时代文学创获除了有胆有识外，还必须有清醒的意识和高度的自觉。

（原载《小说评论》1995 年第 6 期）

平平常常生活事　自自然然叙述心

——《白夜》叙事态度论

韩鲁华

一

当代小说创作，是以主题的组构与阐释为基本艺术建构方式的，叙事学理论启示作家在小说艺术建构、回归小说的本体及叙事上下功夫，改变小说的面貌。从这个意义上讲，叙事学理论的导入，对于中国当代小说的传统观念，具有革新的意义。小说叙事学理论涉及小说创作过程及其各方面的问题，各家的具体阐释也不尽相同。不过，要完成小说的叙事，一般而言，都要包含作者、叙述者、故事、叙事语言以及读者等几个方面的要素及它们之间的相互关系。从中国当代小说创作实际来看，小说叙事艺术的变化，是首先从作者、叙述者、读者等之间关系上的改变开始的。这三者的关系之中，包含着一个基本的问题，就是叙事态度。而叙事态度的转变，从根本上讲，它所深藏的是作家小说观念上的变化。因此，叙事态度，在笔者看来，是探讨小说叙事艺术的一个不可忽视的理论视点。

叙事态度，说穿了就是作家在小说创作的艺术建构过程中，是以什么样的观点、立场、态度去进入叙事的。也就是说，作家是如何处理自己与叙述对象、叙述者、读者等方面的关系的。概括地讲，叙事态度主要有两种基本类型：一种是主观型叙事态度。这种叙事态度是"作者并不掩饰自己，也就是说，作者并没有让自己身处故事之外，他明确表达自己对事件和参与事件的人物的看法和感情。……可以毫无约束地去评价人物的行动"[①]。这样，作家显然是站在最前面，直接左右或者干预叙述者的叙述与故事的发展，甚至代替叙述者进行叙

[①] 利昂·塞米利安：《现代小说美学》，宋协立译，陕西人民出版社1987年版，第31—32页。

述。可以说，在此作者不仅无视事件与人物，也无视叙述者，将自己的观点、思想强加给它们。而且，作家与读者的交流方式，不是一种平等的、亲近的对话，而是说教与被说教的关系，同样作家将自己的观点、思想强加给读者。一种是客观型叙事态度。在此，虽然不可能绝对地使作者的声音消失，正像布斯所言："作者可以在一定程度上选择他的伪装，但是他永远不能选择消失不见"[①]。但是，作者从不把自己的观点、思想和情感，与作品中事件与人物的观点、思想、情感混为一谈，也不粗暴地干预叙述者的叙述和事件、人物的发展，更不可能直接进入故事之中去说三道四。"作者是以冷淡、漠然、客观的态度"来处理一切，因此，"作品中处处都应窥见作者的影子，但处处又看不到他的出现"。[②]作者不是凌驾于读者之上，君临天下式地去叙事，而是充分尊重读者的存在，他们之间的对话完全是平等的、自然的，作家不对读者指手画脚，而是与读者共同来完成"现在时"的叙述。贾平凹的长篇小说《白夜》，采取的是后一种叙事态度。下面，本文从作者与叙述对象、作者与叙述者、作者与读者等方面，对《白夜》的叙事态度加以分析论述，以期更进一步阐明贾平凹小说创作观念上的变化。

二

《白夜》在处理作者与叙述对象的关系上，表现出客观、冷静的叙事态度，作者与叙述对象拉开了距离。这一点，与贾平凹的上一部长篇小说《废都》相比较，更为清楚。

贾平凹小说创作叙事态度上的变化，在《废都》中已经开始了。甚至我认为，《废都》在叙事艺术方面探索的意义，要比它在思想内容上的开拓更有审美价值。只是当时及现在人们更多地将注意力投注在顺口溜和框框上面，而忽视了作家在叙事方面的艺术探索。在《废都》中，作家已基本上采用了客观叙述的态度，对于事件与人物，作家尽量拉开距离。但是，在故事的发展过程中，作家时不时忍耐不住，从后台闯入前台，进入事件与人物之中，试图表明自己的观点与思想。在对现实生活的叙述中，作家是冷静的，尽力追求还原生活的叙述，而在对故事的阐释上，作家则有着明显的提示。特别是作为作家思想认识

---

① 韦恩·布斯：《小说修辞学》，华明等译，北京联合出版公司2017年版，第18页。
② 利昂·塞米利安：《现代小说美学》，宋协立译，陕西人民出版社1987年版，第37—38页。

隐喻的牛，成为传达作家思想的直接声音。牛的出现，一方面加深了作品本身的思想内涵意蕴，另一方面，则明显地干预了故事的叙述。这样，使得故事按照作家的思想深度模式演进，因此，作品组构故事的痕迹明显地存留于故事的叙述过程之中。

在《白夜》中，这一方面得到了较好的处理。从始至终，事件与人物基本上是按照自己的自然逻辑向前发展的。作家的思想感情在这部作品中并未消失，作家的声音也依然存在，我们在阅读过程中时时可以感觉到它们的存在。但是，我们却难以在故事及其叙述中一下子捕捉到，因为作家将自己的声音深深地隐藏在故事的背后。再生人与鬼戏，是阐释《白夜》的两把钥匙。但是，这两把钥匙不是游离于故事之外，而是融入其中的。再生人的出现以及他的短暂活动，显然是在阐释人生与生命的意义，体现作家的观点与看法。但再生人作为一种具象化的意象出现在故事之中，又是那么自然。这不是作家硬性地插入，而是自然地融入。作家没有因再生人的出现去干预故事的发展，而是采取非常隐蔽的方式，与故事进行隐含的对话。在这种隐含的对话中，完成了再生人与故事整体的叙述建构。鬼戏作为故事中的一个事件出现，已经和现实生活融为一体了，打破了舞台与生活的界限。它的出现，显然也是作家精心安排的。问题在于，作家不是在幕前，而是在幕后精心设计的。当鬼戏一进入故事的叙述层面，作家就远远地离去，将自己隐藏起来，在观众之中，或者透过人物的眼光去窥视，或者是将自己的意图全权委托给叙述者，让叙述者去讲述鬼戏的内容。谁都知道，这里的舞台隐喻着社会。但是，谁也难以抓住作家的把柄。因为作家已经金蝉脱壳似的逃匿了。在这里，作家要保持一种中立态度，要公正地叙说生活中的一段故事，让故事按照生活本身去发展，自自然然，不求雕饰。

当然，作家是有自己的创作意图的。《白夜》是对中国转型期人生、生存状态、生命本体以及民族文化等方面做一种艺术的阐释。但是，作家的意图是借助故事自身——事件和人物暗喻出来的。除上述再生人、鬼戏，还有饺子馆、再生人留下的钥匙等等，都隐含着作家的意图。夜郎、虞白、颜铭、吴清朴、祝一鹤、库老太太等人物，从语义学角度看，都是一种符号，带有明显的隐喻、象征的意味。每一个人物，都代表着作家的一种阐释、一种叙述的视角。这些人物与《废都》中的庄之蝶等人物的叙述相比较，作家的主观色彩更淡，作家与人物叙述的距离拉得更远。夜郎显然是作家非常喜爱的一个人物，他的身上，隐含着作家的人生态度与审美态度。这些作家并未直接出面去评说,而是在与自己创作的人物进行对话中完成的。这种对话,是一种心灵对应的隐形方式。在小说的叙事过程中,"作者可以与人物进行隐含的对话,或同情他们,或给他们所说的话加上一丝反讽的泛音"①。作家与夜郎的对话,一方面,我们可以从他们的文化心态与文化人格上,寻找到某种呼应的声音,另一方面,我们可以从虞白、颜铭、吴清朴、南丁山、宽哥等人物对夜郎的审视中,听到作家的声音。这里需要说明的是,作家与人物进行隐含的对话,与人物直接表达作家的声音或意图是不同的,人物直接表达作家的声音,使人感到不是人物自己在说话,而是作家替人物在说话,作家直接干预了人物的叙述。这一点在贾平凹以前的作品中有所反映。比如《浮躁》中的考察人就是作家意图、声音的化身,连金狗的某些话语,也是作家的话语。而作家与人物的隐含的对话,则是心灵的对应与投射。作家的声音并不直接出现,也不借人物之口说出,而是将声音隐含在人物的客观叙述之中,通过叙述人物自己的活动,暗示一种矢向,顺着暗示矢向在作品背后去寻找作家。比如《白夜》中的颜铭,表现的是一种大美与大丑的统一和转换。在这个人物身上,体现着作家的美学态度与审美观,作家有自己的价值判断,也有自己的声音。作家在这里没有表露一个字,而纯粹通过颜铭这个人物自己的行动表现出来,通过其他人物如夜郎传达出来。

三

现代叙事学研究成果已经表明,在小说的叙事中,有一个独立于作家之外的叙述者存在,认为在小说中承担故事叙述的不是作者,而是叙述者。按照布斯的观点,叙述者分为戏剧化叙述者和非戏剧化叙述者。但是,不论是戏剧化或非戏剧化的叙述,除了有一个叙述者之外,还有一个隐含的作者问题。隐含的作者是作者的"第二自我",它是"置于场景之后的作者的隐含的化身,不论他是作为舞台监督,木偶操纵人,或是默不作声修整指甲而无动于衷的神"②。这个隐含的作者,在非戏剧化的叙述中,是与叙述者相重合的,但是,它与戏剧化的叙述者往往是根本不同的。由此可见,在小说的叙事中,隐含的作者是受到相当限定的,它的表现形态也是多样的。相比较而言,叙述者在所有小说叙述

---

① 华莱士·马丁:《当代叙事学》,伍晓明译,北京大学出版社1990年版,第189页。
② 韦恩·布斯:《小说修辞学》,华明等译,北京联合出版公司2017年版,第141页。

中，都是明显存在的，而且其身份、地位与叙述方式等是非常灵活自由的。它可以是一个全知全能的上帝，也可以是一个旁观者、叙述代言人，还可以是作品中的某个人物或某些人物。它可以离开隐含的作者、故事中的人物等，也可以与作者、故事中的人物合而为一。从叙述人称上，叙述者可以用第一人称叙述，也可以用第三人称叙述。在此，我们不是从具体的叙述结构、人称等方面去探析叙述者，而是从更为概括的层次，来讨论作者与叙述者的关系。

从创作实际来看作者、隐含的作者与叙述者之间的关系，其表现形态是多种多样的，不是仅用戏剧化与非戏剧化的叙述者这两种类型所能够完全涵盖的。任何理论的概括，都有其局限性。就《白夜》而言，隐含的作者与叙述者的关系，有分离，也有重合。如果具体叙述视角发生变化，那么情况则更为复杂，在此，我们也只能是整体来探析《白夜》处理作者与叙述者的基本关系。

《白夜》在处理作者与叙述者之间的关系上，最基本的特征是显形作者的隐退与消失，而依靠隐含的作者与叙述者的对话，来完成叙述的。因此，首先摒弃了作者的万能上帝的地位。小说的整体叙述中，作者不是凌驾于叙述者之上，或者站在叙述者的对面，要叙述者干这干那，先叙述什么，后叙述什么，更没有越俎代庖，直接代替叙述者去叙述。一句话，作者在进入作品的具体叙述时，绝不直接干预叙述者的叙述。《白夜》中的叙述者是比较自由的，叙述也是自然的。叙述者可以自由地选择自己的叙述方式或叙述视角，在作品的开头，叙述者先是客观地叙述宽哥与夜郎在饭馆中谈论再生人出现的事，紧接着又通过夜郎、宽哥及众人之眼，来叙述再生人，进而引入平仄堡与鬼戏班组建等的叙述。叙述者会跳出人物之外进行叙述，一会又与人物的视角相重合，借人物的观察进行叙述，出入自如。作者未直接干预叙述者的叙述，并不意味作者的完全消失。很显然，《白夜》的叙述是在作者事先设定的范围内获得充分的叙述自由的。这就如同在球场踢球，球员有权处理随时发生的情况，选择自己的运球路线，把握射门的机会。但是，在总体战略上，他们并非完全自由，完全按照自己的意志去踢球，而是充分领会教练的意图并去发挥。在这里，作者是场外指导，且不是一个大喊大叫的场外指导，他通过种种暗示与叙述者进行隐含的对话，来传达自己的意图。所以说，《白夜》中的隐含的作者在时时提示叙述者去进行叙述，去选择最佳的叙述角度。叙述者始终"意识到自己是作家的自觉的叙述者"。①

显形作者的隐退目的显然是为了增大叙述者的权力。叙述者权力的增大，就意味着对作者依赖程度的减小。从创作上看，叙述者的权力，一方面是自己依靠故事的发展获得的，另一方面，也是作者的开明所给予的。《白夜》中叙述者的权力，正是由作者的开明得来的。《白夜》叙述的是西京城中所发生的一段生活故事，这段生活故事，是按照生活的自然流动向前发展的。因此，叙述者必须获得与生活自身相等的自由，才能很好地叙述。故事本身要求叙述者有较大的叙述权力，而作者要创作一个生活流式的故事，采用生活漫流式的叙述方式，从不同的视角去审视叙述的对象。这也就要求作者赋予叙述者更多的权力及更大的叙述自由。但是，叙述者的权力与自由并不是毫无节制的。这一点，可以从叙述者对夜郎与虞白的叙述中加以论证。一方面，夜郎恋着颜铭，认为颜铭才是他的归宿。但是，当他怀疑颜铭可能有外遇时，便不能遏止自己的愤怒，不管颜铭怎样起誓，都无法消除他心理上的阴影。这显然带有作者浓重的情感影子。也许，叙述者想让夜郎原谅颜铭，或者原本不要去怀疑颜铭。但是，隐含的作者则强烈要叙述者按照作者的意图叙述。另一方面，夜郎又向往着虞白。夜郎是怀着一种精神与心理的崇敬与虞白交往的。在此，虞白身上，寄寓着作者的文化人格力量，作者想将夜郎与虞白撮合在一起，但客观生活却是不可能的。叙述者时不时违背作者，按照生活自身进行叙述，比如每当二人将要结合时，叙述者总要从中作梗，让他们出点差错，又拉开了距离。当然，从更深层次上来讲，叙述者执行着作者的序码指令，也是作者对客观生活的冷静把握。作者的高明之处在于，他并未出面，而是让隐含的作者潜伏在背后，让叙述者不露痕迹地叙述出来。因此，作者与叙述者的关系，在《白夜》中进一步表现出这样的特征：在更深层上，用更为隐蔽的方式，使二者于态度与倾向上达到默契。这种默契，从故事整体叙述趋向与深层审美倾向上来实现。《白夜》中关于生活故事的设计，一是尽力拒绝戏剧性情节，按照生活自然的原生状态，漫流式向前发展。二是在叙述情趣、语调等方面，带有明显的作者的意趣。三是整体艺术建构上追求的是群体性意象建构，更注重具有独立意味具象的群体叙述。四是我们必须看到，场景的叙述占有特殊的地位。这些显然是隐含的作者

---

① 韦恩·布斯：《小说修辞学》，华明等译，北京联合出版公司2017年版，第145页。

暗示叙述者要完成的,其间渗透着作者的审美意趣与情感判断。

四

在当代小说的创作中,无视读者的情况已为罕见。小说家们已经认识到,谁要无视读者的存在,同样也会受到读者的无视,"写作过程与阅读过程相互间有着辩证联系,写作包含着阅读,……正是由于作者和读者的共同努力,才使那个虚虚实实的客体得以实现,因为它是头脑的产物。艺术只是为了他人并通过他人的参与而存在的"[①]。因此,作家进行创作,心里必须装着读者,让其与自己共同来完成小说故事的叙述。这一观念的确立,在中国当代小说创作发展的历史上,有着创作思维变革的深刻意义。

现代叙事学将读者纳入小说叙事艺术系统,强调读者参与创造性叙述的作用。读者参与小说的叙事,一方面,是通过他们的社会阅读情趣与倾向等信息反馈,另一方面,则是在具体的阅读活动中去实现。不管怎么说,这里的症结问题是如何处理作者与读者的关系。在小说创作中,作者与读者是一种平等的对话、交流的关系。在对话、交流的过程中,他们各自处于什么样的地位是至关重要的。作者与读者的对话与交流的方式,一般而言主要有三种情况:第一种是作者处于读者之上,是一位万能的君主,时时引导读者,甚至对读者进行教导,将读者拒绝在叙事之外,读者只能无条件地接受。这样,作者便将自己的观点、思想、情感等强加给读者。他们是教育者与被教育者的关系。这会引起读者的反感、不满甚至反抗。第二种是讲述者与听众的关系。作者构建了一种封闭的叙事系统,虽然他也放下了架子,想和读者处于平等的地位,心平气和地向读者讲述故事。但是,作者终究与读者隔着一层,交流不畅,读者难以参与叙述。而且,作者时常表现出比读者拥有更高智慧的优越感。第三种是作者与读者呈促膝交谈的关系。作者从叙事的讲台上走了下来,与读者心平气和地进行情感交流,共同完成故事的叙述。而读者可以自由地参与叙述,对故事进行评价。这种叙述,一般都留有较多的阅读空间。或者说,作者仅完成了一半叙述,另一半则由读者来完成。这是叙事上的一次革命。"通过将读者作为叙事情况的本质特征包括进来,通过文学意义这一概念确立于叙述者与读者之

---

① 沃尔夫冈·伊瑟尔:《阅读活动——审美反应理论》,金元浦等译,中国社会科学出版社1991年版,第129页。

间,这一模式意味着理解我们阅读时所发生之情况的新方式。"①《白夜》的叙事,在处理作者与读者的关系上,在向着第三种情况的方向努力,作者也在改变着自己的态度。

首先,《白夜》的作者不再是君临天下的君主。作者在设计叙事模式时,已经自觉地考虑到读者的存在。作为一种叙事策略,作者在叙述故事时,设想有一个隐形的读者群体,围绕在自己周围。《白夜》的叙述,是自然、平淡的。故事从夜郎与宽哥在饭馆的交谈开始,自然而然地展开叙述。作者与读者缓缓地共同进入叙述者的故事叙述之中。作者不去强迫读者,只是与读者进行交谈。读者也有自己的观点、思想等,在与作者的隐形对话中,可以赞同,也可以反对,完全有自己的选择。作者将一切都隐含在故事之中,自己尽量远离故事的叙述,让其自然地展现。作者与读者共同跟随叙述者的叙述,一层层揭开故事的面纱。

而且,作者以友好的态度,邀请读者参与叙述,共同构建故事。但这中间产生了一个重要问题,就是作者在故事的叙述上,给读者留有多少可供填充的空间。传统的小说中设有迷津,需要读者去解。但是,那些迷津的设置,作者自己是明白的,或者,作者自以为自己是高明的迷津设置者,像出考题一样,要考考读者的能力。这是无视或者不相信读者的一种表现,仍然是拒绝读者的叙述参与。作者与读者的关系,是考官与考生的关系。在《白夜》中,作者所提出的问题,所设置的迷津,与读者一样,有些贾平凹自己也没有现成的答案,他像读者一样的迷茫。这正如生活自身一样,有些没有或者现时没有答案。生活导引着作者的故事叙述,正像读者自身的生活一样。比如再生人及其所留下的铜钥匙之谜、祝一鹤身体之变、吴清朴死后之金戒指等,关于人生与生命的种种奥秘,作者也不知道答案在何处,只是讲述出来,由读者自己去解答。读者可以根据自己的体验做出各种解答,以此来参与故事的叙述。不仅如此,更重要的是,《白夜》在叙事上,选择的是普通人的生活,是老百姓自己的故事。《白夜》所叙述的故事,融进了读者的生活,与他们相互沟通。读者阅读故事,就如同再次经历自己的一段生活一样。故事与读者之间的间隔被拆除。贾平凹在《白夜》中的叙述,正如前文所说,采用的是生活漫流式的叙述方式,追求的

---

① 华莱士·马丁:《当代叙事学》,伍晓明译,北京大学出版社1990年版,第190页。

是回归生活本真。平平常常,自自然然,几乎没有雕饰,没有提炼加工的痕迹。叙述从这到那,任其自然发展。这本身就给人一种亲近感,读者于不知不觉中与故事的叙述融为一体了。

  当然,小说作为艺术,不可能完全地复制生活,它也是一种艺术的虚构,问题在于,作者如何虚构他的故事,这就是一个生活与艺术的关系问题。在传统小说中,强调的是对于生活的提炼、升华,按照作者或者时代要求去创造生活。本质也好,主流也好,或者典型化也好,原始生活进入作品中,就失去了本真,变了味,与读者的心灵与生活总存在某种间隔。《白夜》显然是虚构了一段生活故事。这段生活在细节、情感体验、情趣等方面,尽量还原生活。这与新写实小说有某种相似。新写实小说也强调对生活原汁原味的叙述,回归生活,于叙事情感上追求零度情感,故事内容上是普通人的普通日常生活。在叙事上,新写实小说拉开作者与作品的距离,进行纯客观式叙述,而且,非常注意叙述视角的选择与变化。但是,新写实小说叙述的是一个故事,讲求的是故事的完整性、自足性,且强调情节与人物的生动性、完整性。《白夜》则与之不同。它叙述的是一段故事,是开放式的叙述,在生活的长河中,截取了这么一段。在叙述上,叙述者如同划了一只小船,自自然然划入河流,经过一段路程,又划向了岸边。它更注重的是所见到的生活场景。贾平凹自《废都》始向这一方向努力。但从作品实际看,《废都》没有完成这一转换,《白夜》有了发展,但结尾似乎带有一定程度的封闭性。虽然有了尤启事的插入,但因处于结尾的最后一段,终无法完全打开开放式叙述的大门。在笔者看来,如尤启事或再多一些人和事更早出现,情况将会大不一样。不管怎么说,《白夜》在故事叙述的虚构上所做的这些努力,是更易于和读者沟通的。

五

  这里,就涉及一个小说观念的问题。作者叙事态度的变化,隐含的是观念的变化。小说是什么?可以说贾平凹在《废都》中就重新提出了疑问,对他原来的小说观念有所动摇。在《废都》中,作者对自己以往的叙述方式进行了否定。他认为:"好的文章,囫囫囵囵是一脉山,山不需要雕琢,也不要机巧地在这儿让长一株白桦,那儿又该栽一棵兰草的。这种觉悟使我陷于了尴尬,我看不起了我以前的作品,也失却了对世上很多作品的敬畏,虽然清清楚楚这样的文章究竟还是人用笔写出来的,但为什么天下有了这样的文章而我却不能呢?!检讨起来,往日企羡的什么词章灿烂,情趣盎然,风格独特,其实正是阻碍天才的发展。"①这段不无偏激的话,却也道出了贾平凹的真实心态。《废都》从整体上看,采取的是还原生活自然的叙述,要叙述给人们的是生活故事,追求叙述上的混沌性、自然性,但也并非绝对地摒弃技巧,而是在生活自然中寻求大技巧。贾平凹对于小说叙述上的变化,包含了他叙事态度上的变化,潜伏的是小说观念上的变化。小说是囫囵的生活故事。

《白夜》在艺术创作思维矢向上,继续着《废都》的思维方式。其发展在于,他认为"小说是一种说话,说一段故事"②,"说平平常常的生活事"③。在这里,第一,作者强调小说的叙事本质功能。说话即叙事。换言之,小说是一种叙事。第二,强调小说叙事的内容是一段生活故事,即还原生活的自然本真。第三,在叙事上,追求的是自然平常地进行叙述,不加雕饰,缓缓道来。就好像"在一个夜里,对着家人或亲朋好友提说一段往事","平平常常只是真。而在这平平常常只是真的说话的晚上,我们可以说得很久,开始的时候或许在说米面,天亮之前说话该结束了,或许已说到了二爷的那个毡帽。过后想一想,怎么从米面就说到了二爷的毡帽?这其中是怎样过渡和转换的?一切都是自自然然过来的呀!"④。从这三点中,可以看出贾平凹小说观念上的转换。而叙事态度的变化,则主要表现在还原生活本真和自自然然、平平常常的叙述上。

如何来看待这种变化呢?从实际作品看,这种变化给作者的叙事带来很大难度。从阅读角度看,这种叙事方式,相应地给读者的阅读也带来一定困难。这主要是容易缺乏阅读快感,且情节性不强,叙述又多枝蔓,容易使一般读者消解阅读记忆。这些恐怕是贾平凹自己也感到头痛的一个问题。

笔者对贾平凹这种在叙事上的探索持肯定态度,至于说这种探索取得了多大的成功,则是见仁见智的事情。就20世纪90年代中国小说创作而言,诸多"新字号"小说是种种探索,贾平凹的《白夜》在小说的叙事艺术上,也是一种积极的探索。而这种探索在中国当代小说的发展史上,能占怎样的地位,或

---

① 贾平凹:《废都》,北京出版社1993年版,第519页。
② 贾平凹:《白夜》,华夏出版社1995年版,第385页。
③ 贾平凹:《白夜》,华夏出版社1995年版,第386页。
④ 贾平凹:《白夜》,华夏出版社1995年版,第386页。

者干脆说能否占有一席之地,现在还难以下一个结论,这还有待于时间的考验。不过有一点可以肯定,贾平凹自身正在经历着一次小说艺术的裂变,进行着自己艺术文化人格的重塑。而且,他和以前一样,不与任何派别相重合,继续走着自己"独行侠"的艺术之路。

(原载《小说评论》1995年第6期)

烦恼即菩提：有意选择而无力解脱

——读贾平凹长篇小说《白夜》

石 杰

《白夜》用不算多的笔墨写到了一把神秘的钥匙，而这把钥匙成为贯穿全文、导引读者的线索。它原是挂在再生人胸前的——再生人似可作为人的灵魂的象征——再生人再生而复死，钥匙便先后到了夜郎和虞白的身上。钥匙在小说中具有象征意义，小说中交代说"挂钥匙的只有迷家的孩子"，"而钥匙，却是只打开一把锁的，打开了，就是自己的家"。再生人也好，夜郎、虞白也罢，都没有用这把钥匙打开过他们想打开的锁，循此似乎有几分荒诞又似乎有几分漫不经心的细节设置，使小说的基本主题呈现为：现代人精神家园的失落和精神流浪的痛苦。

《白夜》写了一群西京人的生活。说"生活"而不说"故事"，是因为强调小说中"说话"的写作、方式，故事的基本因素（情节）已被消解了，因而，在这部三十万字的作品中，我们看到的只是一群现代都市人的平凡而琐碎的日常生活：做生意、谈情说爱、生老病死、家庭纠纷、朋友相聚等等。这样，我们在探讨这部小说的内容的时候，不妨从人物着手。

和《废都》的重在写名人生活相比，《白夜》显然逾出了名人的范围而更趋向于平凡人的生活，因而，其艺术概括性也就显得更真实、更深广。夜郎是小说的中心人物，书中的很多笔墨都是围绕他而展开的。凡是看过《废都》的人就会发现，这个人物和《废都》中的周敏有极大的相似之处，即都是一种"寻找"的化身。夜郎是一个驼子的儿子，他的父亲在他很小的时候就死去了，这样，他在血缘亲情上便有了一种孤单的色彩。他只身流落西京，靠了和市政府秘书长祝一鹤的关系，先是任了一段图书馆馆长助理，随着祝一鹤的倒台被解聘后到了戏班混饭，实际是个无业闲人，他有能力，有办法，会吹埙，能动动笔墨，还可以和各种各样的人打交道，处理许多别人难处理的事。然而他始终寻不到自己的位置，只能寄人篱下。他有友情有爱情，他和宽哥是休戚与共的朋友，周围还有一帮关心他的人，他爱颜铭、虞白，也得到了她们的真诚的爱，但这种爱却使他痛苦矛盾。他阴郁自卑、敏感多疑，既无力消除与虞白的距离感，又无法信任颜铭，始终孤狂抑郁。他扶危济难，惩恶助善，用自己的方式去保护自己济助他人惩治邪恶，最终却使自己受到了法律的严惩。他渴望爱情，却又时常背弃爱情；渴望真诚，却又亲手毁灭真诚；渴望美好，却又有意无意地蔑视和玷污美好。这是一个彷徨无附、躁动不安的灵魂，是流浪中的孤独者和痛苦者。小说在展示他的内心深处时，总是与他的父亲，那个死去了多年的驼子相联系。"父亲"的内涵可扩而大之，既是夜郎的血缘关系上的根，同时可看作是生他养他的故乡之根。夜郎本是属于几千里外那片长着荆棘的土地的，那里有他的家，有葬在黄泥岗上的父亲，而当他离开故土流落到都市后，他的根便断了，于是，他和他另一个世界的父亲同时成了孤魂野鬼。小说并不是表现人对土地的依恋，而是相反，即写失去了根的现代人怎样执拗地要在繁华的都市中寻找自己的一席之地乃至出人头地，于是，内在的要求和外在的环境形成了巨大的冲突。这冲突不仅没有导致夜郎的退缩，反而更坚定了他寻找的决心：

  夜郎在默念着爹的好处，觉得对不起他，请爹原谅他，他不要留在城里！

  他甚至叽叽咕咕地给爹念说起"精卫填海"的故事了，要以精卫填海的精神实现他的目的。这种情绪一直延伸到作品的结尾——非人非鸟的精卫不停地衔了枯木填进海里，欲与大海抗争到底，然而它的原身已先为海水溺死，成了一个"奇怪的异种"。

这是一个失落——寻找的典型。"夜郎"的名字或许正可说明这一点。

围绕着夜郎的是宽哥、吴清朴、祝一鹤、丁南山以及大杂院里的一干人物，还有几个女人。宽哥是现今社会上难得的好人，"警察"的身份或许正是为了与此相衬。他仗义执言，疾恶如仇，慷慨解囊，救助他人，执法一丝不苟。他的人生信条是"认真做事，积极做人，留一股清正之气在人间"，然而现实中他却四处碰壁：领导不喜欢他，朋友不理解他，老婆也嫌弃他，最后，本以为是帮助了一个困境中的女子却受了人贩子的骗，丢了警察的身份，老婆与他分居了，满身的牛皮癣又困扰得他烦躁不已。吴清朴是为考古队做出了重要贡献的知识分子。为了爱情，他忍痛离开了心爱的考古事业，下了海。然而他视若性命的爱情却在一瞬间荡然无存——他的清正纯朴毕竟敌不过金钱的魅力，最后竟被黄蜂蜇死。祝一鹤卷进了官场的人事纠葛仕途职称接连失意，突发脑溢血从此成了与床板为伍的活死人。丁南山既要在舞台上演戏，又要在生活中演戏，成了双重的丑角。余者如大杂院里贩菜的小李、拾破烂的王顺、售烧鸡的秃子夫妇等等，也无不浑浑噩噩，烦恼不断。

再看女性，丁琳属知识分子阶层。她乐观开朗，善解人意，生活似乎无忧无虑，可是她不喜欢她的小白脸丈夫，只能到家庭以外去寻找爱情。虞白虽只是个病休在家的机电厂工人，但是她出身高贵且有良好的文化教养，弹琴作画颇有造诣。夜郎身上的那种男性与野性吸引着她，她的性格和修养又阻碍着这种情感的发展，她用爱来折磨自己也折磨夜郎，终于没能走到一起。相比之下，身为保姆、时装模特的颜铭的爱要比虞白大胆热烈得多，她主动把自己的处女之身给了夜郎，又为他生了孩子。然而，夜郎却始终怀疑她的清白，怀疑孩子是她和别人所生，最后使她在婚姻破裂后离家出走。漂亮而没有头脑的邹云则纯粹是金钱和愚昧的牺牲品。和夜郎一样，这些也都是失落——寻找的人，他们或寻找正义或寻找爱情，或寻找真诚，或寻找名利地位，然而寻找只是使他们陷入了更大的困境，终不能解脱。

家是人们生活和栖居的处所，而《白夜》中的人生却正是以"无家"为共同特征的：夜郎始终没有自己的栖身之地，颜铭在离婚后流浪远方，库老太太只是借居在别人家里，宽哥在家庭破裂后欲远走他乡，虞白的家清冷僻静到不像个家，丁琳的心早已逾出了家庭之外，等等，这种无家现象绝不是一种偶然的巧合，而是与精神的无所归依相对应的，"白夜"的含义在《白夜》中没有说明。但完全的光明就是完全的黑暗，完全的黑暗就是人的完全的迷失。如此，前面提到的钥匙和家也才获得了对应性和象征意义。我想，若论及"白夜"的含义，大致就在于此吧。

人是一种不安分的动物。困境的无法突破或许会在理智上为人所承认，但是，人的本能却使人不断地于困境中寻找出路。失落本身就意味着寻找。那么，《白夜》为人们明示了一条怎样的解脱之路呢？欲谈这个问题，看过小说的人大概首先会想到刘逸山、陆天膺以及库老太太。

刘逸山、陆天膺以及库老太太在文本中的地位并不十分重要，但却是截然不同于夜郎、宽哥等人的另一类人物，因而具有独特的意义。他们的共同特点是似乎超脱于世俗烦恼之外，而且显示出一种神秘力量。刘逸山有未见先知之功力，能写符念咒镇灾祛病，预测人生福祸吉凶。他的符水使祝一鹤的病体发生了奇异的变化；掐出个青剑诀，乘坐的出租车便可在拥堵不堪的大街上畅行无阻。陆天膺虽无刘逸山的神奇，却也相貌威严，举止高古。他养墨猴，娶小妻喝美酒，作画如入无人之境，气势惊天动地。库老太太行为怪诞，每日里不停地剪些怪里怪气的画，嘴里叨咕些谁也听不太懂的东西。她的画和话里总是罩着团巫气。如此看来，似乎确有一种超自然的神秘力量，可以主宰人的命运。人类靠了它，便可出离苦难，逃脱厄运。然而，人自身的局限又使人无法完全地认识它，获得它，把握它。这样一来，它便常常处于一种尴尬的境地，其拯救的力量远远没有现实人生的困苦来得强大。神秘莫测的刘逸山以宣扬迷信的罪名被公安部门逮捕了，超然自适的陆天膺也摆脱不了家庭和社会的烦恼，怪怪诞诞的库老太太也时时表现出寄人篱下的惶惑。接受着这种"高人"的人生境遇的同时，我们便可发现：有着清醒的理性的作者并没有把这种神秘力量作为人类摆脱苦难的出路，尽管它的神秘和荒诞有时对社会理性是一种嘲讽。

事实上，解脱之路在虞白那里，在虞白这个特殊形象的刻画中。毫无疑问，这个人物身上凝聚着作家过多的审美理想。她命运多蹇，且内心丰富、情感细腻。一方面，她深深受着爱情、疾病和孤独的困扰，另一方面，她似乎已能对世事人生做冷眼旁观，具有一种超脱的智慧。为了宁静因思念夜郎而紊乱了的心情，她净手焚香，默读《金刚般若波罗蜜经》：

> 如是我闻，一时佛在舍卫国，祇树给孤独园。与大比丘众。千二百五十人俱。尔时世尊。食时。着衣持钵。入舍卫大城乞食，于其城中，次第乞已，还至本处。饭食讫。收衣钵。洗足已。敷座而坐。

一部高深的佛经开头写的竟是佛吃饭的情形，于是，聪慧过人的虞白遂省悟了：平常心是道解，脱它只在最平常的事物中。她亲手制作书写的那幅《坐佛图》布画上的文字，对这种彻悟体现得更为明确，这里不妨将全文抄录如下：

> 有人生了烦恼，去远方求佛，走呀走呀，已经水尽粮绝要死

了，还寻不到佛。烦恼愈发浓重，又浮躁起来，就坐在一棵枯树下开始骂佛。这一骂，他成了佛。

三百年后，即冬季的一个白夜，□□徒步过一个山脚，看见了这棵树，枯身有洞，秃枝坚硬，树下有一块黑石，苔斑如钱。□□很累，卧于石上歇息，顿觉心旷神怡，从此秘而不宣，时常来卧。

再后，□□坐于椅，坐于墩，坐于厕，坐于椎，皆能身静思安。

显然，作者的意图在于通过虞白对人生的彻悟来向痛苦和迷失中的人们指明一条解脱之路：烦恼即菩提。

烦恼即菩提是佛教的一个重要观点。佛教是普度众生出离苦海的人间宗教，它的目的在于指引人摆脱业障的系缚而得自由自在。但是，这种解脱只能在世俗生活中获得，世俗之外姑求解脱则是出离了解脱之道。龙树大师说："涅与世间无有少分别，世间与涅槃也无少分别涅之实际，及与世间际。如是二者际，无毫厘差别。"惠能大师也曾这样说："佛法在世间，不离世间觉，离世觅菩提恰如求兔角。"而化烦恼为菩提的关键是明心见性，即开悟，生活如此匆匆的现代人才可心静神安。了解了这些后再回到虞白的《坐佛图》中的这篇文字，便不难发现，它反映了禅宗解脱思想的本质。这是觉悟了的虞白为烦恼中的夜郎所开的药方，扩而大之也是贾平凹为陷入痛苦中的芸芸众生所开的药方。

问题是：这条路为什么又显得那么黯淡、苍白？以虞白而论，她本应是超脱者，然而，在她面对佛经彻悟了"平常就是道"之后，心绪却又纷乱起来：

虞白的思想又回到了夜郎的身上，蓦地兜出一个念头，就将脚上的一只红色软底的栽绒拖鞋丢过窗口，落到后院，嚷道："楚楚，楚楚，你把拖鞋叼回来！"心里默默祷告，如果楚楚叼回来鞋将鞋面朝上，是能与夜郎交好的，底儿朝上，则是一场虚空……楚楚叼回来，鞋底朝上，虞白浑身都抖了起来。

虞白终究是不能听从命运的安排。即便在经过了夜郎成婚的打击，进一步有了《坐佛图》上的彻悟之后，夜郎被逮捕前的情形和被逮捕的消息还是使她受到了重创——她肩臂抽搐，泪流满面。

我们没有任何理由怀疑作者为困顿中的人物寻找的这一解脱之道的严肃性，但是，作者在寻找的同时却又对寻找的结果进行了否定，这是作者遵循他所把握的生存现实进行创作的结果。人的灵魂似乎从降临之日起就是躁动不安的，以各种方式痛苦而执拗地寻找着人生的价值和意义，但寻找又使人的灵魂陷入更大的荒谬和痛苦，这由本性所决定，于是人便落入了寻找——痛苦——寻找的恶性循环之中。夜郎在梦中想要从一所房子里退出来但脚上却没有了鞋，就隐喻了这层意思。这绝望般的生存困境赋予人生以荒诞感，这种荒诞感又在人与社会关系的层面上继续推演开去，正常的手段告不了贪赃枉法的宫长兴，但违法手段却迫使有关部门不得不对他进行审查；贪污巨款的宫长兴是受到清查了，为使宫长兴的问题引起有关部门的注意，夜郎等人采取了违法手段，并受到了法律的制裁。宽哥以一个人民警察的责任和良心去扶危济难，这行动反而玷污了正义保护了邪恶，最终他因错误严重而被开除了。这里便出现了一个极大的悖谬：人类为惩恶扬善而创造的社会文明有时对恶显得那么软弱无力，对善却一丝不苟冷酷无情。这样，人逃避惩治的办法便往往是趋恶避善，尽管这里或许存在着隐情。否则，荒谬便会将人推向更大的困境，夜郎的行动和宽哥的遭遇正说明了这一点。至此，人生的困境在人本的和社会的双重层面上形成了，感受着这困境的绝望的首先是作者。烦恼即菩提是以平常心为基础的，如此才能平静地接受生活中所发生的一切，否则现代人的灵魂永远无法安宁。对生存困境的探索使作者越来越感到了解脱的无望，于是，小说在一度寻找解脱无路后，终于在结尾又归入生存的困境之中：戏台上，夜郎扮演的精卫不停地将枯木填进海里，大海苍茫而浩瀚。精卫傲然决然地鸣叫着，在愤怒中飞往发鸠之山。音乐也同时轰响，效果是排流冲天，惊涛裂岸，卷起千堆雪。海的强大与精卫的执拗互相撞击，传达出的是生命的悲痛、悲惨和悲壮。这撞击显然意味了荒谬、困境和克服的无效，然而，生命的意义或许正是在这种无效努力之中吧。

至此，我们似乎可以为《白夜》做一结论性的评语了：《白夜》是一部现实主义的悲剧之作。创作了《废都》之后的作者能够继续直面人生的荒谬、困境和苦难，但却没了《废都》的颓废和彷徨。对生命的荒谬、困境和无效克服的确认，这本身就是理智的和深刻的。如此，我们说《白夜》体现了贾平凹对生存的认识和表现的深化。

（原载《唐都学刊》1996年第1期）

视角　场面　人物

——《白夜》叙述结构分析

韩鲁华

小说的故事，是依靠叙述完成的。叙述，就是要将自然状态的生活，转化为文学文本状态的故事。就叙述本体而言，要完成叙述，自然涉及叙述者、叙述对象、叙述使用的语言，以及处于这些之上的主宰者——作家。但是，拙文的论述宗旨，不在于更为宽泛的叙事研究，而仅仅限定在作品文本的叙述结构这一具体角度，并着眼于《白夜》文本实际，选择了叙述的视角、场面、人物等几个方面，对这部作品的叙述结构进行剖析。

一、视角

叙述视角，归根到底是一个叙述者选择怎样一种角度切入叙述的问题。它一方面联结着叙述者，即由谁来进行叙述；另一方面，它又联结着叙述的结构，即叙述动态的运动矢向及其结果。具体讲，叙述视角主要有叙述人称、叙述观察点等方面的问题。叙述人称上，《白夜》选择的主要是有限定的第三人称，叙述观察点上，主要是人物外视角、内视角、交叉视角及多种人物聚焦式观察视角等。

第三人称叙述。与其他叙述人称相比，第三人称叙述有其优越性。它使叙述者可以获得更大的叙述自由度，时间与空间得以无限拓展，外部世界与内心世界自由出入。因此，一般来讲，第三人称叙述，叙述者成为全知全能的上帝。但是，它也有致命的弱点，就是容易造成凌驾于一切之上的感觉，让人产生厌恶感，并引起人们对其叙述真实性的怀疑。比如，你怎么知道别人的内心活动呢？为了避免第三人称叙述造成的阅读心理阻隔，聪明的作家常常是有所收敛，采用有限制的叙述，比如，让"他"作为观察者或者见证人等。《白夜》

的叙述人称，就是有限定的第三人称。首先，"他"或"她"是个身份变换不居者。叙述人称身份的变换，伴随的是叙述视点的变化。这样一来，叙述避免了呆滞。《白夜》在整体叙述上，平淡自然，随着叙述人称身份的变化，多视角地观察审视生活对象。其次，"他"或"她"在更多的情况下，处于观察者、见证人的地位。比如作品的开头，"他"作为夜郎的指代，对于再生人，就是一个见证者。在巴图镇演目连戏，邹云的指代"她"，则是一个旁观者，对叙述有了时空的限制，给叙述带来了相当大的困难，却增强了叙述的真实感。再次，当"他"或"她"进入叙述的角色后，由于受到限定，因而，从无所不知的地位退了下来，常常是和读者一样，许多事情也不知晓。比如夜郎参观民俗馆，他和读者一样，是在虞白的引导下，一步一步了解到民俗馆的情况。又如宽哥去巴图镇救邹云，关于邹云的情况，他也并不比读者知道得多。最后，"他"或"她"进入叙述后，叙述者有时也进入"他"或"她"的内心世界，这与前述情况形成比照，如夜郎、虞白等的心理叙述等。但是，在进入人物内心世界叙述时，《白夜》中常常出现叙述人称的转化，即由第三人称变为第一人称，是第三人称中套第一人称的叙述，这使叙述更为亲切灵活。

　　叙述人称，实际上还是个叙述人物视角的问题。在《白夜》中，基本的人物视角是夜郎和虞白。大部分的叙述，是通过他们二人的所见所得来完成的。在这两个基本视角之外，穿插着其他人物视角，如宽哥、颜铭、邹云等。另一方面，是多种人物视角的交替、交叉使用，即通过几个人物叙述出同一人物或事情。在此，笔者来谈谈视角的变化。在《白夜》中，主要有这么以下几种视角：

　　人物外视角。人物外视角，是从事件或者人物的外部去观察。作为叙述观察点的人物，不是进入人物对象的内部，而是以一个旁观者的身份出现的，比如前文所述邹云观看目连戏演出。邹云在这里是作为一个叙述人物视点出现的。虽然在叙述中也有超出邹云视野的情况，但总体上是邹云所看到的目连戏。再如夜郎的夜游，在叙述的时候，作家没有让叙述者完全超越叙述人物的视野，而主要是通过南丁山，特别是颜铭的所见所得叙述出来的。夜郎的结局，也是通过虞白、丁琳的眼光写出等等。这种外视角，一是叙述者躲在了叙述人物的背后，叙述者随着叙述人物的行动而行动，因而无法知道更多的事情。二是叙述具有更为强烈的真实感、现场感，就好像叙述者与叙述视角人物一同到了现场,目睹了所发生的一切。三是这种叙述视角的主要功能是对事件客观的见证和对人物言行的外部叙述,一般并不进入人物内心世界。正因如此,作者在此显得并不比人物聪明,也难以说三道四,因为它是拒绝作者直接介入的。这也是《白夜》在叙述人物视角运用上成功的一个方面。

人物内视角。人物内视角,就是进入人物的内心去观察。一是叙述出人物的内心世界,二是从人物的内心情感世界去观察透视一切,使其内心情感化。《白夜》在人物内视角的使用上,具有自己的特点。《白夜》非常注意人物内心情感的开掘,不是完全依靠外部的作用显示,而是通过人物的内在情感的解析叙述出来。虞白和夜郎生气之后,便闭门不出,在家生病生气,一方面思念着夜郎,一方面又气恨夜郎,这种复杂的心理活动,就是采用内视角叙述的。在这里,叙述者与视角人物合而为一,进入人物的内心世界,进行内审式叙述,具体运用上,作为《白夜》叙述结构中一个意象性的象征组结,在叙述上,是多种人物视角叙述出来的。对这件事,各种人物有着不同的看法。各种不同人物的看法组合在一起,构成了完整的叙述,也就是要叙述出事物的多义、多面性来。夜郎与宽哥,最早接触此事,二人看法不同。夜郎要探析清楚,宽哥则是过去就算了。虞白听说后急于想了解详情,并将这把钥匙佩在自己身上,丁琳则不以为然,颜铭却是茫然不清,等等。各种人物视角叙述,还表现在对于某一人物的叙述上。夜郎、虞白两个人物的叙述自不必说,就连一般人物,比如邹云的叙述,也是如此。吴清朴、虞白、丁琳、宽哥、夜郎等人眼中的不同的邹云,构成了邹云的全貌。交叉叙述人物视角与多种叙述人物视角紧密联系。我以为,多种叙述视角之中,包含了交叉、交替视角。交叉视角是两个或几个人物视角交叉使用。在《白夜》中,一般是基本人物视角上交叉其他人物视角。结尾夜郎演目连戏,虞白视角中交叉看丁琳、宽哥、南丁山诸人的眼光等等就是如此。当然,《白夜》还使用了其他叙述视角,如超越人物的视角、后视角、俯视角等。总之,叙述视角的灵活、综合运用,给《白夜》的叙述带来了活力。

二、场面

关于《白夜》中的场面论述,我们可以从这部作品的情节分析入手。小说的叙述离不开情节。换言之,小说的故事主要是靠情节来支撑的,情节构成了小说故事结构的基本骨架。因此，作家的叙述是沿着故事情节发展的主要方向进行的。这是一般的小说叙述情景。情节，有主干与支干之分。一般是顺着主干情节生发出许多枝节来，就如同一棵大树，不管枝节多么繁复，都不脱离主干。这可以说是传统小说的基本结构方式。但是，《白夜》表现出一定的反传统情节结构的特征。这种探索，自然不是始于贾平凹及其《白夜》，20世纪80年代后期，就有一些人进行了有益的尝试。贾平凹与他们的不同之处在于他们主要靠情绪、意识、心理流程等反情节，而《白夜》则主要靠生活细琐之事和生活场面的叙述来消解情节，这是一种拒绝情节的生活漫流式的叙述结构。如果要对《白夜》的故事简单概括，那就是一个男人和两个女人的故事。这样说虽然有点俗，但其确实是紧紧围绕夜郎、虞白、颜铭展开叙述的。这个故事中，有两个可循的事件发生地，一是清朴的饺子馆，二是南丁山的鬼戏班。这两个地方可以发生曲折生动、跌宕起伏的社会生活故事，可以组织起人物性格上的冲突与碰撞。当然，夜郎等主要人物也应该以此为中心而展开活动。这些在《白夜》中并不突出。第一，故事叙述的中心不在这两个地方发生的事上，而在夜郎等人的生活琐事上。第二，这两地不能展示人物性格的历史，也不是主要人物生活的主导方面，而处于前景的地位。第三，从人物构成上看，夜郎、虞白这两个主要人物，都处于这两个地点的边沿。特别是大量的生活细事的叙述，消解了这两地构造情节的功能，使其退居到次要地位。叙述上的缺欠则靠生活场面、特异现象、生活细事来弥补。

  阅读《白夜》后有一个明显的感觉，就是它到底说了啥，似乎不够明确。但是，人们难以忘记作家蓄意铺设叙述的那些生活场面。几个非常重要的场面叙述，具有提挈作品艺术结构的作用。大的场面叙述，一是巴图镇演目连戏。目连戏演出可以打破舞台与生活现场的界限、演与看的界限，小说的叙述上也采用了这种方式。二是吴清朴的饺子馆开张，既有整体上的概述，更注重局部场景的细述，场面中写人，以人的眼光来写场景。三是民俗馆演目连戏，采用定点透视式的叙述，如同摄像机固定视角拍照。这些大的场面叙述中使用综合视角，变化有致，大大增强了作品的艺术表现力，给作品的结构造成一种气势。这种气势不是来自情节内驱力的推动，而是来自生活原生态的茫然涌动。因此，它不是典型化的提炼，而是生活还原后的自然呈现。小的场面叙述显得更为精致细腻。如果说大的场面叙述主要烘托一种气氛，造成一种气势，那么小的场面叙述则致力于人及其心理的揭示。在虞白家吃饭,从各种人的心态、行为到对吃的场面及各种菜的叙述,都非常细致,写出了不同人的性情来。与此不同,在宽哥家吃饭,则是另一种情景。虞白家吃饭典雅而细致,宽哥家则粗犷而世俗。还有乐社的几次活动,各有各的特点。夜郎、虞白家不同的场面叙述,也反映出不同人的文化性格来。在此,不否认这些场面的叙述与《红楼梦》《金瓶梅》中的场面有相似之处。如何看待这个问题,恐怕意见是难以统一的,也没这个必要。笔者认为,关键不在于是否学习借鉴,而在于是否与作品整体艺术架构和叙述格调相融合。既然可以学习借鉴西方的东西,也就可以学习借鉴本土的,这中间不存在厚此薄彼。从《白夜》生活漫流式基本叙述方式看,这些场面的叙述,是与之相一致的,构成了一个整体。笔者感到不满足的是,有些生活场面颇具古典化,与现世的普通人有一定的生存距离,可能会造成某种阅读心理阻隔,这是应引起作家思考的。不过,从《白夜》叙述的结构整体看,其场面叙述运用是基本成功的。

在此,笔者有必要对《白夜》生活细节叙述做一分析,因为它同样起着消解情节的作用。在这部作品中,贾平凹对生活琐事细节的叙述,似乎不太注重细节与情节的统摄关系,反而起到情节结构的反作用。这些生活的细枝末节叙述汇在一起,形成了海洋漫山的效果。作家常常沉浸在这些细事中流连忘返,忽略了情节,有意识造成喧宾夺主的效果。而且,它们的文化意味和情趣性很强。在别人的笔下,有些细节可能会一笔带过,在贾平凹这里,则津津乐道,充分展开。如虞白吃药,对于药的种类、构成、功能、吃法等的叙述,还有对于乐器的评价叙说,对于民俗馆中民俗艺术、目连戏及其演出等的叙述,可谓不厌其烦。这些叙述提高了《白夜》的文化品位,增强了小说的审美情趣。读者在阅读的时候,只要能静下心来,就会被这些精致的叙述所吸引。

三、人物结构

小说的叙事离不开人物,人物是构成小说叙事结构的一个基本要素。人物进入具体的叙述结构中,是以人物关系的形态面目出现的。下面,我将对《白夜》的叙事人物结构,按不同的关系结构形态加以分析。

爱情关系。这是处于作品表层的人物叙述结构关系。《白夜》在人物爱情关系叙述上，采取的是关系套关系的方式。如图所示：

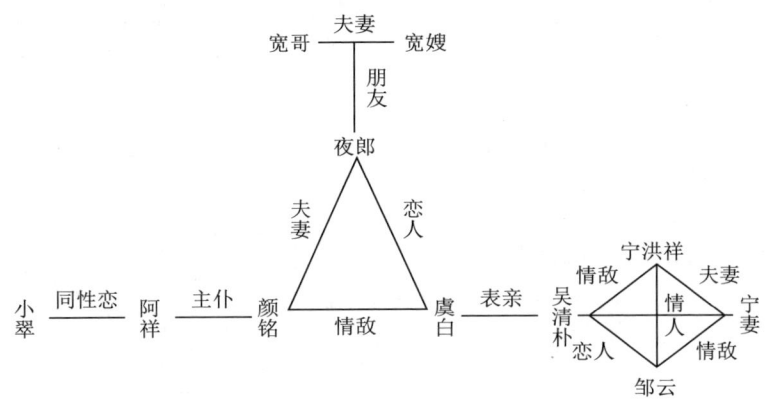

这是一种从核心向外辐射的人物叙述结构。这种叙述结构，看起来如同一棵大树生出三个枝干，只要抓住主干，就能把握住其他的枝干。在这个人物叙述结构关系图中，夜郎、虞白、颜铭无疑是处于核心地位的，他们三人各自向外延伸，发展出不同的关系。在这个中心三角中，夜郎又居于核心地位。由核心向外辐射的人物关系，具有更为广阔的生活涵盖面。这种开放式的叙述人物结构，又由于具体叙述上的枝枝叶叶，错综复杂地伸向生活的末梢，因而，在相当的程度上，这种连环套式爱情关系所包含的内容，已经超越其自身，而伸入更广阔的生活领域。

叙述发展过程。《白夜》的人物叙述过程结构，是与作家的叙事总体追求相统一的。贾平凹的《白夜》在说话、叙述上采用的是自然切入切出的方法。就如同一只小船非常自然地滑入河流，顺着河水的流势，曲曲弯弯向前方流动。游览者从船上看到了横断面和视力所及的纵面，以及两岸的风光。顺势而观，行走一段路程，顺着河流之势，这只小船又划上了岸。船停止了，河流却继续向前行进着。游览者得到的印象，是这条生活河流的一段印象。作品叙述从夜郎开始，由夜郎关联出诸多的人及事，又以夜郎结束。这也可用图来表示：

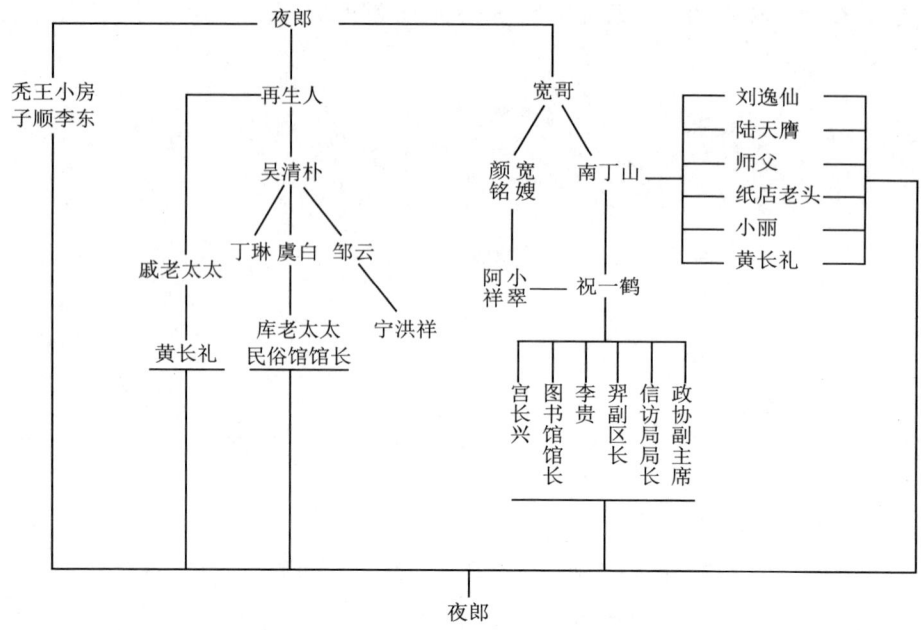

这种叙述人物结构，看起来具有封闭性、自足性的特点，终点人物与始点人物相一致。但是，开头是从夜郎与宽哥交谈再生人中切入，结局则是从虞白与丁琳谈论夜郎中切出。叙述的焦点虽都在夜郎身上，但情景显然不同。对于这种叙述流程结构，就作品实际而言，前半部分的叙述，更符合生活漫流式，而后半部分，特别是结局，又有些对于传统人物叙述结构模式的回归。虽然最后一节插进了个尤启事，但终因太晚而无法改变这种状况，尤启事只能作为一种暗示。对此，读者可能会有不同的看法。不过，从作品整体叙事艺术构建而言，我以为，后半部趋向清晰化、条理化，前后未能保持统一性。

生存关系。人都是生存在具体的社会环境之中，每个人都形成一个生存核心。从社会整体看，由国家到个人，是一个倒立的树式图。但反过来看，从每个人出发，就形成了另一种情景。每个人在这个生存环境中，都是以自己作为思维出发点的。从个人核心向外辐射，构成了自己的生存环境。世界上有多少人，就有多少种个体的生存环境。这给小说创作，提供了众多的生存图式以供选择。《白夜》叙述人物的生存环境，是两个交叉的圆，处于这两个圆的核心地位的是夜郎与虞白。这就像是个太极图，黑白双鱼在交汇拥抱中旋转，形成了一个整体。以夜郎为核心和以虞白为核心，构成了两种相对应的社会生存状态。夜郎所处的保吉巷，是西京城中最底层的生存之地，这里集结了一群特殊的准西京人，他们从农村到城市，来到城乡交叉的地带。夜郎虽曾一度来到祝一鹤家，来到城市，但最终还是返了回去。虞白具有西京城遗留下来的上层社会基因，虽身为凡人，但内在的气质、素养早决定了她已从凡人中分离出来，回到了她的祖宅——兰园。在她的周围，集结的是一些文化人。在这两个圆的四周，是更大的社会生存环境。

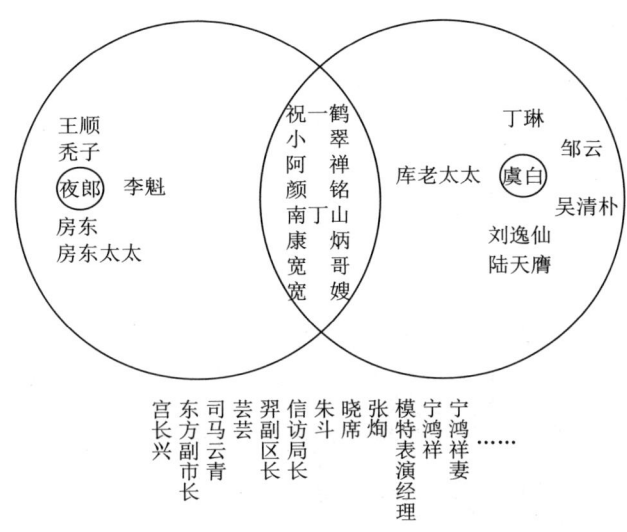

在此，没有将颜铭作为一个核心看待。她从租别人房到住在祝一鹤家，似乎也形成了一个生存环境核心，但实质并非如此。第一，她并未构成一个生存环境的核心。第二，作品叙述上，未将其看作一个核心纽结。第三，她缺乏自己的独立环境意义。因而，将其与南丁山等视为是两圆交叉地带中的人物。

文化关系。之所以谈到这个关系，是因为：这部作品的叙述中的文化韵味大浓厚突出了。而且，人物身上的文化特征更是非常明显，形成了鲜明的比照。显然，《白夜》的叙述人物构成了四个文化关系圈，乡村文化、城市文化、神秘文化、民俗文化。处于核心地位的是夜郎，他的身上凝结了这四种文化。用图表示为：

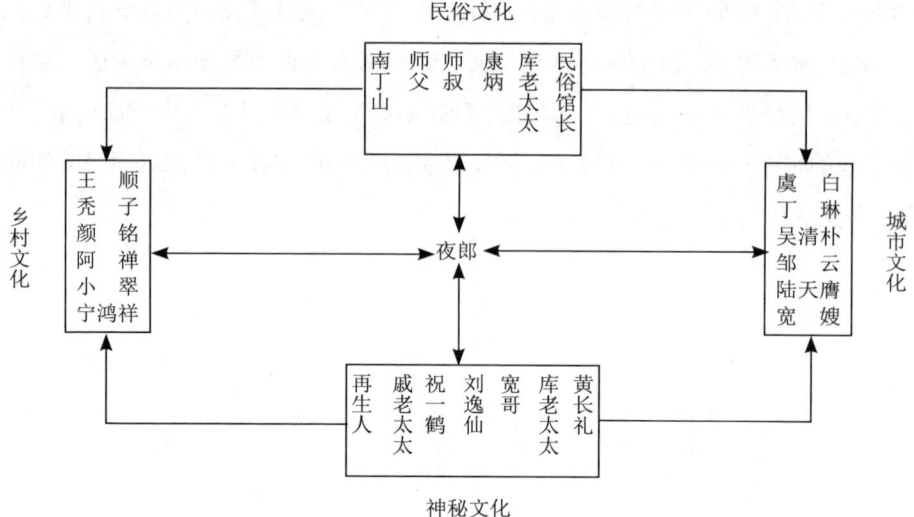

由此可见，夜郎是处于四种文化的交织之中的，他在这四种文化中游荡。乡村文化是其先天性带来的，城市文化是他向往与追寻的，神秘文化是他生命中固有的，民俗文化是他生存中自然接受的。可以说，夜郎是一个文化的混合体。圈绕夜郎展开的四种文化圈，在叙述上各有一个核心人物。城市文化是以虞白为叙述纽结，乡村文化是以颜铭为叙述纽结，民俗文化是以南丁山为叙述纽结，神秘文化比较特殊。从现实生活层面看，宽哥贯穿始终，他是人与神的集合体。在他身上，也有着城市与乡村文化，之所以将其放在神秘文化圈，是因为在这个形象的深层，隐含着更多的神秘的东西。就揭示生命的秘密而言，处于核心地位的是再生人。他所留下的那把钥匙，形成了探寻生命的一个谜语。库老太太是神秘文化与民俗文化的集合体，陆天膺这个人物，是传统的士文化代表，他不属于城市新文化，而属于城市旧文化。作品在叙述上，是将它们交织在一起的。从这四种文化的历史与现实方面考察，也可以看到它们是相互制约、交融的。因此，在具体的叙述中，常常是多种文化关系并存。人物之间的关系，也是一种交错建构，这就使人物之间的文化关系有了立体感、动态感。

以上，我们选择四个方面分析了《白夜》的叙述人物结构，四者之间并不是相互孤立、分裂的，而是相互交织、相互融汇的。它们是一种复杂的、多层次的人物关系建构。同样，本文从整体上所论述的叙述视角、场面、人物结构，亦是如此。叙述视角的确定，与叙述人物结构有着密切关系，常常是处于人物结构核心地位的人物，成为叙述的一个基本视角。而场面的叙述与建构，又离不开叙述视角，与人物结构相联结。叙述视角及其变化，使场面的叙述具有多侧面性，因而，作品中所叙述出来的生活场面，是多角度的组合。而人物结构则是场面构成的基本支架，场面，是人的生活场面，众多人物的活动，便组成了生活场面，正因为它们相互交织，相互渗透，才使《白夜》的叙述结构，从总体上走向了生活化，形成了一种还原生活本真的叙述结构方式。

［原载《锦州师范学院报（哲学社会科学版）》1996年第4期］

读者反应视角下《白夜》中的"夜郎"形象解读

王烈琴

一、引言

贾平凹是我国当代文坛屈指可数的文学大家和文学奇才，是当代中国最具叛逆性、最富创造精神和广泛影响的具有世界意义的作家，也是当代中国可以进入中国和世界文学史册的为数不多的著名文学家之一。

和英国作家劳伦斯一样，贾平凹也被人骂为"流氓作家"，原因就是两人都曾在其作品中大肆进行性描写。劳伦斯在《查泰莱夫人的情人》《虹》等作品中大肆描写性行为，遭到评论者和读者强烈谴责，《查泰莱夫人的情人》曾一度被禁读。同样，很多读者认为从贾平凹的长达四十万字的小说《废都》中，并没有读到甜蜜浪漫或柔肠寸断的爱情故事，而是体会到"一种肉欲的恣放与失落，从而成为一种烂熟的末世的无名的悲哀"[1]。当代读者对《废都》的评价大致可分为两种：一种是愤怒与漫骂，认为《废都》是"一部嫖妓小说"，贾平凹被大骂为"流氓作家"。贾平凹："《废都》出版前，我被文坛说成是最干净的人，《废都》出版后，我又被文坛说成是最流氓的一个，流言实在可怕。"[2]另一种是无限的伤感。萧夏林曾评论《废都》："在这部小说里陷落的不是一个人，或者一座城市，而是一个时代，是文化英雄的失败。他让一个最具有自恋性格的文化英雄——西京四大名人中的作家庄之蝶来面对历史所带给他的无可回避的破败和荒芜。"[3]可见，同样一部文学作品，不同的读者有不同的反应。因此，不同读者

---

[1] 旷新年：《从〈废都〉到〈白夜〉》，载《小说评论》1996年第1期。
[2] 旷新年：《从〈废都〉到〈白夜〉》，载《小说评论》1996年第1期。
[3] 王永生：《贾平凹文集》第14卷，陕西人民出版社1998年版，第328页。

对《废都》有不同的反应，也是可以理解的。

"当贾平凹从《废都》的文化圈以及悲怆与自戕中挣扎出来面对市井俗世的城市之后，就有了《白夜》。'白夜'——一个既非白日也非黑夜的充满悖论无以名之的东西。由魔方、面具、霓虹灯和化妆术组构而成的城市，人鬼不分，真假难辨，失去了历史，也没有了真实，没有了秩序，从某种意义上说来，城市就是抹去了白天和黑夜的界限的颠倒混乱的白夜。"[①]初读贾平凹的长篇小说《白夜》，笔者不由得想起了19世纪俄国著名小说家陀思妥耶夫斯基的小说《白夜》。陀思妥耶夫斯基的小说《白夜》讲述的是一个浪漫的、感人肺腑的、有情人终成眷属的爱情故事。而贾平凹的《白夜》中的夜郎与颜铭和虞白的爱情故事却让人感到无限的悲凉。本文从读者反应视角入手，通过对小说中的夜郎的外貌、行为、内心活动以及其与周围人物的关系的描述与分析，试图解析贾平凹笔下的一个男性代表人物形象"夜郎"的社会意义以及小说传递给读者的关于现代社会中男性的爱情观与婚姻观，以达到和众位读者交流的目的。

二、读者反应批评

文学史是一个接受和创造美的过程，它是由作者、作品和读者共同完成的。文学批评发展经历了一个从关注作家的生平、历史背景到关注作品的思想内容、写作风格，再到关注读者的阅读过程与反应的过程。古罗马诗人贺拉斯认为，文艺创作首先要考虑的是观众的反应，观众是文艺创作的市场和评判者。观众或听众的认可才是文艺作品的判断标准。[②]

读者反应批评理论的一个核心概念就是读者。读者可分为隐含的读者、理想的读者、有知识的读者等等。斯坦利·费什把理想读者称为"有知识的读者"。有"知识的读者"须符合三个条件：一是熟练掌握作品文本所使用的语言；二是具备充分的语义知识，包括掌握词汇搭配的可能性、成语、专业以及方言行话之类的知识；三是具备一定的文学能力，即作为一个读者，他在将文学话语内在化的过程中具有丰富的经验。[③]斯坦利·费什强调，"理想的读者"与现实中的真实读者之间存在一定的差距。但是，读者对文本的解释并不是随心

---

① 旷新年：《从〈废都〉到〈白夜〉》，载《小说评论》1996年第1期。
② 张中载、赵国新：《西方古典文论选读》，外语教学与研究出版社2006年版，第68—69页。
③ 杨冬：《文学理论——从柏拉图到德里达》，北京大学出版社2009年版，第385—386页。

所欲的,而是受制于一套具有社会性和习惯性的解释策略。读者的任务不仅仅是阅读文本,还有对文本进行解释和分析。而文本的意义存在于文本的结构之中。读者需要对文本中的具体事件进行认知分析,并寻找相应的证据来支撑自己的解释。伊瑟尔认为,每一个文本提供两种意义:定点和未定点。定点意义指的是文本的事实,包括故事情节、事件细节、文字描绘的物理环境等。而未定点意义指的是文本中的"空白",比如作者未解释清楚的事件或可能有多种解释的事件,这些都要求读者在阅读过程中进行积极的解读和意义的创造。作家将作品发表之后,作品就不再受作家的控制;作者对读者的阅读也无能为力,而不同的读者会有不同的阅读体验和心理感受,这些感受或影响都是客观和真实存在的。

三、夜郎的人物形象分析

首先,夜郎是小说《白夜》中的一个重要的线索人物。故事开始第一句,夜郎的名字就出现在读者的面前,和他一起出现的是身为警察的汪宽,随着故事的发展,一个个鲜活的人物出现在夜郎的周围。小说中,夜郎在混吃混喝时,结识了秦腔班主南丁山,给戏班当了马仔。经南丁山介绍,夜郎认识了市政府的秘书长祝一鹤,在赢得了祝一鹤的欢心后,被推荐到市图书馆宫长兴那里当了宫长兴的助理。于是,夜郎领了两份工资,戏班一份,图书馆一份。忙里偷闲时,夜郎就和他认识的在宾馆发廊打工的颜铭一起去祝一鹤家里做钟点工。随后,又接连认识了善测字算命的老医生刘逸山、以画虎出名的年过八十的陆天膺、原考古队队长又下海经营餐馆的吴清朴、以采矿发财的暴发户宁洪祥、经营餐馆的美女邹云、知识分子美女虞白、美女丁琳等等。正义的、邪恶的、哭的、笑的、美的、丑的、高雅的、粗俗的、干净的、肮脏的、高的、矮的、胖的、瘦的,应有尽有。于是,黑白颠倒、真假难辨、善恶交杂的20世纪90年代的西京城真实地再现在读者的眼前。

其次,夜郎是一个长相奇特、言行粗野、孤傲怪僻、夜郎自大的"小混混"。初见夜郎,汪宽就发现,夜郎"狮子般的长发披了半个脑袋",以及"那一张刮刀长的脸"上露着一股"冷笑",嘴旁长着稀稀的几根胡子。汪宽怎么也喜欢不起夜郎。"这冷笑透着一股傲僻,孤傲之人执一不化,刚愎自用,哪能合了世道之心?"酒后,酒劲攻心,夜郎一阵干咳,吐出一堆污秽来。在发现自己的自行车的铃盖被偷时，夜郎索性就拧下了旁边别人自行车的铃盖。再生人死后，他拿着再生人的那把钥匙去开了许多锁，却打不开，就挂在自己的脖子上。钥匙上带有一个耳勺，人稠广众之间，他就掏出耳勺挖耳屎。丑老脚灵车走后的那天晚上，听到城墙上有人放枪，夜郎一时怒起，就锐声吼道："你娘的口，有本事就往这儿打吧，老子正烦着哩！"夜郎独自走在马路上，一看四下没人，就"掏出一股尿来边走边摇着撒，心里说：我给西京题题词吧。——撒出来的尿是一串歪歪扭扭的'要在西京！就要在西京！'"。夜郎念及吴清朴托他办营业照，就找了兴庆区政府的墨副区长，但事情没办成，夜郎出了门，就在铺了地毯的楼梯上吐了一口口的痰，还抬脚高高地往那白墙上蹬出个鞋印；出区政府大门时，把门口给他的铁皮牌子摔在院子里，附带一句"我就是贼"。当时社会上请吃请喝十分盛行，夜郎就混吃混喝，竟吃了二十余天的白饭；当被人发现时，他依然高傲地昂头离开饭厅，顺手从牙签盒里抽了牙签并捏了桌上的一盒精致火柴放到兜里，口吐烟雾。现代都市里像夜郎这样的人还少吗？

然而，一个"披长发、留胡须、孤傲自大、言行粗野"的"小混混"身上，读者依然可以看到他善良、正义和仗义的一面。夜郎喜欢结交朋友，对朋友两肋插刀。汪宽虽看不惯他那张刀刮的长脸和冷笑，但还是莫名其妙地与夜郎亲热起来，认他为朋友。当喜欢夜郎的市政府秘书长祝一鹤政途遭遇坎坷而瘫在床上后，夜郎还经常去祝一鹤家里看望并陪伴他，为他请了保姆，常叮嘱保姆为他擦洗身子，勤换衣服；夜郎四下为祝一鹤求医，当各种医术都无法治疗祝一鹤的病时，夜郎请了远近闻名、善测字算命的老医生刘逸山为祝驱魔。祝一鹤在位时，夜郎得到了他的赏识，而当祝一鹤命运坎坷时，夜郎并没有忘记祝一鹤曾对他的好。可见，夜郎还保留有一颗善良、感恩的心。

四、夜郎的"美女、处女"情结

爱美是人的天性。女人爱美，男人似乎更爱美。小说《白夜》中的夜郎是父权社会中的一个男性代表人物。读者从夜郎的言语、行为以及内心独白，可强烈地感受到父权社会中男人的"美女、处女"情结。

男人虽丑但也喜欢美女。夜郎没有英俊帅气的外表。他的脸在汪宽眼里是"刀刮的长脸"，在虞白眼里是"马脸"。夜郎对着镜子看自己，说："确实是一张过长的脸，眉毛浓重，有着大眼，但太靠上了，耸而长的鼻子占据了脸面的三分之一，使嘴和眼遥遥相望。这样的一张脸，为何在西京城谁也没说破过是'马面'呢？"如此长相的一个男人竟也"癞蛤蟆想吃天鹅肉"，他的"美女情结"很重。在夜郎的眼里，女人只有一张脸。只有长得漂亮的女人才会引起他的兴趣。每当夜郎身边走过一个女人，夜郎就会投去评判的目光，并来一句"这女的漂亮、长得好"。他喜欢的颜铭很美，他喜欢上的虞白也长得美。如果颜铭和虞白都不漂亮，夜郎自然不会去关注她们。当夜郎问了颜铭肯不肯嫁他后，"自此颜铭却更多收拾，节衣缩食地购置化妆品，一早一晚，将一粒维生素服了，再打破一粒涂抹在脸颊。……颜铭又将黄瓜片儿在脸上敷"。女人为男人去美！

女人爱美，男人应该对此负责。首先，男人骨子里喜欢美女，认为女人不美就不是女人了。颜铭曾是一个丑女孩，因为长相丑而遭人嫌，没有小孩和她玩，同学不愿和她同桌，课堂上老师也不提问她，男生不喜欢她，更可悲的是，她的父亲也见不得她。化妆技术水平的提高给丑女们带来了希望与光明。颜铭很幸运，她成功地美容了。从此，她有了自信，对生活充满了希望。然而，当颜铭生下一丑女时，夜郎认为孩子"要全部美容""一个女孩子，即使没本事，长得好也一辈子会享福的"。男人对女人美的过分要求给女人带来的是致命的打击和毁灭。男人要求女人要美，又嫌女人美得虚伪。女人美不美的标准掌握在男人手里。女人只是男人美的评判客体而已。颜铭在离婚登记处道出了自己的辛酸，控诉了这个对女人不公的男权社会，因为女人的美与丑的标准掌握在男人手里，丑了没人要，美了又遭人猜疑。"我吃尽了人丑的苦愁，我做什么都比别人多付出十分的辛苦，得到的却是比别人少十分的回报。……我为我的容貌和身材得意，但我更害怕这个只认脸的男人社会，……我更看透了现在的社会和人，我以后就去傍大款呀，我相信有那些有了大钱而追求美貌的男人的。"其次，是化妆术的提高制造了更多的"人造美女"。而化妆技术的发展与提高却是男权社会的贡献。没有造美技术，"人造美女"就不会出现。如果男人不爱女人漂亮的外表，女人就不会为了美而花费时间、金钱和精力，更不会因为自己的丑而烦恼、自卑！

另一方面，男人更爱处女。小说里的有钱有权有地位的男人都喜欢处女。暴发户宁洪祥因为有了钱就在外养情妇，邹云就成了他的猎物。陆天鹰八十岁了还娶了小老婆。李贵离了婚，但因为没有找到新的，就大骂"好女人让狗□

了"。夜郎不但爱美女,他更爱处女,羡慕"老夫少妻"。人们嘴上都说希望拥有天长地久的爱情,希望夫妻能白头到老。夜郎不这样认为,他感慨爱情:"真正的爱情少则三年,多则十年就消灭了,剩下的只是整齐而乏味的日子。"当汪宽说他媳妇几天都不理他了,夜郎就说:"过不成就离婚,宽哥又不是找不下个黄花大闺女,就是找不下,一个人打光棍也比整日吵闹着安逸!"他把爱情当衣服,衣服旧了就要买新的。难怪他早早就离婚了,自己是离过婚的人,但他却从不与人说,更害怕别人说。当康柄突然神经兮兮地说:"听说你以前离过婚?"夜郎怔了一下,狠狠地说:"听谁说的?"离过婚的男人已不是什么处男童身,却要求女人是处女。当他和颜铭第一次发生关系之后,"他并没有把毛巾放回盆里,却用报纸包了要带走,这是一个男人的得意之作,更是一个纯真处女的证明,他将要在他那个借居的大杂院里当院晾晒,……知道了颜铭在欺骗他,以鱼尿泡灌红水塞在身上充当处女。——大失过望,极度悲哀"。满怀悲哀回到丑老脚的家,看到死去的丑老脚的灵车,他情不自禁地放声大哭,别人还以为他为死人伤心落泪呢。夜郎听康柄说,陆天膺丧妻后娶了个年轻的媳妇,夜郎又是一阵感慨:"只剩下我这没钱的,甲男配丁女了。"夜郎妒忌陆天膺,叹息自己没钱。如果他有钱,他也能娶个年轻漂亮的女人。拥有了颜铭,颜铭比他年轻好多,且又是一个处女身,夜郎还不知足。他背着颜铭,又和虞白暧昧。颜铭和虞白都是他到手的猎物。

夜郎的处女情结与爱情观注定他与任何女人的婚姻都是不能长久的,都注定是个悲剧。夜郎需要不断寻找新的猎物才能安妥他那不安分的灵魂,所以,他一直在流浪飘零,永远找不到最后的归宿。

五、夜郎形象的社会意义

孟繁华曾就《白夜》发表过如下评论:"《白夜》是一部现代都市人精神贫困症的病历;是一部从官员到百姓、从知识分子到平民、从男性到女性、从英雄到常人的俗世生活的立体景观。……在《白夜》的空间里,没有来自内心的舒展与悠闲,没有发自灵魂的真实欢乐。在现代欲望的诱发下,每个人都企图达到欲望的制高点。然而事与愿违,殊途同归。成功与失败、实现与夭折、高尚与庸常的界限已经模糊,他们真实体验到的是没有尽期的焦虑、躁动、犹疑和不堪承受的精神疲惫。"[1]贾平凹认为:"夜郎的精神苦痛并不是社会的唯一原因,在二十世纪之末和走入二十一世纪,生活苍茫而来,无序而去,夜郎苦闷究竟是什么?他的罪孽在哪里,又怎样摆脱危难,获得一种力量呢?这些明确的答案我与夜郎一样胡(糊)涂,却同夜郎一样讨厌和厌恶了自己。……《白夜》无意要作什么社会的、政治的批判,它只是诉说人的可怜和可悲,面对是我们自己的罪孽。而写到社会的现实,那只是起到这种烦恼的特定性,而反过来正视这种特定的生存状态。"[2]

(原载《小说评论》2012年第3期)

---

[1] 孟繁华:《面对今日中国的关怀与忧患——评贾平四的长篇小说〈土门〉》,载《当代作家评论》1997年第1期。
[2] 贾平凹:《答陈泽顺先生问》,载《小说评论》1996年第1期。

比较研究

从《废都》到《白夜》

旷新年

主持人党圣元：

在新时期以来的作家中，贾平凹是一个文化姿态引人注目的成就卓越的作家。尤为值得注意的是从20世纪80年代后期以来，一些作家主要不是靠作品来展示自己的文化立场，而是直接介入学术界的文化论争之中，以文化评论来制造轰动效应，或者发表一些远远不能说精湛的创作谈之类的文字，来树立自己的"杞人"形象。喋喋不休的话语，浮躁的心理，俱暴露出包括我们自己在内的当代人文知识分子"内养"之不足，气浮言浅。

相比之下，贾平凹可以说是安于职守，他完全是以一部部作品来表明自己的文化态度；他的文化心态，潜藏在他的作品之中，属于潜话语系统，而不是显话语系统，然而底蕴可能更加丰富些。反思世纪之交的文学，建构21世纪的中国文学精神，贾平凹及其小说创作足以构成一个话题。无论对于哪一个杰出的作家及其作品，一味的赞扬终属赏析，简单的阐释无关痛痒，而批判地审视，才能发现其价值。这里做的讨论，虽然各人所见或有偏执，然共同的特点是不想隐讳什么。

90年代是一个没有历史的年代。从文学创作上来说，是没有历史的一代人——晚生代作家进入写作。在历史的逃亡与游戏背景下，他们的写作呈现出"新历史小说"的文学现象。可是，贾平凹写作《废都》的那一年，中国大地正发生着翻天覆地的变化。尤其是，"文化颓败"的号啕之声不绝于耳。贾平凹在《废都》的后记里叙述了《废都》写作时的个人苦痛与困境。然而，仅仅他个人的痛苦与困境并不能成就《废都》，而是整个时代鬼哭狼嚎的浓重氛围与巨大挤压产生了这部挽歌式的长篇小说。即使特殊时期，中国的知识分子也没有惊慌失措，感觉到失去了生存的重量。他们的苦难经历恰好把他们自己推向了先知般的神圣、光荣和崇高的位置，陶醉于一种受虐的快慰之情里。因此，在中国现代历史中，这个身份不明并被历史巨人一次又一次地戏弄的阶层形成了最为强烈，也最具有本质特点的心理状态——自虐与自恋。而今天，文化的颓废和历史的失重使他们感觉到了从来没有过的无足轻重与被弃之感。贾平凹呕心沥血写作的《废都》可以说是这个时代的弃儿们——文化英雄们自虐与自恋的"天鹅绝唱"。尽管这部四十万字的长篇，这一曲传统文人的心灵挽歌已经失去了辉煌壮丽的历史叙事与装饰，甚至几乎连张爱玲所说的一个"美丽而苍凉的手势"也没有留下。它的节拍只是略微敲打、铺张和伸缩，低回于性爱的圈套之内，甚至也没有色彩丰富的情感，只剩下一种肉欲的恣放与失落，从而成为一种烂熟的无名的悲哀。它不是像《红楼梦》一样可以吟唱的悲剧，而是像《金瓶梅》式的无法言传的透骨悲凉。

在"《废都》热"——《废都》的阅读与评论中，我们可以明显地看到两种完全不同的对于《废都》的二度写作——两种完全不同的"《废都》滋味"。一种是庄之蝶的同代人对《废都》感伤的抚摸，一种是晚生代对它的愤怒的呵斥，以至把它认作是"一部嫖妓小说"。晚生代看到的是"《废都》热"中的浓厚的消费性与商业性，看到的是《废都》中鸳鸯蝴蝶的主题与圈套。而庄之蝶的同代人在对它的抚摸性阅读中深刻地体味到性爱死结后面强烈的挫折感、失败感、末世感和没落感，一种绵绵无尽的哀伤惨痛，以及一种淋漓尽致的烂熟的肉欲铺陈后面隐含的精神颓败的命运感。萧夏林以《废都废谁》来命名《废都》的一部评论集，用一个最为简短的诘问语句揭示了这部小说的主题。在这部小说里陷落的不是一个人，或者一座城市，而是一个时代，是文化英雄的失败。他让一个最具有自恋性格的文化英雄——西京四大名人中的作家庄之蝶来面对历史所带给他的无可回避的破败和荒芜。

女性主义评论家在《废都》中读出的是男性文化，看到的是对于女性的露骨玩弄。然而，她们没有看到庄之蝶在文化和权力的颓败中的紧张与焦虑，他脱尽了历史的衣裳，通过性的失败来淋漓尽致地宣泄他的失败之感。在权力的最后一道防线——性上暴露了"名人"庄之蝶所遭受的致命挫折和彻底失败。他和景雪荫的往日旧情引起了一场纠缠不断的官司，为了消弭这场官司，他将柳月作为一次交易送给了市长的残废儿子，他的妻子离开了他，唐宛儿从他的身边被抢夺而去。因此，他和唐宛儿幽会的地方就称作"求缺屋"。西京四大名人之一的庄之蝶并不是由女人来显示他的权力与光荣，而是通过对他的女人的剥夺表现了他的残败与毁灭。无疑，这不是王国维在《〈红楼梦〉评论》中所说的"悲剧之悲剧"，而只是无名的焦虑与悲怆。从某种意义上说，《废都》和激流岛上的"顾城事件"具有相同的意义。庄之蝶最终无法在性的梦幻王国里扮演着英雄的角色。他由西京的名人和被崇拜者变成了一个弃儿。

《废都》和《白夜》的书名都有着明显的寓意。废都西京是荒败了的皇城，是已经被取代了的权力中心。在《白夜》一开始，作者满怀惆怅地描写"废都"："如果是两千年前，城墙上插满了猎猎的旗子，站着盔甲铁矛的兵士，日近暮色，粼粼水波的城河那边有人大声吆喝，开门的人发束高梳，穿了印有白色'城卒'的短服，慢慢地摇动了盘着吊桥铁索的辘转，两辆或三辆并排的车马开进来，铜铃喤喤，马蹄声脆，是何等气派！今日呢，白天里自行车和汽车在街上争抢路面，人行道上到处是卖服装、家具、珠宝、水果和各种各样小吃的摊位。戴着脏兮兮口罩的清洁工，挥着扫帚，有一下没一下地扫，直扫得尘土飞扬。"贾平凹在此流露出对现代性城市明显的反感与厌恶。这种城市失去了令人神往的威严与秩序，只有盲目混乱、空虚荒芜的欲望。因此，当《白夜》的主人公夜郎面对这个现代文明冲击下的"废都"时便产生了一种荒芜之感。"夜郎想到这里，一时万念复空，感觉到了头发、眉毛、胡须、身上的汗茸都变成了荒草，'叭叭'地拔着节往上长，而且那四肢也开始竹鞭一样地伸延，一直到了尽梢就分开五个叉，又如须根。荒芜了，一切都荒芜了。""废都"象征了秩序、权力和文化的颓败，在这种颓败中，夜郎感到这座城市古老而又空虚。他被这种颓败抽空了，无机化了，退化成了植物。同样，这种颓败和退化使庄之蝶内心积聚了巨大的紧张、压力、焦虑、失败和悲哀。

在《废都》的结尾，这种悲哀在一个象征中完成了最凝练的表述。"废都"将要举办一个文化节，选择了大熊猫作为节徽，作家庄之蝶受命组织宣传材料。"庄之蝶最反感的就是大熊猫，它虽然在世上稀有，但那蠢笨、懒惰、幼稚，尤其那甜腻腻可笑的模样，怎么能象征了这个城市和这个城市的文化呢？庄之蝶掷笔不改了。不改了，却又想，或许大熊猫做节徽是合适的吧，这个废都是活该这个大熊猫来象征了！"大熊猫不仅象征着在历史中被遗弃的文化古都，而且象征着在历史中被遗弃的文化英雄。《废都》以庄之蝶的生命溃败而结束。小说最后写道:"候车室门外,拉着铁轱辘架子车的老头正站在那以千百盆花草组装的一个大熊猫下,在喊:'破烂喽——!破烂喽——!承包破烂——喽!'"庄之蝶无声无息地晕死过去了。老头的声音在书中不断地重复,就像一个主题在反复提及。因此,《废都》完成了对庄之蝶及文化英雄们无名的悲哀的历史表述,也是贾平凹献给他们以及自身的一曲悲怆的葬歌。而庄之蝶这个取名源于《庄子》中的人物,在这里更主要地是暗示了作品深处的幻灭之感,说明了他对于历史以及自身的无法把握与确证。

《废都》和《白夜》都是城市生活题材的小说。然而,贾平凹对城市以及现代文明有着明显的反感。当贾平凹从《废都》的文化圈以及悲怆与自我中挣扎出来面对市井俗世的城市之后,就有了《白夜》。"白夜"—— 一个既非白日也非黑夜的充满悖论且无以名之的事物。由魔方、面具、霓虹灯和化妆术组构而成的城市里人鬼不分,真假难辨,失去了历史,也没有了真实,没有了秩序,从某种意义上来说,城市就是抹去了白天和黑夜的界限的颠倒混乱的白夜。

在《废都》中,庄之蝶在徒劳地追求着尊严与真实。他是一个典型的自恋者。《废都》最终不仅是对庄之蝶的凭吊,也是对"真实"的否定。牛月清在知道了庄之蝶对他的背弃之后感觉到了"真实"的崩溃。"庄之蝶与唐宛儿的事发生后,她感到痛苦的是自己最爱的丈夫竟会这样;而现在,出了家的慧明也打胎,这世上还有什么是真的?还有什么让人可相信、可崇拜、可信仰呢?"于是,牛月清也终于认同了现代都市的生活,化妆美容,使她自己的母亲也认不出她来了。"老太太惊道:'这不整个儿不是我女儿了?!'从此就整日唠唠叨叨,说女儿不是她的女儿了,是假的。夜里睡下了,还要用手来摸摸牛月清的眉毛、鼻子和下巴,如此就怀疑了一切。今日说家里的电视不是原来的电视,是被人换了假的;明日又说锅不是从前的锅,谁也换了假的;凡是来家的亲戚邻居又总不相信是真正的亲戚邻居。后来就说她是不是她,逼着问牛月清。"化妆术是城市文明的代表。最具有戏剧性效果的化妆术是现代性和城市经验的核心内容。在《废都》里,柳月通过化妆术来涂改自己的农村身份;在《白夜》里,颜铭通过美容来改变自己的面目。城市化妆术改变了人们的物质世界,改变了人们的生活环境,甚至改变了人们的时空感觉,摧毁了白天和黑夜的真实感觉,打乱了白天和黑夜的固定秩序。城市化妆术对人们的心灵造成了奇异的震撼。在以化妆为核心经验的变幻不定的城市里,一切固定的、永恒的、本质的和真实的东西都被破坏了。这给"后主们"带来了无限快乐,却使贾平凹感到无限的惆怅与悲哀。

然而,夜郎毕竟不同于庄之蝶,不是那个自恋型的男人。夜郎一开始就对一切都充满了怀疑。小说这样描写他和颜铭第一次做爱之后的复杂心态。夜郎"醒来满窗阳光。穿衣起来,一夜间长成了一个丈夫。他在墙上的日历牌上寻查着这个日子。就想起颜铭不让他动的那块毛巾。毛巾是那时垫在床上的,从床下的盆里拉出来,红红的染了一片。夜郎并没有把毛巾放回盆里,却用报纸包了要带走,这是一个男人的得意之作,更是一个纯真处女的证明,他将要在他那个借居的大杂院里当院晾出,宣布在这个城市里,他什么也没有了,但他拥有了爱情,一切都肮脏了,而他的女人是干净的!"。而当他发现毛巾上的血是颜铭以鱼泡灌红木以充处女血之后,他因此"大失过望,极度悲哀"。于是他在这个城市里被抽掉了最后一点真实的感觉,呈现无以附着的状态。他多少摆脱了庄之蝶的自怜自恋的悲怆,多少带着夜的邪恶,成为一个有些恶作剧的喜剧演员。在《白夜》里,我们可以看到人物的某种移位变形,多少摆脱了《废都》宣叙调性的自叙性与感伤性。然而《白夜》同样表现了贾平凹内心深处无法化解的紧张、焦虑与忧愤。不论是对夜郎恶作剧的描写,以《精卫填海》作为结束,还是宽哥这个人物的塑造,都表现了作者内在的压力与紧张。警察身份的宽哥在《白夜》里是一个带有喜剧色彩的悲剧人物。一个正直善良、尽职尽责的警察在维护合理秩序和履行正常职责时却屡遭打击。贾平凹意在通过警察宽哥这个现代文明的象征来表现当代社会的悖谬感。

贾平凹努力通过写作去接近历史,甚至慢慢开始历史写作。这最明显地表现为《废都》中对谣曲这种中国社会历史中最具有神秘力量和阐释能力的语言的不断引用。借用谣曲是中国历史写作中一种重要的策略。可是,《白夜》却以"再生人"的出现开始,再生人留下了一支曲子在后来的小说中反复出现——"平平仄仄平平仄,仄仄平平仄仄平"。贾平凹不仅在历史写作,而且试图从抽象历史入手。也就是说,贾平凹试图表达他的某种"历史哲学"。换一种说法,贾平凹的创作追求实际上是想使其成为一种"寓言"。尽管今天的理论批评家已经定下了规则,把我们的时代规定为"后寓言时代"了。

自从进入20世纪90年代,一个非常暧昧的词语——"世纪"就开始像一首格律诗中的韵脚一样反复出现,有时叫作"世纪末",有时却又叫作"世纪之交"。尽管中国进入"世纪"还不到一个世纪,但又好像我们在世纪的轮盘里早已经转了几个来回似的。不同的文化对历史有不同的感受方式，一种特定的文化给人们带来特定的想象方式。由此，我知道了在"五四"的时候，胡适等人为什么要打倒"名教"，我也因此知道了名教和文化对人类的心灵生活有多大的塑造能力。构成贾平凹的生活世界和历史想象的是另一套符码：古镜古筝、禅佛卦卜、才子佳人、棋书画剑。这是另一种历史与另一种时空。在《白夜》的结尾，虞白要送给夜郎的《坐佛图》就体现了贾平凹的某种"哲学"。

有人生了烦恼，去远方求佛，走呀走呀的，已经水尽粮绝将要死了，还寻不到佛。烦恼愈发浓重，又浮躁起来，就坐在一棵枯树下开始骂佛。这一骂，他成了佛。

三百年后，即冬季的一个白夜，□□徒步走过一个山脚，看见这棵树，枯身有洞，秃枝坚硬，树下有一块黑石，苔斑如钱。□□很累，卧于石上歇息，顿觉心旷神怡。从此秘而不宣，时常来卧。

再后，□□坐于椅，坐于墩，坐于厕，坐于桩，皆能身静思安。

贾平凹深深地沉静在一种古老神秘的文化之中，试图以此找寻到抵挡现代文明混乱的"白夜"的智慧。我的一位朋友说，贾平凹的小说里有一股鬼气，小说中的人物都是半妖半仙的。贾平凹在古老深厚的中国传统文化中长久修炼已经"得道成仙"，因此形成了自己独特的感知世界的方式。也就是说，他构成了他自己的一个世界。

贾平凹生活在他所选择的文化中。他生活在"废都"深处，他反感"白夜"——现代性的城市以及它的丑恶与混乱、变幻与虚伪。尽管他感觉到了城市气息的腐蚀，但是他抵抗城市——在他的小说中回避对于城市的体验。正如孟云房评论庄之蝶的："别看庄之蝶在这个城市里几十年了，但他并没有城市现代思维，还整个价的乡下人意识。"贾平凹的小说在回避立交桥等现代景观的时候，几乎必然地转身面对古老的目连戏等民俗活动，在那里去寻找另一种意味。同张承志一样，贾平凹也以他自己的"内力"，以他自己的文化想象方式来抵抗现代文明，并以此来化解他所承受的现代的丑陋、混乱、紧张与焦虑，将它们化作挽歌悠唱。

（原载《小说评论》1996年第1期）

"说话"小说：民族化的现代小说形式探索

——以《白夜》和《高老庄》为例

许爱珠

在中国当代作家中，贾平凹是有自觉的民族文化意识的众多作家之一，他的小说创作在汉语言的句法和小说叙事结构的探索上，充满了民族特色。同时，因为身处当代生活与文化语境，他的小说也始终紧随时代的步伐，高度关注现实生活中的焦点或敏感问题，并与当代读者有内在的默契和沟通。他在20世纪90年代中后期创作的两部长篇小说《白夜》《高老庄》，是两部比较好看的小说，它们及时、深刻地反映了当代城市和农村的现实风貌，体现了强烈的现实关怀精神，很受读者的喜爱。我们以这两部小说为例，尝试研究贾平凹是如何建立"说话"小说的概念，并通过长篇小说的创作实践，对交融现代性与民族性艺术的小说形式做积极的探索，并取得创新性成就的。

一、"说话"小说概念的提出与渊源

《白夜》《高老庄》两部长篇小说都是贾平凹自己提出概念并践行的新型小说范式——现代"说话"形式的小说。关于"说话"小说，他在《高老庄》的后记中说得很明确，这种小说"没有扎眼的结构又没有华丽的技巧，丧失了往昔的秀丽和清晰，无序而来，苍茫而去，汤汤水水又黏黏糊糊"。他针对当时文坛流行的"太像小说"和"做小说"的小说技巧流弊，从亲朋好友平常生活中的对话中悟出，"说平平常常的生活事，是不需要技巧，生活本身就是故事，故事里面有它的技巧。……《白夜》的说话，就是基于这种说话的基础上来说的。……它表面上看并不乍艳，骨子里却不是旧，平平常常正是我的初衷"。由此可见，贾平凹尝试建立一种现代意义上的"说话"小说形式的意图很明显。究其本质，是贾平凹秉承中国文化传统，试图在现代小说创作中，从结构上拆

除小说文本与生活之间的篱笆,从语言上充分发挥中国汉语的模糊性特点,让小说语言具有多义性,让读者可以从不同层面进入文本,从不同的角度去理解小说的内涵,在文化上打破雅俗界限,将雅小说刻意俗化,以取得通俗易懂、言近旨远的艺术效果。

从历史起源上看,"说话"作为一种文化,"说"与"话"放在一起,始见于唐代郭湜的《高力士传》:"上元元年七月,太上皇(玄宗)移丈西内安置。……每日上皇与高公亲看扫除庭院,芟薙草木。或讲经论议,转变说话,虽不尽文律,终冀悦圣情。"[①]而"说话"作为我国的话本小说,其概念来自佛教经文,最早是唐代的僧人为了普及佛教而创造的一种大众化经义读本,后来在宋代逐渐演变为民间白话文学——话本小说。事实上,中国古典小说有两个历史源头:文言小说和白话小说。文言小说多取法史传和辞赋,白话小说往往沿于俗讲和说书。前者为雅,多流行于知识分子当中;后者为俗,通行于市民阶层。二者各有其主,平行发展。但到了明代晚期以后,随着社会对白话小说认识的不断深化,人们逐渐摒弃了对白话小说根深蒂固的偏见,认为白话小说同样可以不朽。后来文人们也开始加入到白话小说的独立创作中,从此将中国古典小说推向了高潮。[②]小说的载道与娱乐的功能开始得到结合。于是,这两类文体开始互相影响,各自消长起伏,混合着发展。到了明代,进入成熟时期的白话小说,以章回体长篇小说成就为最高。

我们认为,有着浓郁传统文人气质的贾平凹,对这种雅俗相杂的创作特质更趋于认同,他所提出的现代"说话"小说,从其现有的艺术形态看,是明显受到宋元话本小说以及后来的明清章回体长篇小说影响的。四大奇书《水浒传》《三国演义》《西游记》《金瓶梅》都以通俗说话为特色,特别是以《金瓶梅》为代表的世情小说,使用文人的叙事手法来描写城市市民生活,对贾平凹的启发和影响尤为明显。四大奇书走的都是由俗到雅的路线,在雅和俗两个层次胶着,成就了艺术的不朽。孙犁也说:"通俗文学,是一种文学,它标榜的是:'话须通俗方传远,语必关风始动人。'在艺术上,也是不厌其高,只厌其低的。……通

---

① 高思嘉:《唐宋"说话"的演变》,载《四川师范大学学报(社会科学版)》1996年第2期。

② 关于古典白话小说在明代发展的历史情形,可参见董国炎《荡子·柔情·童心——明代小说思潮》,北岳文艺出版社1992年版,第158—168页。

俗文学，不应该是文学作品的自贬身价的口实。"①贾平凹由此受到很大的启发。对当代作家来说，要将小说写得俗并不难，要将小说写得雅也并不难，难的是在俗中写出雅来，在雅中混合着生活的俗，这种小说既有艺术境界又有生活的气息，需要很强的艺术表现力，贾平凹有意让自己接受这种挑战。他提出"说话"小说形式的理念，就是要将小说从现代意义上的纯文学中拉下来，让小说回到雅俗共赏的状态中。

事实上，我们从《白夜》《高老庄》中看到，作者立足于超位透视的叙事策略，用生活化的语言模拟、还原生活，写出原生态生活的流动感、混沌感，其艺术思维机制是传统型、整体性、综合性的，其写作方式又是世俗化的，从美学效果上看，反而接近了最高的美学意境。尼采说："最高贵的美，是那种渐渐渗进的美，人几乎不知不觉被它带走，一度在梦中与它重逢，可是在它悄悄久留我们心中后，它就会完全占有我们。"②我们认为贾平凹独创的现代"说话"小说范式，在某种程度上确有这种奇异之处。

二、在城市与农村之间的"说话"

《白夜》是作者用"说话"的形式来写现代城市世情生活的尝试；《高老庄》则是将这种"说话"形式，由古代只用来描写城市世情，大胆地延伸至中国宗法家庭为结构的农村社会，并且是一次较为成功的尝试。《白夜》《高老庄》都选择了家庭空间作为组织小说结构的中心，在宗法制社会统治了几千年的中国社会，家庭在中国文化体系中占有重要地位，家与国同构，又可互相延伸，作为公共的社会政治经济领域可以影响到私人的日常生活，作为小说结构的中心，有利于建立结构的整体感。

这两部小说以既是写实又是象征的家庭为背景，在日常琐事中发掘灵魂深处的隐秘世界，展现广阔的社会生活和风俗场景。这一特点，是贾平凹借鉴《金瓶梅》最明显的地方。从空间结构上看，这是一种类似于中国绘画技巧的散点透视法，方法是通过以虚写实来展示人物的心态，即将小说中人物的动作与对话放到一些分散的场景中去展现，以此表现人物的心态或性格，而不是通过人物与事件的关系推动情节发展，展示人物性格。但是，对这一艺术方法，贾

---

① 孙犁：《陋巷集》，山东画报出版社1999年版，第95页。
② 尼采：《悲剧的诞生：尼采美学之选》，周国平译，三联书店1986年版，第175页。

平凹创新性地加以继承。《白夜》里人物的活动场景独特之处，就是以家庭场景为主，以社会场景为辅，夜郎、虞白、汪宽、陆天膺、祝一鹤等几乎所有的主要人物的活动都放到几个家庭场所里去展现，以利于表现虚的情感心态，而像吴清朴开的饺子馆、宁洪祥开的金矿公司、颜铭所在的模特队等人物活动比较多的社会场景，主要用来烘托时代的氛围，当然这是一石二鸟之举，小说顺便也对社会黑暗面做了批判。

在《高老庄》里，小说的家庭场景则主要以子路家为主，通过给子路的父亲过三周年祭日，家里大办酒席，让高老庄里的所有重要人物都亮了相。静态场景和活动场景主要有集市、地板厂、看戏、修塔、哄抢林木等，这些场面看似杂乱无序，但通过女主人公西夏在这些场景中的走动，一切都变成了有机的联系。这种以散点透视为主、散中又有聚的小说结构方式，很显然是贾平凹巧妙地将中国的散点透视法与西方的结构主义方法有机融合的结果，实践证明这种小说结构的艺术承载量极大，是切实可行的。

关于人物关系的铺设与人物形象的刻画，贾平凹在很多时候借鉴了古典小说中的技法。古典小说中用来塑造人物的技法非常之多，比如，"背面铺粉法"——对比映衬，这是金圣叹评点《水浒》，"如要衬宋江奸诈，不觉写李逵真率；要衬石秀尖利，不觉写杨雄糊涂是也"。这是以虚写实的技法。[①]比如有关《白夜》里虞白与她的好朋友丁琳的性格与关系的描写，作者让两个人的性格在一静一动的对比中，由丁琳充当虞白的陪衬，既突出了虞白，也让丁琳给读者留下了深刻的印象。《高老庄》里，子路在外型和性格上则与西夏形成了鲜明的对比，就是用的这种手法来突出西夏。而对《白夜》里高古飘逸的国画家陆天膺，作者用了另一种以虚写实的手法——"善写妙人者不于有处写"[②]，这是毛宗岗总结《三国演义》当中塑造孔明的形象时用的一种方法，欲写孔明却偏偏避开孔明，而通过孔明之居、之童、之友、之弟等来达到表现孔明古淡高远的性格风貌的目的。《白夜》通过夜郎和吴清朴的对话，给读者勾勒出陆天膺超脱、高远的名士风范，后夜郎到他家中拜访，以夜郎的视线进一步从陆天膺的居所特色来获得印证，当写到陆天膺本人出现时，却是通过重点写他养的一只墨猴的机灵乖巧来衬托主人的雅趣。夜郎临走时，陆天膺不与客人告辞，径自回卧室，

---

① 宁宗一：《中国小说学通论》，安徽教育出版社1995年版。
② 宁宗一：《中国小说学通论》，安徽教育出版社1995年版。

却让他年轻漂亮的夫人出来解释、送客,以显示自己的别样性情。在《高老庄》里,也有这种烘托、陪衬法,不过不是写"妙人",而是为了突出乡村新女性苏红狐狸精的形象,写苏红对男人奇特的性吸引力,主要是通过一个叫"鹿茂"的男人,为了争取到苏红所在的地板厂上班,为苏红鞍前马后效劳,让原本很结实的身体在极短的时间内变成了药罐子,一副病恹恹的样子。

在设计主人公的人物形象时,《白夜》一方面像《红楼梦》那样,将抒情美学特征整合进日常生活叙事中,使小说充满了诗情画意;另一方面又将被世情小说驱除出去的英雄传奇色彩纳入进来,大大拓展了现代城市小说的古典文化内涵,同时也满足了读者渴望正义和英雄的文化心理。比如《白夜》主人公夜郎的"游侠"形象设计。夜郎因为对现实生存空间的苦闷和不满,成了城市飘荡的灵魂,他个人是苦闷的,但必要时还能在尘世除奸惩恶。因为这个人物是整部小说的灵魂,所以他身上的侠义精神,就不仅仅是当作传奇色彩来点缀那么简单了,而是有更深的文化象征内涵。贾平凹让这个带有文化象征意味的传奇人物融入世俗化的城市空间,而且特意让他在小说一开始与僵滞的社会道德理性代言人——警察汪宽以好朋友的身份同时出场,这是贾平凹企图以濒临失传的墨家文化传统来拯救颓废的现代都市的一种艺术理想。

三、"说话"小说的现代性元素

或许有人说贾平凹的小说内容被众多的古典写作技巧所覆盖,我们读起来势必会感到这不是当代小说,它离这个现实生存世界很遥远很陌生。但事实恰恰相反,尽管《白夜》充满了悲凉之气,有一种古典美,但这与艺术对当代生活的真实反映并不矛盾,读者能强烈地感受到故事里的生活的厚重感。《高老庄》就更不用说了,这个村子里发生的故事仿佛就在我们身边。这样逼真的艺术效果,除与现实生活题材有密切关系外,还主要取决于作者对现代叙事艺术的合理使用和采取生动鲜活的小说语言。

现代叙事技巧的熟练程度,早在贾平凹《天狗》等一批作品中体现了,现在的问题是如何在具有古典美的长篇"说话"小说形式里有机地使用现代叙事技巧。在这个问题的处理上,我们通过他在《白夜》开头所做的精心布局,就可略见一斑。

开头这一段至关重要。好的小说开头是成功的基础,也最能体现作家的功力。作为一种阅读文体，罗杰·福勒认为："对于语言学家，文本的表面结构是由一系列语句串联而成的连贯序列。语句流隐含着某种确定的阅读速度和节奏，某一表达信息的特定次序，指导读者的注意力，控制他的记忆。"[1]因此，信息顺序的安排就强调了小说开头第一句话必须与后面的所有内容有所关联，关联得越多，信息量就越大，小说的艺术张力也就越大。《白夜》开头共二十个字："宽哥认识夜郎的那一个秋天，再生人来到了西京。"但读者能获得大量的信息：认识了小说中最重要的两个人物，知道了故事发生的时间、地点，还对一个独特的人物"再生人"产生了浓厚的兴趣，在小说阅读上制造出了悬念效果，为接下来的写作和阅读提供了充分的修辞理由和心理准备。[2]"再生人"的传说，来源于佛教的教义，认为众生莫不辗转生死于天、人、阿修罗、畜生、饿鬼、地狱六道中，如车轮之旋转不停，亦即所谓轮回。中国古代民间信仰套用此说，主要取人转为鬼、鬼重新做人或动物的观点，将鬼投胎重新做人或动物称为转世投生。贾平凹巧妙地利用这种古老的民间传说，首先在阅读效果上营造了一种传奇和神秘氛围，增加了文本的可读性，而更为重要的是，作者利用再生人重返我们读者的现实生存空间，有意将古代与现代的时间距离拉近，与小说中写到的目连戏这种鬼戏在艺术观念上打通；其次又将现实生活中的人物夜郎和虞白，这两个人物与再生人之间利用古琴、钥匙、音乐、梦游等小说道具或相关情节加以联系，使现实生活中的人因为苦闷而渴望精神再生，再生又不得所求的痛苦，借助虚幻的艺术形式表现出来，这才是作者真正要传达的意思。这种融古今于一体、阴阳于一世的奇妙艺术构思，是贾平凹巨大的艺术创新精神之所在。

再看《高老庄》。它的开头则是选择了另一种模式。小说的第一句话也很关键："子路决定了回高老庄，高老庄北五里地的稷甲岭发生了崖崩。"它包含的信息是：向读者告知故事发生的地点和人物，明白子路不在高老庄，但那儿是他的家乡，这个地方很神秘，因为有崖崩。而崖崩是什么，读者一般不知道，这就自然有了了解的欲望。接下来作者在介绍崖崩的时候，将崖崩现象与另一种奇异的事物飞碟联系在一起，并且用农家人的日常事物与家畜来烘托，极富动感地展现了崖崩的过程（这种场面描写，与《白夜》里的开头，戚老太太从房

---

[1] 罗杰·福勒：《语言学与小说》，于宁等译，重庆出版社1991年版，第49页。
[2] 许祥麟：《中国鬼戏》，天津教育出版社1997年版，第259—261页。

子里伸出头招呼再生人时写竹帘子的效果是一样的）。写崖崩时引出了一个较重要的人物——迷糊叔，又由他引出关于白云湫的事，为后来的故事情节埋下了伏笔。作者通过迷糊叔与镇长关于崖崩的自然现象的讨论很自然地过渡到镇长的行政官员的社会角色和社会活动。短短的一段开头，日常现实生活与神奇的自然景观水乳交融，给读者描绘了一个还处于封闭落后、原始状态的现代农村，预示了在这样环境生活的人，都必然受到来自神秘自然与社会现实的双重制约。而这只是小说的表层叙事结构，从文化的象征意味来看，开头这一段里提到的崖崩、飞碟、白云湫，都有特定的象征意义。崖崩不仅仅是自然现象，更预示着高老庄传统文化根基的崩溃，而崖崩时出现的飞碟意味着高老庄之外的现代力量，它或许会导致传统文化的崩溃。白云湫在后面的情节中不断被提及，是一种神秘莫测、无法接近、不可捉摸的力量的象征。事实上，在历史、现实和心灵的深处，也确实存在着一个无法把握的、不可解释的世界，它便是作者与读者心灵得以交融的文化语境，是人们渴望通过阅读来获得一种对话的心灵场所。

在顺利完成故事的背景交代之后，小说的第二段，很快过渡到生活写实，而这一段也不是闲笔，处处藏着玄机。在段落与段落之间过渡时，和《白夜》的开头描写一样，运用了粘连的修辞手法，即由上一段的某个人或某件事作为粘连点，将话题自然地转到另一个场景或话题上。《白夜》开头第一段与第二段之间的粘连点是"再生人"，而《高老庄》第一段与第二段的粘连点是"崖崩"，因为第一段说了崖崩，第二段接着写说崖崩话题的人及他们所在的场所，就不会觉得突兀了。但这只是叙述修辞上的策略，完成了段落之间顺利的过渡后，读者的目光马上被子路家的日常生活细节描写所吸引，了解子路的妻子菊娃（实际上是前妻，小说故意到后面通过其他方式做了交代。这里设计了一个身份上的悬念效果，而菊娃与子路离婚不离家，也暗示了菊娃与子路之间的复杂关系和情感）和她的婆婆、她的儿子石头之间的家庭成员关系，并通过菊娃烧香拜祖时说的话，交代了子路回家的原因是父亲要过三周年，同时通过高香缭绕出去的香味，引出了高老庄的村长顺善，顺善的出场却又是为刻画子路的形象服务的。听过顺善的介绍，了解到子路的身份和他的吝啬，以及对家乡感情的冷淡。而顺善能够随意进出子路家里聊家常，和菊娃叫他"顺善哥"这一情节，实际上是贾平凹用来进一步交代高老庄里的人际关系及高老庄是一个宗法制的乡村世界。中国农村社会结构的核心是家庭，宗法社会的家族是家的扩大，国家又是家族的扩大，所以写活了子路的家，也就写活了中国传统文化。小说让顺善出场而不是别的人物，也是为了显示他身份的特别，他是乡村基层政权的领导人——村长，在改革开放后的农村，传统的家长制权力很大一部分被行政领导所分割，所以高老庄里发生的许多事情，都与这个人物有关。

从叙事的模式看，为了达到现代小说具有的语言张力，贾平凹利用叙事视点在场景、人物之间的不断转换，摒弃古典小说叙事视角相对单一的局限，使小说在阅读上能很轻松地与读者对话，读者可以很快进入人物的内心世界，窥视其内心活动。比如，《白夜》中有个情节，即夜郎与颜铭相爱后，以为这个世界他什么都没有只有爱情，但后来偶然发现颜铭欺骗了他，不禁大失所望，极度悲哀。接下来，作者写夜郎表达悲哀的方式和他的内心感觉时，这里就出现局外视角、局内视角的相互转换，先写他跑到鬼戏班一个死去了的丑角家里，那里正在办丧事，他借机大哭一场，用的是叙述者的局外视角；又写他跑到古城墙上吹埙，聊以打发内心的悲哀，此时又用局内视角，用叙述者和人物视角重合的方式，来描述黄昏景色在悲哀的夜郎眼里的感觉；再插入一段白描，转换为局外视角，以孩子的惊哭声、猫叫声、骂人声等等，来衬托夜郎内心的烦乱。

小说除了体现现代"说话"小说的现代技巧外，还表现在使用象征手法上。对现实生活中的真相，作者使用了魔幻神秘手法。这种手法是一种变形的象征，比如再生人、目连戏，阴阳不分、古今不分、台上台下互动的艺术形式本身就是作者要传达的一种象征意蕴。以实写虚是贾平凹较为擅长的象征手法，祝一鹤、吴清朴二人一瘫一死的神秘命运结局象征着中国被边缘化的知识分子的共同命运。

在小说的语言实践上，还充分体现了贾平凹对古代文化和民间语言的应用能力，比如嘴瞎、檐簸、戳牛勾子、碎蛋蛋，或者是城里人不太知道的，比如炸油果、崖崩、再生人、烧高香等民间底层的文化现象，或者是创新性地活用一些常见的词语，比如说"墙塌了一豁"等，这些的使用达到了一种新奇的语言效果。

四、结语

如果说现代性与传统文化之间因为文化思维方式的先天性差异（西方重理

性、中国文化以悟性为主），导致中国近代以来思想领域的剧烈冲突，在很大程度上阻滞了当代中国现代化进程的脚步，那么，对单纯的艺术创作方法而言，情况似乎恰恰相反，二者的差异性极大地丰富了中国小说的艺术技巧，或者说，在现代文明与传统文化的激烈冲突中，西方现代叙事艺术形式作为一种物质语言，对作家来说反而是一剂良药。如果要说有问题的话，那问题也是出在写作者借鉴西方写作技巧的能力上。自"五四"以来，西方现代小说的表现手法在鲁迅和郁达夫那里首先得到了借鉴，真正开启了中国作家融合西方现代表现技巧与中国古典小说技巧的传统。历史总是不断发展的，发展到现在，当代中国作家面对的是现代国人更为纷繁复杂的外在生活和心灵生活。而西方文学自身也在不断发展变化之中，这二者决定了当代中国作家对现实生活进行深入描摹时，既需要有开放大度的艺术胸襟，去借鉴已经很发达的西方现代艺术，同时又不能完全跟在别人的后面，亦步亦趋，丧失自己的民族艺术个性。从这个意义上说，贾平凹的现代"说话"小说范式的创建，表明他对这个问题有着清醒的认识：走民族化的道路，创造现代民族艺术形式。同样也表明了贾平凹是一个有着独立艺术追求的作家，他不仅善于突破前人，也善于完善自己。当然，通过小说文本创建现代"说话"小说范式，是一项创新性的艺术工作，在中国当代文坛上几乎还没有可资借鉴的对象，因此贾平凹在探索过程中必然要留下不少遗憾，也存在不少问题。而且所谓的"说话"小说形式，其实早在《废都》的写作中就已经初见端倪，在其后来的小说创作中也不鲜见，因此，这种小说创作形成其实不是独立的现象，但限于文章篇幅，就不再做深入探讨了。

（原载《江汉论坛》2009年第3期）

《土门》研究

自述与研讨
ZISHU YU YANTAO

《土门》后记

贾平凹

西安城里有一片街市叫土门。

我给人炫耀：只有西安城里才有这样的地名，这地名多好！但我却说不清土是什么，门是什么，这如我本身就是人，又生活在人群中，却从来解释不清人是什么一样。

于是我翻《现代汉语词典》。第一一六三页写道：

土。tǔ ①土壤；泥土：黄～/黏～/～山/～坡/～堆。②土地：国～/领～。③本地的；地方性的：～产/～风/～气/～话/这个字眼太～，外地人不好懂。④指我国民间沿用的生产技术和有关的设备、产品、人员等（区别于"洋"）：～法/～高炉/～专家/～洋并举。⑤不合潮流；不开通：～里～气/～头～脑。⑥未熬制的鸦片：烟～。⑦（Tǔ）姓。

第七七五页写道：

门。mén ①房屋、车船或用围墙、篱笆围起来的地方的出入口：前～/屋～/送货上～。②装置在上述出入口，能开关的障碍物，多用木料或金属材料做成：铁～/栅栏～儿/两扇红漆大～。③（～儿）器物可以开关的部门：柜～儿/炉～儿。④形状或作用像门的：电～/水～/气～/闸～。⑤（～儿）门径：窍～/炼钢的活儿我也摸着点～儿了。⑥旧时指封建家族或家族的一支，现在指一般的家庭：满～/双喜临～/张～王氏/长～长子。⑦宗教、学术思想上的派别：儒～/佛～/左道旁～。⑧传统指称跟师傅有关的：拜～/同～/～徒。⑨一般事物的分类：分～别类/五花八～。⑩生物学中把具有最基本最显著的共同特征的生物分为若干群，每一群叫一门，如原生动物门、裸子植物门等。门以下为纲。⑪押宝时下赌注的位置名称，也用来表示赌博者的位置，有"天门""青龙"等名目。⑫量词。a）用于炮：一～大炮。b）用于功课、技术等：三～功课/两～技术。⑬（Mén）姓。

土与地是一个词，地与天做对应，天为阳为雄，地为阴为雌，《现代汉语词典》上这么详细地解释过了，将土和门组合起来，我也明白了《道德经》为什么说"玄之又玄，众妙之门"的话。

我喜欢土门这片街市，一是因为我出生在乡下，是十九岁后从乡下来到西安城里的。乡下人要劳作，饭菜不好，经见又少，相貌粗糙，我进城二十多年了还常常被一些城里人讥笑。他们不承认我是城市人，就像他们总认为毛泽东是农民一样，似乎城市是他们的，是他们祖先的。但查一查他们的历史，他们只是父亲辈，最多是爷爷辈才从乡下到城的。所以我进城后加紧着要生孩子，我想我孩子就可以正儿八经地做城里人了。第二个原因，是他们不承认我是城里人，我也不同他们论这个名分，但我毕竟不在土地上耕作已是二十多年了，在这么大的一座现代化城市里竟有街市叫土门，真够勇敢，也有诗意，我又是有着玩弄文字欲的作家，就油然而生亲切感了。

这一个夏天，西安特别热，其实西安已经热了好几个夏天了。过去一年中有四季，现在冬天一完就是夏天，夏天一过又是冬天，人进入四十五岁，光阴如流水，这年轮也转快了。我没有春秋的衣服，要么羽绒衣从头到脚把自己裹得严严的只拿眼睛看世界，要么剥个三分之二精光，留三分之一的短裤，把大肚子和细胳膊细腿让世人看。冬天可能使人也去蛰伏的，冬天我不写文章，我老实在家待着，将一副弘一字体的对联贴在门上，拟的是：有茶清待客，无事乱翻书。夏天里我就写作呀，《浮躁》是夏天写的，《废都》是夏天写的，《白夜》是夏天写的，今夏里就写《土门》！知道我德性的人说我是：在生活里胆怯、卑微、伏低伏小；在作品里却放肆、自在、爬高涉险，是个矛盾人。想一想，也是的，活到现在是四十四年，从事写作是二十一年，文章总是毁誉不休，自己却常能度过厄境。为什么来着？人活在世上的作用不同，像一窝蜂，有工蜂，有兵蜂，也有蜂王，专吃最好的蜜浆，我恐怕命定的就是文人，既然是文人，写文章的规律是要张扬升腾，当然是老虎在山上就发凶发威，而不写文章了，人就是凤凰落架，必定不如鸡的。路遥在世的时候，批点过我的名字，说平字形如阳具，凹字形如阴器，是阴阳交合体。他是爱戏谑我的一位朋友，可名字里边有阴阳该能相济，为何常年忙着生病，是国内著名的病人？我只是在当今气候变了，四季成了两季，于不适应中求得适应罢了。文人如果不热衷于奔走政治权贵的门庭，又不肯钻在象牙塔里制作技巧，要在作品里得大自在，活人就得要能受亏，我患肝病十余年了，许多比我病得轻的人都死去了，我还活着，且渐渐健康，我秘而不宣的医疗法就是转毁为缘，口不臧否人物，多给他人做好事。

在夏天里写《土门》，我自然是常出没于土门街市。或者坐出租车去，坐五站，正好十元。或者骑了自行车，我就哼曲儿，曲儿非常好听，可惜我不会记谱，好曲子就如月光泻地，收不回来了。土门街市上百业俱全，我在那里看绸布，看茶纸，看菜馆，看国药，看酱酒，香烛，水果，铜器，服饰，青菜，漆作裱画命课缝纫灯笼雨伞镶牙修脚。看男人和女人。在小茶楼里看谈生意，领小姐，也红了脸打架。楼窗外边是十字路口的大圆盘，车在那里兜圈子，人在车间穿梭而行，想到那里是水的漩涡，咕咚，人和车，就要掉进去。土门为什么叫土门，历史的沿革里是当年的城乡接合部呢，还是老城里的四面门以外又多了一门？土门有门门扇却闭着，我想推门进去。

写《土门》有缘就有了一片街叫土门，写累了就逛土门，逛了土门再回来写《土门》。我写作的时候有点像林彪，窗户要拉上窗帘，不要风扇，也不要空调。有龙井，有面条，有烟抽，摘掉电话，内锁房门，写自己愿意写的事，这是多么愉快的事！每日除了逛土门，从早上可以写到晚，屋里只有上帝，上帝就是我。统治我的小说世界的一个是耶稣，一个是魔鬼。

远方的一位女性又来了信，我不知道她长得如何，她也没有写过详细地址，两年来她对我一直是个神秘的人物，她说她总在关注着我，但不要问她是谁，她会在某一天突然而至的。她的署名叫奥娘。奥娘，怪怪的又多有味的名字！奥娘的来信只是问候这个夏天的我，她的信的到来却对我是多大的吉祥啊，因为这一天我终于写完了《土门》。我打开了窗子，屋里的烟雾从我身边往外飘，外边是红阳一片。我望着我开窗放出的野云，说：奥娘，你瞧这个夏天是多么灿烂啊！

这时候，有人在敲门。谁在敲我的门呢？

1996 年 6 月 30 日夜

（选自《土门》，春风文艺出版社 1996 年版）

《土门》与《土门》之外

——关于贾平凹《土门》的对话

邢小利　仵埂　阎建滨等

邢小利：咱们是朋友之间的交流与对话。今天谈不充分的，回头还可以接着讨论。虽然一直要说交流一下，但在这之前我们并没有商量，刚才来之前，我们几个匆匆议了一下，理了一下头绪，是不是可以分这样几个问题来谈：一是各位对《土门》在陕西近年来长篇创作和全国同类题材乃至世界同类题材创作中是怎么看的问题；二是《土门》所表现的乡村的都市化问题；三是作品中体现出的作家的民间化立场问题；四是我们可以谈谈这部长篇小说结构上的特点；五是平凹早期的作品写得很美，但近年来他的作品在描写中则有一种丑陋化的现象，对这个问题我们如何理解，如何看待。当然，可以不限于这几个问题，《土门》中的其他问题，包括平凹近年来创作中还有哪些值得探讨的问题，我们都可以交流一下。

乡村都市化是一个世界性问题

李建军：《土门》是一部很重要的作品，不管是先进还是后进、发达还是不发达的国家，都面临城市化带给人的许多生存问题。平凹敏锐地关注到城市化带来的诸多问题，写了《土门》，这和《浮躁》《废都》一样，都抓住了我们这个社会在一个时期面临的重要问题，而且抓得很准。乡村的城市化问题对发达国家和不发达国家一样重要。乡村在城市化过程中，由于某些急功近利的做法，受城市许多弊病的影响，开始变得喧嚣，让人烦躁，让人总感不到心灵的宁静。世界上许多有远见卓识的文化人都注意到了这个问题，池田大作和汤因比在对话中就讲到了城市向乡村的回归。池田大作就讲城市建筑的高层化，是违反自然、违反人性的，是使人陷入不幸之中。平凹的《土门》涉及了这个重要的题材，反映工业文明和农业文明的冲突。

邢小利：从陕西的长篇小说创作来看，所谓的"陕军东征"时期是创作的一个繁荣时期，出现了像《白鹿原》《废都》这样的广有影响的重要作品，甚至也给全国的长篇小说创作以某种影响和促进。"陕军东征"之后几年，陕西也出现了不少长篇，《土门》是其中的一部小说，我觉得它是最好的也是很重要的。从贾平凹的长篇创作格局来看，主要是从表现题材来看，纯粹写农村的当然很多，主要写城市的也出了不少，但主要是从反映乡村的城市化过程、乡村如何走向城市以及乡村怎样被城市侵吞这个方面来写的长篇，《土门》是颇值得关注的一部。乡村的城市化，这是一个世界性的题材，也是一个世界性的问题。平凹关注到了这个很有现实意义的题材和问题。从《浮躁》到《废都》，再到《土门》，我觉得平凹经历了一个由关注时代的社会问题到主要是表达个人主张与情绪，再到关注时代的社会问题的过程。从《废都》到《土门》，平凹虽然还在写城市，写西京，写这个城市的边缘和与这个城市有关的东西，但平凹是从个人又回到了社会，甚至可以说，《土门》是一个关注现实变革且反映时代的所谓的"主旋律"式的作品。当然，无论是《废都》还是《土门》，平凹都是在进行艺术上的新的探索，因而也不可避免地在探索的过程中有某些不成熟、不到位之处。

《土门》的主题是乡村的城市化，这确实是当代社会面临的一个很重要的问题。中国甚至亚洲都主要是农业化的区域，美国未来学领域约翰·奈斯比特在《亚洲大趋势》一书中说，从乡村走向大都市是亚洲近年来发展的一大趋势。该书还提道："2006年2月6日0时6分，人类将成为都市动物。"不知他将时间说得如此确切有何根据？但城市越来越快的发展和乡村迅速城市化确实是许多国家当前所面对的现实。同时，城市人口的剧增和城市本身迅速发展也给社会和环境带来严重问题：住房、水源、电力紧张，交通拥堵，失业率高和就业不足，诸多城市文明病，以及空气污染，等。这就是说一方面，乡村的城市化是一种历史发展趋势，另一方面，也存在着许多社会问题需要正视和解决。但是，尽管城市中有这么多的问题和弊病，我们却不能以乡村文明来对抗城市文明。毕竟，从历史发展来看，城市相对于乡村来说是一大进步，是异质于乡村的另一种文明。至于如何使城市更加美好和完善，使城市既具有城市的特点，又存有乡村的气息，葆有自然的风韵，这是城市管理者、建设者需要探索的，也是文化人需要探索的。所以说，乡村城市化的问题是一个复杂的问题，如果只站在农业文明的立场来否定城市文明，像当前某些作家的作品那样，那是不可取的。《土门》触及了乡村城市化这一重大的时代课题，而且没有简单表现是可取的。

李建军：平凹没有只站在农业文明的立场，他对乡村和城市是双向批判的，他的立场是双向批判的立场，认为城市和乡村都是残缺的世界，小说中仁厚村的人物都是残缺的，如成义的阴阳手、云林爷的瘫、梅梅的尾巴骨等，就体现了这一点。平凹似乎在呼唤着健全的乡村文明和城市文明的到来。当然平凹更多的是倾向于农业文明的。

邢小利：我赞同建军说的"双向批判"的观点。应该说平凹是在双向批判的同时在进行双向探索，探索城市和乡村怎样克服自身缺陷，取长补短，向更好的方向发展。《土门》中范景全所讲的神禾塬上城乡相结合的图景似乎就是一种理想的展示。实际上，从乡村到城市是历史的一个发展趋势，而又由城市向乡村化发展，或者说城市化与乡村化相结合，在都市的建设发展中最大可能地与自然亲和，这也是历史发展和人类文明发展的一个趋势。

另外，我觉得《土门》既然是写乡村的城市化过程，乡村文明被城市文明侵吞就一定有抵抗，应该充分写出乡村文明所具有的魅力，同时也应该写出城市文明所具有的魅力，这样才能形成一种冲突的张力。两强相较，这才具有冲突的魅力和艺术的张力。乡村文明为什么要抗拒城市文明？仁厚村的人为什么要齐心协力保住自己的土地，不愿成为城市人？梅梅这样的在仁厚村似乎是唯一的受着现代文明教育的人为什么也要拒斥城市化？其中必有充分的理由。这里当然首先是乡村文化有着自己的悠久传统及其所具有的魅力，所以人们要固守。同时，城市化进程既然是一种历史趋势，城市作为现代文明的一种表征，甚至从某种意义上说，城市化就是现代化，那么，城市自然也具有独特的魅力，不能把城市化简单地理解为某个房地产商为了盖大楼赚钱而硬是要村民拆迁的过程。我在报纸上看到一个报道，说是广州某地要盖一座电讯大楼，这座大楼建起后将彻底改变广州的通信状况，但在基建时挖出越王宫遗址，经与文物部门协商，楼址往旁边移挪，但在又一次基建时挖出一个越王井，这座井造得特别精巧而且非常美，极具价值，这时就与通讯大楼的建设发生了严重的甚至是难以调和的冲突。此事至今未解决。这样的事例就具有冲突的内在张力，极为牵动人且能引发人进行深入思考。《土门》在写乡村与城市冲突时，没有把乡村文明与城市文明的魅力写充分，对城市文明、城市本质的描写和揭示也较少，能代表城市的人物少而简单，这是让我感到不满足的。

阎建滨：我觉得一个时代的文学应该跟一个城市相关，一座巴黎城就产生了多么辉煌灿烂的文学。从城市来看，在中国至少有四个城市值得关注：正如大家所说的，要看中国的五百年看北京，要看中国的一百年看上海，要看中国的近十年看广州，而要看中国的两千年只能看西安。从城市特点来看，北京是政治的，上海是商业的，广州也是商业的，西安则是文化的。平凹十八岁以后就来到西安，他近年来将自己的文学视点移到城市，把根扎在古都，这是意义深远的。如今《土门》又展现乡村的城市化进程，这个视点也是很独特、很有意义的。平凹对中国传统文化感兴趣，有研究，又熟悉农村，这一来可以说他是找到了他最熟悉的领地。

邢小利：上海一些评论家如毛时安，批评平凹的小说是伪都市小说，不能说没有一点道理，但他们是以自身对城市的感觉尤其是以上海这个商业化大都市的感觉来衡量平凹、看待平凹笔下的西京城的。他们对西安这个城市缺乏感觉和理解。人们说西安这座城市具有传统文化的特点，中国传统文化的特点是什么？基本上还是农业文化特点。另外，这座城市的现代性至少目前还不强，作为城市特质之一的商业性也不是很强，甚至农业文明的某些色彩还是较浓的。空间对人有一定的规范性。一定的生存空间对人的生存方式、思维方式和心理结构有一定的影响。城市商业化的原则是利益驱动原则，城市人的人际交往也不能受利益驱动原则的影响。在乡村就不是这样。所以，要说平凹的几部城市小说城市感不强，有平凹自身的某些原因，也有这个城市本身的原因。平凹写作更多是为"废都"的古城的特点，写古城里的人的存在状况，因而他对城市现代性的关注和深入就少了些。

阎建滨：在现代文明和传统文明之间，人怎样选择，人何去何从，这是当今人们面对的重要问题。乡村城市化，从中既可以反映传统文明与现代文明的冲突，又能表现人的选择的困惑。人如何面对传统文明和现代文明，这种探讨需要一个长一点的过程。刚才说"双重批判"，我倒觉得似乎更应注重作品的"讽喻"意义。"讽喻"常被定义为"扩展的隐喻"，因为其中的人物、行动和景物都具有系统的象征的意义。"讽喻"，既有"讽"，讽刺和批判，也要有"喻"，作品借助系统的象征隐含着某些意义和寓意。《土门》是有"讽喻"的特点的，它有讽刺和批判,也有很多象征性的隐喻性的东西,如"土门",如仁厚村那些有着不同残缺的人等,《土门》中象征性的隐喻性的东西值得探讨。

最后的家园在哪里

邢小利:说平凹在作品中是双向批判双向探索我也赞同。我感到,作者与他作品中的人物一道,在寻找着什么,是在乡村和城市中寻找安妥灵魂的所在。那么,城市文明能不能安妥灵魂,不能;乡村文化能不能安妥灵魂,也不能。归结起来,可以说是寻找家园。其实,平凹近年来一直在寻找这个安妥灵魂的所在。《废都》中庄之蝶是在什么中安妥灵魂的,是在女人身上。信仰失去,家园空缺,人活在世,总想把自己的灵魂安顿得很妥帖。《废都》中人们也在找寻家园。我对庄之蝶那种换一个女人又一个女人的寻找状态是很理解的。《土门》里也提出这个问题。土和地同为一词,天为阳为雄,地为阴为雌,土门就是地门,表示是玄牝之门,即女性生殖器之门。《老子》中说:"玄牝之门,是谓天地根,绵绵若存,用之不勤。"《土门》最后写梅梅问云林爷:"你说,去山里还是留在城里……往哪儿去呢?"云林爷在小说中是一个神秘的人,是一个神秘的预言家和哲人,云林爷说:"你从哪儿来就往哪儿去吧。"山里(乡村)和城市都不可以安身,更不能安妥灵魂,梅梅顺着云林爷的话想来想去,原来自己是从母亲的身体里来的,是从母亲的子宫里来的,在灵魂出窍之中,她进入了一条湿滑柔软的隧道,望见母亲的子宫,她说:这就是家园。究竟家园之门在哪儿,家园之门开在什么地方,这个话就说明了。女性对男性来说是门,是家园之门吧?女人权且算个安顿自己灵魂的地方——家园假如没有别的门的话,这个门就权且安顿自己的灵魂。这里有一种寻找的焦灼感和困惑感,焦灼感和困惑感是一种普遍现象。很多时候,人自己并不知道自己要什么,这是一个很尖锐的问题。平凹假如向宗教方面发展,可能是佛教,不会是基督教。

李建军:真正的家园需到宗教里去寻找。家园有一种终极色彩,必须以宗教为背景。佛教是冷凉性的,基督教具有家园的色彩,伟大的文学都有基督教色彩,所以平凹应该向基督教靠拢。没有宗教,没有信仰,没有罪感,没有末日感,人就没有自省精神,不能控制自己的行为,就什么都敢干,甚至会胡作非为。中国文学缺少家园感就在于没有宗教感。

邢小利:基督教是西方的,深入了解它确实对人有很大启示。但平凹能不能接受基督教？平凹是比较东方化的，要说宗教，我感觉他可能离佛教更近，但不一定最后能靠近佛教或走向佛教。完全皈依或接受某一种宗教，我觉得不是最理想的解决办法。对平凹来说，禅，禅悟可能会好一些。说到家园问题，这确实是现代人为之焦虑的一个问题。虽然安顿肉身、解决衣食住行的生存问题对大多数中国人来说，是最迫切、最为首要的，但如何安妥灵魂是一个终极性的问题，也很值得思考。社会转型时期，人们在政治、经济生活中变革和探索，人感到困惑、迷惘。对此，不仅是文学家和哲学家在思考、探索，很多普通人也在思考和探索，现在有很多流行歌曲都在唱回家。可是，回家的路有多远？归去来兮，家园又在哪里？家园问题是终极性的，也是精神性的。西方哲学中有一个家、路、风的概念，说人失去家园之后，就一直游走、流浪在路上，人寻找家园但不一定最终就能找到家园，人在路上，只有风吹来。这风就是一种遭遇、一种信息、一种启示，是人的感悟，每一个人对风的感受和理解都是不同的，每一个人就按自己所感受到的和理解到的去走自己的路。《土门》结尾那个家园即母亲子宫的处理，可以理解为是一种艺术化的处理，可做多种理解，不一定据实。对仍然处于寻找中的人类来说，恐怕暂时还不会有一个人人都能接受的家园之门。所以虚化的艺术的处理可能更会给人以想象的空间，更具艺术的张力。

邢小利：家园在前方，永远未到，但它存在。当人在前方时，此刻才有意义；你不断向前走，也才有意义。只要未来不存在，此刻马上就失去意义。

王永生：《土门》既否定落后的农业文明，也否定喧嚣的杂乱无章的城市文明。作品中对梅梅这个人物的态度是两方面的，既有感性上的赞赏、同情，又有理性上的批判，为她安上个小尾巴，有象征传统的农业文明的意思。

孙见喜：《土门》出版后，也想过以老方式开一个研讨会，也有人愿意赞助，我把这情况给平凹讲了，平凹说也可以，但缺乏必要的热情，于是就搁下了。后来给平凹说了诸位的想法后，他急于想同大家聊一聊。平凹的视点与过去不一样了，新的"植物"生长起来，他要寻找新的营养源。《土门》写出初稿时，他就与音乐学院的和搞经济的专家在一起谈过了。

我个人更注重的是寻找平凹三部（《废都》《白夜》《土门》）写城市的长篇小说的内在联系。三部城市小说，能否理解为中国转型期的一部断代史？《废都》反映了政治与人的生活从一元化向多元化的转化，表现了现代人灵魂的迷失与漂泊；到《白夜》时，从作家的主观性立场看来，前头一片黑暗，于是就想向后寻找，有向传统靠拢的倾向；到《土门》时，感觉回到传统也不行，必须面对现实，在现实中寻找、探索未来的发展趋向，寻找"玄牝之门"。三部城市小说理解为是中国社会二十多年的断代史，重点不在社会形态，是灵魂的断代史。关于《土门》，刚才说的"双重批判"我也很赞同。我最初的感觉是《土门》像一个多层套叠的象牙球，既写了城市的文明也写了城市的文明病，城市先进与落后的地方都写了，也写了乡村传统文化的力量和传统文化的丑陋，这四个方面在一起交融着。平凹在寻找什么，寻找人类最理想的文明形态，既有城市现代文明的优良成分，又有乡村传统文明的优良成分。不理想的或最糟的是城市的丑恶再加上乡村的丑陋，如城市的肝炎，如妓女跑到了仁厚村。平凹把上述四个方面展示出来，思考如何构建一种新的城市文明，且如何化为文学形象，这里不要理性思考，要艺术思考。

民间立场带来了看问题角度的变化

孙见喜： 平凹是站在什么立场来思考的，我想是民间立场。确实，有很多立场，有的是官方立场，有的是民间立场，有的是贬官立场，有的是在官为官、在野为民间的立场。

李建军： 有些东西属于民本立场，民本立场与民间立场还是有区别的。民本立场是为江山社稷，着眼点还在皇权；民间立场一贯处于底层。

孙见喜： 张承志具有顽固的民族化情绪和立场，当然这也不失为一种立场和视角，一个作家只要有一种稳定的深刻的立场和视角，在艺术上都是可以的。

邢小利： 立场问题，我感觉新时期文学，最早的是救世主立场、英雄立场，民间立场是近些年出现的。一些作家在看问题时开始注重从民间、从底层平民的立场来看，以别于主流的眼光来看。民间立场在《土门》中体现得较明显。小说从梅梅的视角来写就表明了这一点。如果不是民间立场，作家在写乡村城市化过程时，就会关注那些属于城市和乡村的焦点性的主体性的最核心的问题，人物则会选择最能代表城市和乡村的典型化的人物。现在看来，无论是村长成义，还是神医云林爷、函授生梅梅，似乎都不是典型的乡村文化的代表；至于那个城里的写小说的范景全，更不足以代表城市。《土门》也不是正面写乡村怎样被城市吞没的，其实基本上没有写直接的冲突，城市化仅仅是一个背景，它不像《白鹿原》，《白鹿原》虽然说是写民族的秘史，但它实际上是有一种正史的史书意识、史诗意识的，《土门》更像稗官野史，向民间靠拢，街谈巷议，杂以民间故事和笑话，是社会重大主题的边缘化写法。

作　垭：过去的创作是英雄化立场。这其实和人们的历史观有关，人类的历史大多是英雄的历史，千百万人用血构筑了英雄的形象。这种英雄史观也影响了中国人的成才观，使我们缺乏公民意识，它忽略了许多平民的合理要求，打碎了许多平民的正常梦想，其中暗含的东西很残酷，一人成功，许多人跟着就上去，"一人得道，鸡犬升天"。平凹的作品一直很关注下层人的生活。

碎片连缀式结构及其得失

邢小利：关于《土门》的结构，我感觉是一种碎片的连缀式结构。一般的长篇，至少重视两个方面，一是故事情节的曲折生动，二是人物性格的塑造。《土门》则没有贯穿性的情节，也不注重写人物的性格和命运，它写了许多生活的碎片，有时是很生动的碎片，写了许多笑话和喜剧性细节，作者描写这些笑话和细节时有滋有味，烘托渲染，水到渠成，画龙点睛，而后将这些碎片以一种似乎是随意的讲述方式连缀起来。这种连缀不是一个故事一个故事的勾连串缀，像《儒林外史》那样，而是碎片的连缀。我注意到平凹的三部写城市的长篇（《废都》《白夜》《土门》）结构都是这种碎片连缀式的结构。长篇小说的结构问题是一个很重要的问题，值得探讨。

孙见喜：是散点透视，不着意塑造典型环境中的典型人物。

李建军：我用两个和小利不同的词：敷衍与点染。把一个细节敷衍开来，多方点染。平凹自己讲是意念小说，即把日常化的东西小说化，强调主观对小说的渗透。有时一个主观性的细节反复出现，这样一方面能把作者的意图显示出来，另一方面也有不好的效果，就是重复。对此要加以节制。

邢小利：碎片连缀式的结构，我觉得带来了两方面的问题：一是有悖于一般读者的阅读习惯，减弱了作品的可读性；另一方面，从文学上也可以把这种结构方式看作是一种新的审美追求与艺术尝试。从可读性上来说，《马桥词典》更不好看，但它是一种艺术尝试。当然，对于艺术探索我们还是要看它最后达到了多少预期的效果，究竟有哪些价值。

作　垭：关键是作品要更好看。平凹过去的作品一直很好看，好看性对平凹来说不成问题。但《土门》稍嫌枯燥。《土门》的思考深度是加强了，但鲜活性不足。不能因为顾忌某些批评而丢掉鲜活性。人性的某些方面需要开掘的还要开掘。应该让读者更关注作品中的人物，关注人物的命运，而不应该让读者去始终关注仁厚村怎样，仁厚村是一个概念，读者更关心人，把人写足了，也就把仁厚村写好了。

邢小利：平凹这种碎片连缀式的结构方式，无疑是有意识的，有他艺术上的追求。他是一个主观性很强的作家。碎片化确实是现代人对世界的一种认知，一种很真实很真切的感受。

孙见喜：以后可导引平凹将可看性作为一个目标有意识地固定下来。将小说写得好看，平凹是有这个能力的。《浮躁》就比《土门》好看，当然这是两部不同的作品。先锋派中，有人是不具有现实主义写实的功力而去搞先锋，有人有这个功力，但认为现实主义写法不足以表现自己对生活的感受，从而用新形式从现实主义内部破坏现实主义，进行新的艺术实验。如池莉与王蒙，一个不具备这种功力，一个具备现实主义的功力。说《土门》是碎片连缀性的结构，我同意此观点。碎片是从现实中来的，连缀起来就跟现实中实有的东西不同了。这些现实生活中的碎片连缀起来就构成了特殊的生活意象。《土门》中写了牌坊楼、坟墓、中医、算卦、明清家具、养狗，这些是平凹建构起的意象性的现实，反映出强烈的农耕文化色彩。现在咱们说的平凹的小说丧失了一些可看性，这是不是作者追求意象化的结果？追求意象化而丧失了阅读上的审美快感？平凹是怎么想的，可以说说。

贾平凹：我是写革命故事出身的，开始写的是雷锋的故事、一双袜子的故事。后来我感觉一有情节就消灭真实。碎片，或碎片连缀起来，它能增强象征和意念性，我想把形而下与形而上结合起来。要是故事性太强就升腾不起来，不能创造一个自我的意象世界。弄不好两头不落好，老百姓认为咱的现实主义不真实，而在先锋派的眼里又都是一些真实的生活。我想把我的象征意念塞进去。我老认为张爱玲一生都在写《红楼梦》的片断，张爱玲的作品为什么不旧？因为她加入了现代的东西。

我大部分描写的是日常生活中的琐事，呼呼呼往下走，整个读完会有一个整体的把握。写故事就要消除好多东西，故事要求讲圆，三讲两不讲，就失掉了许多东西。写故事就会跟着故事走，要受故事的牵制。还有语言问题，多修饰的长句子有一种煽动性,《白鹿原》用的就是这种长句子;我用的是短句子,短句子与长句子给人造成的感觉,犹如一个是喝汽水,一个是喝酒。长句子能煽情,越读越能把人的情绪调动上去,电话式的短句子则没有这种效果。比如:"他担了两桶水到麦田"和"他担了满满两桶水迎着朝霞大踏步地走向麦田"两种句式,后者气势就更饱满,更能调动人。没有这种语言又没有情节,就容易造成阅读疲劳,所以我不停地说:读慢些。

我现在采用的这种写法,是一种聊天的方式。当时受到香港歌星唱歌方式的影响,我看人家一边唱一边与人握手,一边还与人说一些话,歌词却不间断。聊天,咱们聊上一夜,从开始聊茶杯到聊人,从这个话题转到那个话题,中间的转化是不知不觉的。我一直想追求这种东西,慢慢地就又成习惯了。我看乔伊斯的《尤利西斯》,醒悟意识流不仅仅是思想在联想。意识流基本是潜意识的活动,不仅仅是联想。王蒙式的中国意识流就是上下左右联想,这其实是把周围的事物全剥光了,这也是不真实的。小说重要的一点就是怎样使它更接近真实。再如对话,对话不仅仅是说眼前的事,我与你对话时眼睛虽然看着你,余光还看到了周围的东西。我得到这些启示,就想这样写。我写小说时,写到这一个事情,又顺着写到别的事情,后来又回到原先那个事情上,这也基于一种真实性的考虑。

孙见喜:中国画的办法,将春兰秋菊画在一起。

李建军:这也是法国新小说派作家萨洛特的方法。萨洛特责问巴尔扎克追求整一化,萨洛特说人的意识就如同阳光下的尘土那么多,而巴尔扎克只写了一点。新小说作为探索是极有意义的,但作为文学发展是失败的。文学毕竟是经过整合过的世界,文学的世界与原来的世界永远是两回事。不能把原有的真实与整合的真实对立起来。马尔克斯的《百年孤独》内容丰富,而时空是高度融合的,就是整一化的结果。梅里美的小说保持着小说的秘密、情节的魅力和必要的张力,很好看,很有艺术的魅力。平凹应把小说的魅力重新融合进他的小说中去。

仵 埂:应该肯定的一点是,平凹避开原来驾轻就熟的写法,而不断寻求新的突破是可贵的。我想,可以在语言的结构中连续寻找爆炸性的点。举个例子:某天下午,老王坐在凉台上,阳光灿烂。可以接下来写:也是在十二年前的秋日的下午,阳光依旧灿烂。在"灿烂"这儿语言爆炸。有时在形容词有时在定语中爆炸，也可以在对话中挑出一个词爆炸，一炸一大片，然后往下叙述，叙述中又爆炸。在语言的每一个环节上寻找爆炸点，连串的系列的爆炸。这种方式既能满足作家对某一点的敏感与迷恋，也能融进作家的主观性东西。

阎建滨：语言的爆炸实际上也是意象的爆炸，任何作家选择的意象都与自己的生活紧密相关。平凹小说中近几年吸收了大量新的信息，意象剧增，这对增强作品的丰富性是有益的。问题是，当一种意象跳入另一种意象时，最关键的是怎么连缀。马原、洪峰在这方面常常连缀得很出色，形象性很强，很自然地从一个故事、一种意象转入另一个故事、另一个意象。在意象跳跃连缀时，不能从一个非常丰富的生动的意象突然转入一个理性很强的意象，这样就脱节了。《废都》中有关"牛"的意象就有脱节、不协调之感。要强调的是，当一个故事跳入另一个故事、另一种意象时，最重要的是两者要形成一股新的合力，双向推进作品。电影《霸王别姬》在这方面就比较突出，它利用拍戏，把一个历史故事与一个现实故事连在一起，使两个故事同时推进，寓意深远，震撼人心。意象的连缀都是要把作品向前推进一步，《土门》在连缀方面不太理想。作品的叙述人梅梅不很理想，这个人物让人感到别扭，她无法承载这样的角色。作为仁厚村的一个女性，她的视野较窄，勾连不起作品所要表达的内容，用她的视界、接触面去写"乡村的都市化"这样宏大的主题，去写成义这样较复杂的人物，都很难写出作品深刻的寓意。

仵　埂：《土门》写了在这个城市发生的大大小小的事情，漫天翻卷的碎片式的信息，量很大，却没有在碎片的某一个点上轰然炸开，豁然洞开，震撼人与触动人，达到一个新的境界。另外，小说虽然采用的是梅梅的视角，但阅读时又常常使人觉得这个视角是作者的。

王永生：读时觉得很怪，梅梅的语言行为与她这个农村女性有些不符。但总体上说，我读《土门》感觉比较好，读完很激动。虽然字数不多，但比《废都》和《白夜》厚重，而且越到后面越好，启发人思考的东西更多。写法上，大作家应该有个人化的东西，要有自己独特的声音。大众对许多名著都欣赏不了，这需要引导读者欣赏。好作品应该追求对人心灵的震撼而不应追求表面的铺排。平凹的小说有很多心灵深处的东西，对此应慢慢品味。

李建军：西方文论中讲，文学的创造要循着一定的规则——文学史长河的规则。创造是必要的，要颠覆过去，才能更好地面对现代；但创造、创新不能脱离一定的文学规则。同样的规则中也能出现不同的很好的作品,如古律诗。文学表现人物,性格化就很重要。《土门》中的人物有些模糊。人物的可信性也很重要,不可信就无法感人,就会破坏人的阅读心理。梅梅作为一个农村女子,却热衷于收藏明清家具,在可信上就有问题。创造最重要的是要开掘内在的精神空间,不能为形式上的创新而失掉更重要的东西。唯新是从,结果是留不下任何东西的。

阎建滨:我常想,小说和戏剧一样,也需要冲突,但我想不要囿于一般冲突,如善与恶的冲突,完全可以写善与善的冲突,大善与大善、大恶与大恶的冲突,这样常常有惊人的效果。两种善的冲突也可能导致恶,两种恶的冲突也许会产生善。大千世界常常是祸福相依、变化莫测的。我很欣赏席勒关于冲突双方一定要势均力敌的观点,若一方很强大,另一方很弱,就像世界拳王与一个业余拳击手较量,冲突是没有意思的。我想,平凹的小说在这方面是否可以尝试一下。

要直面现实也要高扬理想的旗帜

邢小利:《土门》中还有一个很突出的现象,就是丑陋现象。比如写人在厕所里的椿树上揩屁股,比如梅梅与老冉的几次做爱,爱没有做成,反而在洁白的床单上留下黄黄的痔疮印,比如是非巷女人们的打架骂仗,都写得很丑陋,甚至很脏,很恶心。这些当然与作品的主题有关,比如表现乡村习俗的某些丑陋面,进而表现旧农村消亡的必不可免,如同那个有着七百年历史的古格王国最后必将消亡一样,它有它消亡的历史的必然原因。从真实性来说,那些丑陋的现象也是很真实的,我们在生活中能看到。但这种丑陋化描写出现在作品中是很触目的,能引起人强烈的心理反应。对这个问题我们怎么看?应该说,一个作家能直面丑陋是不容易的,这确实需要勇气。有些作家能写美的东西,但就是不能正视丑的东西,特别是极丑的东西。琼瑶一生也很坎坷,她肯定见到了不少丑的东西,但她的作品是回避丑的,她是背对现实的,一味写她的幻想中的美丽的天空和美丽的梦。从美学上说,丑陋化是反美学的,是反传统美学的一种新的美学观,也有它的意义在。但确实也带来一个新的问题:这就是人们惯常的阅读期待遭到某种破坏,有的人读后觉得很脏,进而产生一定的拒斥心理。平凹前期的作品是很美的,从最早的《满月儿》式的清纯美丽,到后来的

《废都》，平凹经历了一个心理上的和美学上的大幅度变化，作品是越来越厚，但也带来一些问题：《废都》之前人们为什么喜欢平凹，之后为什么又有一些看法？很多人为什么喜欢张承志？这和倡扬"清洁的精神"以及他的作品中也体现出这种精神不是没有关系。理想的东西与丑陋的东西怎样处理更好？这确实是很重要的。

李建军：文学史上纯洁的大作品很多。俄罗斯作家都写得很美。老托尔斯泰个人生活很放开，但作品写得很干净。不管你写了什么，应该让人感到很干净，这是审美能力的一个考验。反美学在美学界比反革命还反革命，虽然把文学推向前了，但从根本上否定了美学，最后自己也不存在了。

康德和老托尔斯泰都认为性是肮脏的，公开否定性，国内很多人则争先恐后写性，似乎不写性就是低能儿。这个时代是一个感情放纵的时代，艺术上需要含蓄和节制。从个人审美情趣上说，我喜欢纯洁的东西，喜欢干净的东西，包括劳伦斯的作品我都不大喜欢。我认为我还不是感情脆弱的读者。

邢小利：这里就有一个直面丑恶、追求更真实地反映生活和一个作家必要的理想如何协调好的问题。

阎建滨：从哪个角度去试？试到什么程度？

李建军：莫泊桑的《羊脂球》写羊脂球与普鲁士军官同居，楼上发出的声音，楼下的人在听着，不直接描写，结过婚的人都可以想象、体会。

仵　埂：我同你稍有不同。你的意见是采用比较典型的古典主义表现方法，对现代的作者和读者来说，不一定感到满足。如巴尔扎克、托尔斯泰等古典主义的作家的作品，尽管很好，尽管我也非常喜欢，但那毕竟是那一个时代的。今天看来，总感到有点隔阂，有许多地方感到不透，不淋漓尽致，不饱满，因而也有些不满足。现代人面临的问题与古典作家所面临的问题大不相同了。现代人的心理、行为、生存背景与19世纪的人物也大不相同了，现代人的审美情趣也发生了很大变化，因此，我们很难用古典主义的表现方法来规范和要求现代作家的创作。其次，作为巫术鬼神、图腾崇拜等民间文化现象，不仅为作者提供了一个特殊的审视生活的视角，同时，当这类文化现象作为生活中的组成部分与现实场景构成相对应时，作品的思想意蕴在象征中经过两个不同的层面拓展了广阔的空间，甚至会上升到哲理的境界。例如古堡，既是现实世界中的客观存在，同时其身上涂抹的神秘色彩又使它成为传统文化的象征符号。州河既是商州地区的一条真实的河流,并且,其浓厚的象征意味也暗示着社会生活的发展与变动。不难看出,平凹正是通过对神秘文化的巧妙运用,使他的小说在一定程度上超越了现实经验并达到了对民间文化富有形而上的整体把握。

李建军:你说的是古典,我说的是经典,经典的东西给人的启示是永恒的。

贾平凹:"度"的问题要解决,教训确实深刻。开始处理《废都》时,我想把咱打成"黄"都行,不要打入政治问题,结果就是打成了"黄"。一旦打入"黄"也很可怕,把你的形象弄坏了。

阎建滨:对平凹来说,不是节制的问题,节制仅仅是技巧上的,重要的是放开,即精神空间上的放开和对社会问题的更深入地透视分析。

邢小利:已经谈了三个多小时了。大家以自由的对话的方式对《土门》以及平凹创作中的一些问题做了比较深入的探讨,探讨中还谈到了许多更广泛的有意义的话题。有些问题没有谈充分,回头还可以继续讨论。最后请平凹再谈谈。

贾平凹:市作协评奖,要我当主任,说不能评《土门》,可以评《南方日记》。我说我写的是主旋律,他们说怕犯错误。大家的谈话我听着都很好。在作品之外,还提到好多问题,对我有启示。搞创作,完全凭自己的感觉,只是感觉某个东西里面有意思,至于到底走到哪儿也不知道。你们一说,比如民间视角,咱还不是有意识的,一说觉得还就是这么回事。再比如谈到碎片与连缀,谈到双向推进,谈到善与善、恶与恶的冲突,一冲突会走向反面,都有启发。你们读了那么多书,几十年积累下来,叫咱一下子就吸收了。评论家的作用也就在这儿。咱省上年轻人的活动不多,希望你们今后有啥活动把咱叫上。你们吸收了国内外理论、评论界的东西,眼光看得远。作家与作家打不成交道,作家之间不谈创作,在一起净打麻将、谝闲传了。很感谢大家,真诚地感谢!

(王京秀记录,欧阳雪整理)

(原载《小说评论》1997年第3期)

文本分析

面对今日中国的关怀与忧患

——评贾平凹的长篇小说《土门》

孟繁华

20世纪90年代的贾平凹，成了中国文坛的一个神话。自《废都》出版始，贾平凹的名字便像无往不胜的代码，他所有的著作在文化市场上都可以畅行无阻、所向披靡。对大众而言，贾平凹就是阅读的魅力所在，他的作品和传说随时都可以走上街谈巷议，人们对其的津津乐道已无言地表明，在大众文化市场上，这位作家占有无可争议的地位；在文学界，贾平凹同样是议论的中心人物，还没有哪位作家遭遇过他这样的毁誉参半褒贬不一。仅此两点，便足以证明作为作家的贾平凹，是一个不能忽略的存在。

一部《废都》震惊天下，不同的读者都可从中找到自己需要的东西，就影响力而言，这部作品在1993年使其他作品黯然失色，无论褒贬，《废都》和它的作者成了那一年代人们文化生活的一部分，这是无可改写的事实。我曾参与过对《废都》激烈的批评，三年多过去了，我仍没有改变对《废都》的基本看法。但随着时间的推移，随着贾平凹《白夜》与《土门》的面世，在贾平凹的评价上，我们忽略了一个相当重要的方面，这就是一个作家对今日中国社会生活的持久关注和耐心表达。我们可以不同意他的方式，可以商讨批评他对文本内容的选择或设定，但他执着地选择将当下社会生活变革给人们生存和精神带来的巨大震荡作为自己的表达对象，并且在一定程度上找准了这个时代的精神创伤，揭示了迈向幸福承诺过程中的人们所有的巨大感奋、矛盾与痛苦。这种关注现世生活、透视世道人心的入世精神，则又表达了贾平凹及其作品的另一个侧面。对于《白夜》，我曾发表过如下看法："《白夜》是一部现代都市人精神贫困症的病历；是一部从官员到百姓、从知识分子到平民、从男性到女性、从英雄到常人的俗世生活的立体景观。比起他前一部长篇小说，这里少了张扬多了深邃，少了轻狂而多了平实。在《白夜》的空间里，没有来自内心的舒展与悠闲，没有发自灵魂的真实欢乐。在现代欲望的诱发下，每个人都企图达到欲望的制高点，然而，事与愿违，殊途同归，成功与失败、实现与夭折、高尚与庸常的界限已经模糊，他们真实体验到的是没有尽期的焦虑、躁动、犹疑和不堪承受的精神疲惫。每个人都随心所欲，也画地为牢、投身自虐。不由自主的紧张、高密度的身心奔波，一切又都劫数难逃，人为自己设定目标的同时，也设定了限度和归宿。"《白夜》虽然没有达到名重一时的轰动效应，但就反映当下社会生活的深度和生动而言，显然是值得重视的一部作品。

事隔一年之后，我们又读到了这部《土门》。就其表现的社会生活内容和整体意象来说，《土门》与当下的现实更为切近。围绕着城乡交界处的"仁厚村"所展开的故事，与其说是惊心动魄，不如说是感慨万千的。这是城乡交界处都将面临的残酷现实，城市的发展使这样的土地无可避免地被大规模开发，农民祖祖辈辈赖以生存的土地将被城市征用，他们那充满诗性的茅屋和炊烟、充满田园牧歌般的亲情与乡情，将在推土机的轰鸣声中化为乌有，作为精神与文化之根的乡村乌托邦，即将被现实的城市文明彻底湮灭。这时，给以土地为生命和生存之本的农民所带来的，就不仅仅是生活方式和生存环境的改变，它更意味着现代化没有温情可言，它将以强制的方式迫使抵制它的群体在文化观念上也必须随着它的步伐而迁徙。贾平凹正是以感伤的笔调，书写了变革时代的历史趋势、乡村文明的幽深绵长及它的浸染力和坚韧性。无可怀疑，现代化必将使固守传统文明的群体付出惨重的情感代价。因此，《土门》便又可称为乡村文明最后的一曲挽歌。

然而，值得我们注意的是，贾平凹在表达这一情感矛盾时，虽然有不能平复的忧心忡忡，有对乡村文明的由衷赞美和留连，但在历史发展的大趋势面前，他又无情地揭示了传统文明的愚顽与落后，揭示了农民作为小生产者的狭隘、盲目、自以为是和守成观念，而对它的批判又是毫不手软的。这主要体现在作者对村长成义这个人物的情感态度上。

作为一个农民英雄，成义既有旧式农民的智慧，又有当下时代的冒险精神。他之所以被推上村长的位置，并不是因为他人缘有多好，恰恰相反，他的"故事成段成段地在仁厚村流传着，但几乎全是些劣迹"。村民举荐他是因为"他是能顶住事的人"。在对待仁厚村的问题上，老村长因同意了征用而有了

"出卖仁厚村"的嫌疑，失去了村民的信任。正因为成义"能顶事"，村民便选举了他。这一事件本身就使人对"仁厚"产生了怀疑，在现实利益面前，村民终还是放弃了"仁厚"而选择了实用。因此，成义尚未出场就被赋予了挽狂澜于既倒的农民英雄角色。

成义虽然野心勃勃自命不凡，但他的施政要义仍然没有逃离农民的方式，依然没有逃离几千年来中国的氏族宗法谱系。他尊云林爷为神，意在借助他的威望"统一人心"；修建墓地，也是为了进一步强化只有"仁厚村"才是村民最后归宿的意识形态。而这些成义都是有预谋的，但村民的认同使成义想象的"合理性"变成了"合法性"。为了保卫"仁厚村"，应该说成义殚精竭虑费尽心机——办药房，修牌楼，整巷道，收病员。他企望"仁厚村"能成为"都市里的村庄"，成为现代文明中的一道乡村风景线。而"明王阵鼓乐"的演出，则是这一想象疯狂的体现：

> 这支农民队伍，前面是古乐锦牌，其形状和村牌楼一样，只是一个是石的，一个是丝锦和纸扎，上面金字写着"仁厚村明王阵鼓乐"，锦牌之后是四排红白黄蓝旗，旗皆画有赤鸟、日精、雷神和风神。再是四杆长脖铜号，两副火铳。再是一辆三轮车上架着那面口径三米三寸的有三排一百六十八个铜质泡钉的大鼓，成义就掌着指挥锤。再后是三排队伍，中间十八位鼓手和鼓，左边十八位钹手和钹，右边是十八位锣手和锣。再后也就是我们乌合之众了。

阵鼓队伍绕村一周，从墓地出发进城，他们通过了城里四条大街，所到之处人山人海交通堵塞。围观的人都伸出了中指和食指，村民也以同样的手势回应。在成义和村民们看来，他们这一次"显示仁厚村的存在和永远存在决心"的游行示威是"胜利了"，是"打了一场大胜仗"。这一幻觉使成义感到了极大的满足，他与村民们又以"大醉"的方式庆祝。

然而，"明王阵鼓乐"一开始就是以"奇观"的方式上演的一出闹剧，是政府利用"文化搭台"经济唱戏的一部分，但作为农民的成义不仅浑然不觉，反而自以为"打了一场大胜仗"。在不做宣告的较量中，成义已不战自败。农民英雄有限的视野在当代中国又一次暴露出来。作为农民，现实利益既是他们的出发点又是他们最后的关注点。对成义来说，仁厚村的版图就是他思维的版图，他所有的考虑和谋划都不可能超出仁厚村的边界。而这种利益关系同时也成了维护村民与成义关系牢固的纽带。成义之所以可以在村里飞扬跋扈独断专行，也正是基于村民相信他是为了仁厚村及他们的利益，而为了仁厚村和村民的利益，成义是可实行专制的。村民可以为少分两个病员而发生激烈的纠纷，却可以容忍甚至情愿接受成义的专制。在这一层面上，贾平凹看似不经意的揭示却意味深长。现代文明在文化上的表达就在于它的民主性和个体的自主性，但农民顽固维护的，却仍然是传统的家族宗法观念，他们需要一个替自己做主、替自己思考的权威人物或偶像。因此，关于仁厚村的存留，在文化层面上就成了两种观念的对抗。然而，在无可抗拒的历史趋势面前，成义所坚持的村社意识早已在历史的设定之中且如期而至。"仁厚村"还是被城市吞并了，成义也因铤而走险被执行了枪决。但不知是什么缘故，成义之死没有给人留下任何悲壮感。这个野心家兼飞天大盗虽然为仁厚村竭尽全力甚至献出了生命，却不能让人生出怜惜，倒像阿Q之死一样，仅满足了看客们的观赏趣味。

贾平凹将自己的故事设置于城乡之间，为他展示各式人物提供了阔大的空间，这里不仅有类似郑义《老井》中巧英式的人物眉子，对现代都市充满了向往也遭到了最大的非议；有徘徊犹豫的叙事主人公梅梅，她对仁厚村的情感既有乡土观念的支配，也有对成义欲说还休的、剪不断理还乱的复杂；同时还有两个百无一用的知识分子。而这两个人物虽然着墨不多，却被作者表达得格外精彩。在《土门》中，它不再是庄之蝶，虽然没落却仍然可以作为被述的主体对象。如今，他们彻底被边缘化了。他们在今日中国的改革潮流中，被无视与蔑视的命运，不仅在于他们作为人文知识分子无法冲向主战场，像所有的当代英雄和冒险家那样一展治国平天下的风采或实现发财梦，同时也在于他们人格力量的低微和内在潜能的全部丧失。范景全只能写谁也不爱读的小说，他虽然对仁厚村充满同情，却心有余而力不足，在现实中他的"作用"实在是微不足道了。但他不乏想象的才能，居然想出让仁厚村全部转向"神禾塬"的主意。这一想象与其说是范景全为仁厚村设想出路，不如说是他言说了自己的生存态度：在现实的逼迫下，他除了以逃向乌托邦的方式自我抚慰之外，实在已别无他途。而作为研究员的志冉则更惨不忍睹，在一个农村姑娘梅梅面前的猥琐，展示了他全部的精神风貌，而他的早泄也与阿冰的"亮鞭"相映成趣，构成了震撼人心的隐喻。因此，《土门》也以非主旨的方式再次颠覆了知识分子的文化英雄神话。

贾平凹展示了历史发展的进程,这是源于它的客观性。但是,无论是作为农民出身的作家还是一个身居都市的现代知识分子,无论是出于对乡村文明的感伤留恋,还是对现实病患的理性把握,贾平凹对现代化的负面效应表示了极大的警觉。它带给人们的并非全是福音,伴随而来的同时还有精神疾患与因发泄需要而产生的都市骚乱。与仁厚村相邻的城市体育场,其喧嚣声不仅以象征的形式时时危及仁厚村的存在,同时也以象征的形式隐含了都市的现代病患。疯狂的球迷蜂拥至足球场,这在全国各地的现代都市中的经典场景,不仅没有使中国足球有什么长进,倒常常为因发泄而来的人们提供了聚众闹事的场合与机会。在西京城有史以来唯有的一场足球骚乱中,城市的现代病得到了充分的诊断。可以预言的是,于西京来说它是第一次,但谁能断言它也是最后一次呢!在与仁厚村的较量中,城市文明不动声色地获得了胜利,在人类历史的进程中显示了不可抗拒的伟力。然而,就人类整体进程而言,就已经离开土地而成为城市居民的人而言,城市给他们带来的究竟是什么呢?这些,也许早于《土门》的《白夜》已经隐约地做出了回答。

纵观贾平凹 20 世纪 90 年代出版的三部长篇小说,一个深刻的印象逐渐变得清晰起来,这就是他对今日中国命运的深切关怀和忧患意识,他以作家的立场,尊重自己对生活的整体感觉并准确地表述出来。时下,一种所谓的"新现实主义"的说法正在开始流行,一些肤浅琐碎的作品只因像新闻一样描述了生活的最表层,便被冠以"现实主义"的名号,"现实主义"再次像奖章一样被授予这些根本不具文学品格的作品及作者胸前。事实上,这些所谓的"新现实主义"作品连 80 年代初期"改革文学"的水准都没有达到。而与此相比,贾平凹在以文学的方式表达生活的深度上,早已远远地走在了他们的前面。他所有的痛苦与感伤、兴奋与欢乐,都无比密切地联系着当代中国的命运和处境,他深怀悲悯,无力而又难以自拔地注视着他深爱的人们。作为一个作家,他的情怀造就了他,而他也必将宿命般地承受这一切。

我从总体上肯定贾平凹作为作家的立场,但并不意味着我对他具体的方式持无保留的态度。事实上,贾平凹无论在大众文化市场还是在知识界,他之所以被接受是因为他的艺术力量及卓尔不群的想象力。但是,如果将他的几部作品联系起来看,他仍然存在自我超越的困难。就作品的内在结构而言,三部长篇小说都有一个"超现实"的人物，如《废都》中的拾破烂老头、《白夜》中的刘逸山、《土门》中的云林爷，他们或者像先知一样深不可测，或者像个道德神话示喻永恒，就作品的结构而言，这些人物的功能是完全一致的，因此就有重复之嫌。它表明的是读者对作家在结构作品的能力方面，仍存有很大期待。

就小说语言来说，《土门》相对于《废都》和《白夜》，更多地蜕去了明清白话小说的古旧风格，但一进入世俗生活的对话，无论男女便又古今难辨，语言的惯性是难以改造的，它可以因此而形成小说家独具的风格，并从中窥见其文化素养，但如果与规定的场景及语境不符，又会生出牵强和造作。《土门》在这方面同样存有问题。作品是以女主人公梅梅的视角进行叙事的，这在贾平凹的作品中尚不多见，一方面是作家有意为之的尝试，但性别的差异是难以跨越的，每当写到梅梅的心理活动时，作家显然有些力不从心，梅梅作为女性的特征在心理活动层面几乎难以得到有力的表达。这原因很简单，因为作者是名男性而非女性。因此又不能不说，贾平凹在《土门》叙事视角的选择上并不成功。

最后一个问题是，《土门》像作者前两部作品一样，玄机的设置太多，它常常像一个混乱不清的地图，让人难以及时地找到准确的方位。它为人带来了猜想的阅读乐趣，但也常常令人迷惑不解。

尽管如此，我仍对《土门》深怀好感，它毕竟在相当深刻的程度上描述了我们今日的生活状态，表达了我们现时段的生存处境与精神处境。他的批判与忧患的姿态，也是今天的作家格外值得珍视的。

（原载《当代作家评论》1997年第1期）

《土门》：文化的审视及抉择

石 杰 石 力

我见到《土门》是在去年的初冬时节，当时的心情颇有几分激动——继作家创作上的一系列的辉煌之后，《土门》又将展示给我们什么呢？我就这样带着激动的心情和疑问开始阅读《土门》，完毕后却久久地迷离惝恍。后来我逐渐明白了，困惑着我的思路的是作品的寓言形式的使用与其意义的厚重之间的不协调，何况这"寓言"还半真半假。不过，若是取平和一点的心态的话，我们似乎也没有必要由此将作家与作品所具有的社会责任感和文化意识全盘否定，于是就有了上面的题目。

一

仁厚村是贾平凹笔下最完整呈现传统文化意象的具体代表。从仁厚村入手，显然可以知悉贾平凹的一种文化心态。这个规模并不算大的村子，其特征可以用两个词来概括，即古老和淳厚。古老属于传统和历史的范畴，村中新出土的石碑、代代相传的明王阵鼓、明清古木家具、祠堂里古老的壁画、墓地，无不凝聚着祖先的传奇和辉煌。就连后来修建的村牌楼，也极具仿古之意味。与古老相伴的是民风的淳厚。这里的人质朴和乐，人心思古，热情好客，互相济助。就连城里人，也乐得到这里来找保姆。这种古老和淳厚对由传统文化滋养大的中国人来说并不陌生，甚至我们可以由此想到那"阡陌交通相连，鸡犬之声相闻"的桃花源，想到那被无数文人墨客衷心吟咏的田园牧歌。

田园牧歌的文化意义在于表达了古代文人的出世之思，具有共同色调基底的仁厚村却呈现为另外一番文化意义。当贾平凹将仁厚村置于世纪末传统与现代的对峙之中，置于大都市的高楼之下的时候，仁厚村便不再限于一个被欣赏的文化模态而是一个被审视的对象，且不可避免地显露出了自身的窘迫。

毫无疑问，仁厚村是以其古老的文明而自豪的。村民念念不忘的是他们为明朝朱元璋军中的一位鼓师一脉。被"我"不断忆及的"我"的家世和门第，赋予这个外表并不漂亮的女人以精神上的优越感，然而，悖论实在是一个最耐人寻味的现象。曾几何时，人类亲手创造的古老的文明，又成了对人类自身的束缚——悠久的传统有其固守的信仰及思想体系，以及难以改变的风俗和惯例。它所接受的只能是自身所许可的精神、道德、生活方式，新的东西往往被视为大逆不道而本能地加以排斥，这使得仁厚村走向现代化的脚步滞重而艰难。而淳朴呢？淳朴又实在与古老有着不可分割的联系。它一方面拥有着民风的美好，一方面又说明了环境和心理的闭塞。因而，当古老的农业文明在特定的时代背景下将负面意义呈现出来的时候，我们便不难发现仁厚村的负重和狭隘。

与负重和狭隘紧密相连的是"家"的意识。在《土门》中，"家"具有特殊的含义和地位，是一切矛盾的症结之所在。所有的纠葛都因它而生，而仁厚村人最后的悲哀，也是因为失去了"家"。显然，在这里，"家"已经逾越了习惯认识中的一门一户的概念，而扩大为家园、家乡、故土。仁厚村人世世代代住在这里，他们在草腥味、牛粪味、泔水味混合中长大，端着海碗，圪蹴在巷头院墙下吃饭，聊天。共有的环境和习惯使他们对这块土地产生了深深的依恋：那个走遍了天南海北的老铁道工回来了，浪迹三年的成义也回来了，他们说的共同的话是"呵，最美的还是咱这嘛"。当远古的祖先第一次开始"构木为巢"的时候，人类文明便因"巢"的出现而跃上了一个新的台阶。历史几经嬗变，"巢"的原始的"以避群害"之功能已逐渐演化成了人的生存繁衍之地，成了生命之根。人们在"巢"的庇护下生活，"巢"又使他们在心理上产生了极大的依恋和满足。于是，西京城改造仁厚村的计划对仁厚村人来说，无疑是使他们失去生存的根基——"我要被连根拔起，甚至拔起了还要抖掉根根爪爪上的土，干净得像是洗过一样！"于是，仁厚村与西京城的对峙便在这样一种颇具情感性和观念性的朴素的文化背景下展开了。

"家"是让人迷恋的。仁厚村的家族式构成，又使这个村很有些旧式封建大家族的味道。村子东北部的祠堂，是这一族村的最高权威的象征，族长或曰家长，便是村长成义。成义是个复杂的角色，他既有着农民的精明强干，也有着农民的愚昧狡黠。他受命于危难之际，他的行为从一开始便与现代文明有着尖锐的对立。平心而论，成义做村长后确实带着村民干了几件大事，比如整顿村街、修建牌楼、改造墓地、扩大药房。这里之所以用了"大事"这个中性词语，是因为事情的性质难以用好坏来评判，只有目的单一而鲜明。回忆一下成义在村民大会上的一段讲话或许对理解成义的行为有所帮助："我并不想发财，只想把咱村的事干好！我的村长是在仁厚村存亡之时上台的，我的使命就是抗拒仁厚村被消灭！"这一使命感为他的全部行为做了注解。

都市和乡村实际上代表着两种不同的文化形态。在历史发展进程中，工业化和都市化总是同时出现的，尽管都市本身还存在着种种的弊端，但它毕竟是文明和进步的象征。因此，一心与西京抗衡的成义，必然要到古老的农业文明中去寻求保护。成义的一切行为都具有浓厚的传统的甚至是封建的色彩：他敬祖重宗，以云林爷为神；他在夷平了的墓地上建立了一个古老而神秘的微缩版村落，并立下"坊规"；他在村牌楼上设计的是桃园结义、牛郎织女的故事，以及十二生肖、二十四孝图，整顿村街和扩大药房算是最具现代意识的举动了，然而那也只不过是为了使仁厚村成为一个文明、富足的都市里的乡村，一个现代的世外桃源。成义所精心描绘的那个和乐、古朴、自足的仁厚村，可谓是他所憧憬的。显然，成义是立于高高的古老的农业文明基地上来建构仁厚村的，而使成义理想的光辉消逝的，实际上也是古老的农业文明本身。村民们用投黄豆的方式来选举村长，用堆粮袋桩、抹花脸之类低级游戏来嬉戏取乐，说的是方言土语，他们特有的审美方式尽管不乏质朴，却也掩饰不住庸俗和落后。出自成义口中的那些不古不今的话语和那些不伦不类的设计既表现出一个农民的才智，也表现出一个农民的愚昧。如果说这些还只是表层的话，那么，单一的思维方式、保守的生活态度、二元的价值取向，以及对权力人物的盲从则从深层说明了传统的农业文明的局限性。住了几辈人的土屋被拆除了，一个老太太就哭，哭她的老姐妹要离散了，哭她的根被拔了。而仁厚村人对西京的仇视，实际上是仇视西京要改变村人旧有的环境、习惯和生活方式，对眉子的仇恨则使这种情感具体化。事实上，眉子是旧的传统观念的牺牲品，这一结果并不出人意料。因为，狭隘的文化土壤上既培养不出理智，也生长不出宽容。而权威主义的猖獗则同时表现出服从者和权力人物双层的愚昧。在与西京城的整个对峙过程中，仁厚村人似乎一直是清醒的、独立的，实际上，他们已经于无意识中完全为既定观念和权力人物所操纵。他们一味地说着仁厚村的好和城市的坏，不停地服从着成义定出的一条条村规，即使偶有怨心，也是说不出口的，因为成义是他们的村长。"仁厚村人就是这样：在准备让谁充当什么领导时，说好的说坏的什么话都有，而一旦谁已在领导的位上了，任何人又都听这人的，哪怕这人是老的少的男的女的,反正你在位你就是我的首和脑,一切就都交给你了!"是成义的权威促成了村人的奴性,还是村人的奴性助长了成义的权威?或许这只是一个问题的两个方面,总之,当我们看到村人表现出十足的盲从的时候,成义的权力意识也在不断地膨胀,随心所欲,独断专行,村牌楼上忘形的表演似乎是其权威主义的大亮相,其实更具本质意义的是殴打连本。因为这时,成义的权威主义已经脱离了那层保护色彩。

说成义的权威主义的保护色彩是指它的为仁厚村这一因素。或者,更深一步说,是仁义。通读《土门》,我们尽管随时可以感受到成义的极权意识和行为,却难以产生由衷的憎恨,这种似乎过于宽容的心理其实并不难理解:为了仁厚村的公共利益这一点抵消了极权主义的丑陋。由此,我们似乎可以说,支撑着成义的行为的根基的,是仁义。然而,成义的仁义也只到仁厚村的边缘为止了:当他最后为了替仁厚村弄一笔钱而窃取国家文物行时,他的公众意识的狭隘和仁义之举的局限已经暴露得再充分不过了,这貌似荒诞的一笔,倒也有其内在的逻辑性,是成义的性格和观念在特定形势下发展的必然。

对传统的伦理道德的过分强调,往往以压抑和美化人性为代价。事实是,人虽然由猿进化而成,但那节突出的尾骨却也一直与文明的进程相伴相随。尤其是当经济发生变革的时候,旧有的观念形态往往也随之发生变化,于是,我们看到仁厚村的人也在脏脏的袜子外面套上了美国士兵式的大皮靴,也被动迁人哗哗抖着的大把票子而吸引,也急着盖房占地以便在动迁后获得更大的面积。仁厚村终于被拆除了,连同村子一起被拆除的是古老的农业文明本身。

显而易见,古老的农业文明是以传统儒家的伦理道德为其精神内核的。仁厚村的宗法、等级色彩、极权统治形态、因循守旧意识和伦理人格的追求,无不昭示出传统的儒家文化的精神特质。"仁厚"似乎正是它的本质的概括。在漫长的历史进程中,它铸造了一个民族的文明史,然而,在社会发生重大变革的今天,它却以自身的文明同文明发生了抵牾和冲突。古老的农业文明已经适应不了现代化进程的需要了——这就是仁厚村的结局对应着的作者的一种文化心态,尽管贾平凹对此不无感叹。

二

作为仁厚村的对立面,西京的描写却惊人地简略。个中的原因自然是复杂的，不过，简略归简略，却也并未因此而模糊作者对工业社会的观察和对工业文明所持的态度。作品是由一桩凶杀案引领我们走进西京这一工业社会环境的：在一个半明半暗的月夜里，两名案犯持刀闯进了画家的家，杀了画家的儿子、女儿、画家本人和他的妻子，幸存的只有那条后来被勒死的狗。画家一家是被捅死在住宅楼里的。作者倾注了大量的笔墨于每个人惨死的情形，不仅在于唤起人的同情和愤怒，更在于渲染恐怖和残酷，在这样一场凶杀案面前，护窗网、防盗门其实已经毫无意义，于是，家在暴力犯罪下失去了它亘古具有的安全感。犯罪的起因是钱，"然后，刀逼了主妇交钱，她不交，刀尖剁进每个关节处转着搅"。钱，成了罪犯与被害人相联系的纽结。与此相对应的是公安部门悬赏二十万元提供线索和重赏之下举报者的一派胡说，这样，西京便在这桩凶杀案中开始了具体的呈现。与此相应的现象在凶杀案之后继续出现：搞皮包公司和贩卖白粉的出现了，三个漂亮极了的姑娘与嫖客在豪华酒店中做着金钱与肉体的交易。房地产公司利用动迁之机从中渔利的行为则已从个人盗窃走向集团犯罪：

> 拆迁的时候，拆迁单位说好是一换一安置……可是，房地产商拿到整片土地后转手又将土地卖给了另一家房地产商，那家房地产商却全盖成了别墅小区，压根就没有拆迁户的居住楼。现在村民去找那家房地产商，人家当然不认以前的事，而头一个房地产商卷了钱却到南方去了。

房地产公司又与政府机关腐败分子联手。"村子的人去告状，可牛年马年了事情才能解决呢？"当农业社会向工业社会过渡的时候，集团组织的出现是必然的。它们固然代表着一种社会的进步，而其经济犯罪的性质与个人的暴力盗窃行为也有着惊人的一致性——金钱万能的信条的反映。特别是当犯罪集团与权力机构互相勾结的时候，则会使事情进一步复杂化，从而导致个人的无力感。《土门》说到房地产商的不法行为时虽然简略到一笔带过的程度，然而此问题的涉及已触及工业社会的商业化、金钱化的本质，有趣的是身为城市人的范景全对城市和城市人的评价：

> 我虽然现在是城市人，但我也厌烦城市，城里人精明，骄傲，会盘算，能说会道，不厚道，排外，对人冷淡，吝啬，自私，赶时髦，浮华，好标新立异，琐碎，自由散漫。

如果把这种评价看作是范景全也是一个乡下人的缘故，那就错了。事实上，范景全是书中唯一的一个能够以较健全的意识冷静地打量古老的农业文明和现今的都市文化间冲突的人，他的评价乃是包含着经验和体验的对城市人性格的总体概括。这种性格特征虽然超越了古老的农业文明所形成的人们性格中的保守、闭塞的一面，但却表现出另一文化背景下人的自私和冷酷。这一冷酷在杀狗的场景中得到了突出的体现：阔大的体育场上，獒犬、圣班纳犬、秋田犬、牧羊犬、阿拉斯加雪橇犬相继惨死在那条粗长的绳索下，拿绳索的是胖子和青春痘警察。警察捕杀无证狗本来是一种维护社会秩序和群众利益的法律行为。然而，这一场景引发的却是人对冷酷的本能的厌恶和对柔弱的本能的同情。在这里，狗成了勇敢的美丽的可爱的灵性之物，人则成了理性支配下的冰冷的工具。导致这种情感错位的原因姑且不论，在工业文明进程中人所逐渐形成的"物"的冷酷心态却由此得到了展示，城市文明也在某种程度上遭到了拒绝。

　　这种拒绝是与失去家园之感紧紧连在一起的。作为一种最早为人类所驯化的动物，狗似乎与大自然、与农村有着更为紧密的联系，它们从落着雪的北海道峡谷和辽阔的瑞士草原来到城市，城市最终又捕杀了它们。于是，同样属于大自然和农村的仁厚村人深深地恐惧和悲哀了：城市并不是他们的家，他们将和狗一样丧失家园。村人对狗的怜悯和同情或许可以从这里找到最深层的原因。"我们将往何处去？何处将怎样等待着我们呢？"仁厚村人的焦虑和困惑既代表着社会转型期古老的农业文明的崩溃所导致的人的心理的失落感，又说明了工业文明并非人类理想的文明形态，丧失了家园后的女主人公梅梅走在城里的街上的那种似真似幻的感觉就是一个很好的证明：

　　　　西京城的大街上，车水马龙，两边的楼房都是七层八层高，装饰着各式各样的门牌和霓虹灯，我在人群里往前走，走的是左边人行道，迎面走过的行人与我逆向，他们撞我，我也撞着他们，满世界一片杂乱，我先是听见有人在说："这人违犯交通规则"，后来是车的发动声，喇叭声，自行车的轮声，铃声，再是人的说话声，哭声，咳嗽声和屁声，再后来几乎所有的人身子的所有部位，以及街上所有东西都发出声音。衣服在咔咔嚓嚓响，风在咕咕噜噜地响，空气在摇曳着响，蚂蚁响着爬，路灯杆的影子在响着移,我就觉得我的灵魂出窍了。

对于突然出现且注定要进入的另一个陌生的世界,女主人公的感觉是茫然、杂乱、不适应,城市的喧哗、浮躁,农业文明与工业文明的不接榫也由此得到了形象的表现。这种不接榫是以双向否定为前提的。古老的农业文明固然已经适应不了现代化进程的需要了,取代了农业社会的现代工业社会本身也并非人类的理想的归宿。人类究竟应该往何处去?生存的困境和文化的困惑亦由此生成。

三

《土门》中的范景全说过这样一段话:"一位作家首先面临的是观察社会,研究社会状态,他观察的结果被写入小说,被小说纳入的部分有多少可以成为正在形成的历史,小说本身的价值就有多大。"这里侧面体现了作家的社会责任感。范景全不是贾平凹,但范景全代表了贾平凹的一部分。因此,有着深深的社会责任感并追求着作品的历史价值感的贾平凹在继对农业文明和工业文明的双向审视和相应否定后,必然要为社会指出一条发展路径,起码,他在主观上会有这样的愿望。这不难使我们想到神禾塬。

神禾塬是范景全为生存尴尬中的仁厚村人提供的一个去向,也是贾平凹为生存困境中的人类设计的一个理想之所在。"它是城市,有完整的城市功能,却没有像西京的这样那样弊害,它是农村,但没有农村的种种落后,那里交通方便、通讯方便、贸易方便、生活方便、文化娱乐方便,但环境优美,水不污染,空气新鲜。"这样兼具城乡优长的处所或许可以称之为现代的桃花源吧。它具有桃花源的美好,同时也继承了它的虚幻。因为,此一远景图设计的出发点乃是:如何使传统农业文明与现代化工业进程相统一?如何使人性与现代化并存?这样的思考其实同中国近代以来的现代化进程一样漫长而艰难。且不说理论上二者难以调和,实践上也还一直没有提供这样一个调和后而达完美的范式。有趣的是作家似乎在提出它的同时便意识到了的虚幻,它像影子一样一闪即逝了,留在大地上的依然是痛苦和沉重。因此,我们有理由说,作家自己其实也并未对神禾塬的存在予以充分的信任,他的文化修养和他对社会的观察研究都不允许他这样做。那么,作品所指出的路径究竟何在呢?现在,我们不妨来看一看云林爷。

云林爷是以神秘和怪诞走进读者的视域的。他在形体上是个瘸子，一场疯病之后又身怀绝技，且有预见先知之功能却又绝不张扬。作者如同在他以往的作品中一样娴熟地玩弄着神秘的笔法，而其真意却在这层大神秘之后的大平淡中。与仁厚村人念念不忘他们的祖先不同的是，云林爷的爹小名叫"没名"，云林爷则叫"瞎女"——一个最不起眼的称谓。他不重钱财，衣食简朴，宠辱不惊，通晓事理而不言辩，随顺平和几达卑微。他住在祠堂虽然与村人对他的神化有关，从另一面理解也可看出他连自己的家都没有。这与仁厚村人的强烈的"家园"意识又形成了鲜明的对比。《土门》是写冲突的，尖锐、紧张、矛盾构成了作品的主色调，而云林爷则是一个明显的例外。显然，云林爷代表的是另一文化心态，即包容、顺应，或曰戒除浮躁。这一点，在《土门》中有着鲜明的表现。云林爷为治肝病，其实象征着治疗时下人的浮躁，他吩咐梅梅在村里买十包"十全大补"的情节，使这种寓意更加分明：

> 他……问我药房里有没有"十全大补"，我说有的，是给那个病人吃吗，他说他要吃的，他今早去村边转了一圈，觉得仁厚村东南地气太亏，需要补补……

与此相应的是与云林爷的精神有一定相通的梅梅的一个梦境：

> 我在梦里往一个遥远的地方去，有雪山，有河流，有石条砌起来的城门洞……城外的人扛着橡进门洞，怎么也不得进去，城里人也有扛着橡要出城的，怎么也是不得出来，门洞口有人在喊：竖着！竖着！竖着橡果然就进了城门。

在社会转型的历史阶段，包容、顺应似乎比固执己见更为重要，因为如此才能造就健全的意识和客观的态度。《老子》云："重为轻根，静为躁君"。"上德若谷""上善若水"。"有无相生，难易相成，长短相形，高下相倾。"无疑，作者是在由此提倡道家文化。

在中国文化发展史上，道家一直被人贯之以"出世"，但其实，仅仅以出世来概括道家的本质是远远不够的。《老子》第二十五章载："有物浑成，先天地生。……寂兮寥兮！独立而不改，周行而不殆，可以为天下母。吾不知其名，字之曰道。"其第二十一章又载："道之为物，惟恍惟惚。惚兮恍兮，其中有象；恍兮惚兮，其中有物。窈兮冥兮，其中有精。其精甚真，其中有信。"以至大至深、创生万物、法乎自然的道作为学说的根基，道家由此也就具备了诸子学说所无法具备的超越性和兼容性。道是什么？它默默无语又敞示一切，只有真正体悟到道的精髓，才能真正认识道家学说的智慧。当贾平凹从道家文化中寻找济世良方和归宿之地的时候，他对仁厚村与西京城的冲突的审视已超越了简单的是与非、肯定与否定的范围。走出浮躁，超越激愤，告别革命。尽管这于他不无痛苦。

不能忽略的是作品结尾处云林爷的一句话，当梅梅提出"往哪儿去呢"这一人类一直在思考着的哲学命题的时候，云林爷的回答是："你从哪儿来就往哪儿去吧。"至此，作者为失去了家园的仁厚村人和所有的失去了家园的人找到了归宿。与女主人公意识中的"子宫"相对应的是《土门》后记中的一段话："土与地是一个词，地与天做对应，天为阳为雄，地为阴为雌……将土和门组合起来，我也明白了《道德经》为什么说'玄之又玄，众妙之门'的话。"在这里，土地不是一个与工业文明相对应的农业文明的范畴，而是一个超越对立的元概念，因而具有普遍的文化意义。地是母亲的象征，万物皆由此而出。于是，我们也就明白了《土门》的题意和立意之所在了。

由仁厚村与西京的激烈的对峙之后进入"土门"，这于社会发展层面来说未免显得有些虚无，然而，《土门》却因"土门"的最终敞开而完成了文化层面的思考。至此，关于《土门》的文化的审视与抉择的论述本来已经可以结束了，我却又想起了海德格尔的两段话：一是"'途径'这个词，很可能是语言的最初的词，它是进行思维的人所具有的。道，是老子诗性思维中占主导地位的词，它的'根本'意思是途径"。二是"道，很可能就是，那种使所有那些我们由此才能思考的东西活跃起来的途径。根据什么我们才能思想，这也就是理性、精神、意义"。海德格尔的"途径"与贾平凹的"土门"具有同一指向，于是，我们也就可以从海德格尔这段话里寻出"土门"的另一层意义了。

［原载《锦州师范学院报（哲学社会科学版）》1997年第4期］

土地——生命之根

——重读《土门》

石 杰

一

真正的作品评论是能以其对文本内涵的真实把握让读者和论者产生一种如释重负的轻松感的，然而，当我读完关于《土门》的评论并写下了一篇文字后，却没有这种感觉，原因在于一种"隔离"，一种由评论所导致的与文本的真实间的隔离。评论者根据作品中所描述的仁厚村的古老和质朴以及作家对此所流露出来的眷恋，认为贾平凹是倾向农业文明的；根据西京最终吞并了仁厚村这一结局，认为贾平凹是肯定工业文明的；根据作品对城市和乡村的弊病的揭示，又认为作家对城市和乡村是持双向批判态度的。于是，作品的主题就局限在了社会和历史发展的层面上。这样的分析或许不错，然而"隔离"也便就此产生了以下问题：这种主题理解能否代表文本的本质真实？如果能，近尾处远方来的那个女孩关于生死的谈论又是怎么回事？难道仅仅是为了引出对成义死亡过程的叙述？特别是仁厚村成为废墟后，云林爷与梅梅之间那段至关重要的对话以及"进入母亲的子宫"又该如何理解？莫非它们竟都游离于主题之外？"隔离"是明显的，但评论者对此则多采取回避的态度，或将结尾处的"进入母亲的子宫"简单地归入虚无，而敷衍和草率显然只能增加"隔离"的深度。那么，文本中是否存在着一种我们没有意识到的真实？这样的设想让人兴奋。而要探索这种真实，我们有必要先对作品的基本内容进行重新审视。

二

《土门》是以乡村都市化这一社会历史发展进程为背景和题材的：仁厚村

是处在不断扩展中的城市包围下的一个古老的村落，仁厚村人想保住它，西京城想吞并它，于是，一个占有和反占有的故事就在这块土地上铺衍开来。仁厚村是有着悠久历史和古老文明的，村人世世代代在这里繁衍生息，视这里为他们的根和家。但是，古老和悠久并不能挽救他们被吞并的命运，"城市数年的扩展，在仁厚村的左边右边，建筑就如溶过来的铅水，这一点汇着了那一点，那一点又连接了这一片……做了一场梦似的，醒来我们竟是西京里的人了。"这即将彻底失去家园的遭遇在仁厚村人心里引起的是愤怒和恐慌，于是，他们在村长成义的带领下，采取了一系列的计划和行动，漫骂、示威、殴斗，甚至是献出生命。出于保护家园尤其是具有古老文明的家园的目的，这些描述容易让人以为作家由此寄寓着对古老文明的眷恋，何况工业文明中的一些流弊又难以让人产生全面认同感。实际上，这样的理解完全失于片面和表面。固然，贾平凹是从山野乡间走出来的作家，他的创作几乎比任何一个新时期作家都更深地植根于中国传统文化精神的土壤，但是，当他经历了一系列人生的苦难和艺术的追求，再站在时代的大背景下来观察乡村的走向和农民的心态时，理性便占了上风。结果是他对仁厚村人的心态和行为不仅仅限于理解和同情，而是审视，以及由审视而生的对特定历史背景下农民心态的本质表现——浮躁。

浮躁是一种情绪特征，也可以说是一种生存状态。它是人的理性衰落后生命所做的盲目的冲动。仁厚村人千百年来一直生活在一个平和、稳定、保守、狭隘的农业文明形态之中，一旦社会发生变化，旧有的文明形态将为新的文明形态所打破并取而代之时，他们便失去了心理的平衡。不是用理性去面对现实的变化，而是任凭情感的驱使盲目地赞美和挽救旧有的一切，对新的东西则抱着本能的反感和敌意。于是，微缩墓地、修建牌楼、整顿村巷、扩大药房等一系列的措施出现了。此中的仁厚村人与其说是清醒的，不如说是处于混沌状态。他们既聪敏又愚钝，既创造又破坏，既勇敢又怯懦，貌似理智的行为总是给人一种荒诞的感觉。保卫仁厚村成了集体的信念和目的，他们用土块瓦片、锨镢破鞋驱赶进村丈量土地的西京人，用唾沫、鼓槌侮辱到西京工作的眉子，用震耳欲聋的明王阵鼓向西京人示威，至于为什么要保卫仁厚村，其实并没有理性的认识。

最集中地体现了这种浮躁状态的是成义。这个有着过分的精力的男人，一开始就是一个不安分的角色。他受命于仁厚村危难之际，以仁厚村不被消灭为使命，又以仁厚村的绝对权威自居。"我之所以同意当这个村长，我就要在仁厚村有绝对权威！我有这个权威并不是为了我成义，我成义不想发财，连老婆也没有，我要的就是我成义还能干一场大事的！""干一场大事"的想法使成义的理性几乎丧失殆尽，他焦灼易怒，烦躁不安，几乎没有一刻平静。书中这样描写他的外在形象："……他平日风风火火的走路，身子还在后边，头和胸就扑前去了，且双目惊觉四顾……"这形象让人联想到女主人公听到老剑子手的谩骂之后的那句自问："我的胞衣在哪里？"的确，成义是被老剑子手从苜蓿地里捡来的，他似乎是个没有胞衣的人。无理性的疯狂在盗窃文物中达到了顶点。成义的一切似乎都是为了公众利益，其实已经是对历史的反动，只是他自己并未意识到这一点。理性的丧失使人变成了聋子和瞎子。

　　仁厚村人的集体的浮躁始终是和家园意识联系在一起的。现实中的家园的即将失去使仁厚村人变得浮躁，其实形成他们的浮躁的更根本原因是他们没有精神的家园。现实中的家园和精神的家园并不是一回事。现实中的家园可以成为身体的栖居之所，却不一定是精神的安居之地。没有现实家园而有精神家园的人照样可以获得宁静安详，而没有精神家园的人即使有现实家园也要漂泊无定。成义的流浪正说明了这一点。"我是一个流浪汉／全国各地我都走遍……至今我还是个单身汉／仁厚村里我才最习惯。"仁厚村真的使成义的心灵安居了吗？显然不是，这个单身汉实际上一直在流浪，直到死。

　　成义这个形象使我们联想到《废都》中的周敏和《白夜》中的夜郎。尽管他们之间有着种种的不同之处，但本质上则是相同的，他们都是灵魂的漂泊者，都没有精神的家园。至于仁厚村人虽然曾经有过祖祖辈辈居住的家园，但是他们在失去现实中的家园之前也早已失去了精神上的家园，而丧失了精神家园的浮躁才是《土门》通过仁厚村人所要表现的深层含义。

　　作为冲突的另一方，作者对西京没有使用过多的笔墨，但对西京的本质反映则与仁厚村殊途同归。在这个高楼林立的都市里，钱是指挥一切的杠杆，于是，吸食白粉的去盗窃杀人了，金钱与肉体的交易出现了，一房地产商与农民签了合同，转手又将土地卖与另一房地产商，携巨款逃走了。还有豪华奢侈，拥挤杂乱。和仁厚村人相比，西京人似乎并不存在失去家园的威胁，他们不是先后吞并了仁厚村和周围的一些村落吗？他们的城市不是在一天天扩大，楼层也在一天天增高吗？他们的栖身之地是有了，而灵魂的栖居之地又在何处呢？

西京这一意象严格说来只是一个影子、一个轮廓，将其视为工业文明的象征或者冲突的一方其实都太单薄了。作者也许有心表现农业文明与工业文明的冲突，但发自内心深处的对人性及人类命运的关怀又使他不知不觉间超越了这一社会层面。除了浮躁，西京城还留给我们什么印象了呢？

行文至此，我们不难发现，《土门》虽然表面上写的是乡村都市化这一表现社会和历史进步的"主旋律"式的题材，深层次上则是对特定时代背景下人的精神的冷静审视，是对人的精神世界的本质的表现。在这乡村向都市转化，农业文明对工业文明让位，计划经济为市场经济取代的历史转折时期，善恶混杂，美丑并存，真假难辨，冲突自然是难免的，但在这一切的下面则是国人的浮躁心态，以及由浮躁心态所导致的浮躁的行为。从这一点上说，仁厚村与西京城是一致的，它们作为一个整体共同构成了时代的精神特征——浮躁，体育场的足球骚乱是他们的浮躁心态的共同亮相，数万人集中在这里，狂热呐喊，乱抓乱打，乱跑乱跳。而书中浓墨描写的肝病更是时下的浮躁的象征，"……这人类怎么啦，都患病了吗，患的又都是肝炎"，浮躁作为一种"动"的生命形态，既表现为生命活力自发地奔腾释放，也表现出无理性的愚昧盲动。《土门》中，作者虽然对此做了客观的叙述，然而与十二年前描写那条浮躁的州河相比，显然流露了过多的否定。那么，《土门》提倡的是什么呢？我们不妨看一看云林爷。

三

在仁厚村的人文环境中，云林爷是个明显的例外。仁厚村人是以其历史的悠久而自豪的，村人念念不忘的是他们为明朝朱元璋军中的一位鼓师所生衍，并因此而感到了身世的辉煌。而云林爷的出身则似乎没有任何可以言说的辉煌和悠久——他的爹叫"没名"，他的小名叫"瞎女"。"男的却叫个女的名，女的还是个瞎女。"——老剑子手的话把云林爷的卑微说得再透彻不过了。仁厚村人的家园意识是极重的，然而云林爷几乎没有自己的家。患疯病之前，云林爷就住在旧祠堂后的三间土屋里，做的是给母猪配种这种似乎最卑下的事，每次只收两元钱，或许人家留下的只是两个五角，他从来也不看。一场疯病使他获得了神奇的医术后，他仍旧住在三间土屋里，每个病人仍然只留两元钱，以维持他那简陋得不能再简陋的吃穿用度。他的智慧达到了通体透明的程度，却处处表现得木讷愚拙。他使整个仁厚村富了起来，是仁厚村真正的权威人物，然而他安贫守贱,而且平和随顺,"你甚至觉得他窝囊和卑微,根本用不着尊重似的,可以口无遮拦地无度嬉闹"。书中的几处细节描写,比如把路上遇到的一枚镍币拾起来装到口袋里,比如吃饭时极响地咂着嘴,饭罢抱了碗伸长舌头舔,等,越发把云林爷的卑微推到了极端。《土门》对于云林爷的塑造并不十分成功,然而对他的卑微谦和的刻意表现则是十分明显的。作者在写了仁厚村集体的狂躁愤怒之外又写了云林爷的卑微平和做什么?是别有深意还是纯粹出于艺术上的点染?这是理解《土门》必须要弄清的问题。遗憾的是,评论界对此多有回避。在我看来,这种回避与其说是无意遗漏,不如说是无可奈何之后的放弃更为恰当,因为仅仅在社会层面上来理解《土门》的内涵是很难为云林爷找到归属的,甚至会产生误读。事实上,云林爷这一形象才凝聚着《土门》的全部深义。他的价值不仅在于和仁厚村乃至与西京形成对比——他的随顺对比着仁厚村和西京的偏执,他的平和对比着仁厚村和西京的焦躁,他的拙朴对比着仁厚村和西京的精明,他的卑微对比着仁厚村和西京的高傲,他的包容对比着仁厚村和西京的狭隘——更在于通过存在和对比宣扬一种精神。

这种精神或可称之为土地精神。土地精神是什么?是沉默,是宽厚,是柔情,是载育。"大地取司负载,成就春华秋实;大地延展为岩石流水,生发为植物动物。"土地养育了人类,人类在土地上生存,在土地上行走,然而有一天人却离开了土地。《土门》的作者颇具匠心地将故事设置在一块土地上,似乎正是对人类这一愚昧行径的反照和悲悯。仁厚村人是世世代代生长在这块土地上的,他们或许曾经有过根,然而他们现在是失了根了——仁厚村已不再等同于真正意义上的土地;西京人则似乎从来就不曾有过根。他们居住在高楼上,而且与越盖越高的楼层一样离土地越来越远了。于是,接不上地气的现代人才活得愈来愈浮躁。《土门》是以杀狗的场面开始的,杀狗的是警察,围观的是仁厚村人和西京人。其实这一场面不是为了渲染恐怖气氛,而是为了展示失了根的现代人也失去了对生命的敬畏。"敬畏生命"的概念出自20世纪的一位伟人阿尔贝特·施韦泽。他认为生命不仅仅包括人,也包括世界上其他一切动物和植物。它们和人类一样"渴求幸福,承受痛苦和畏惧死亡"[1],伦理的范围也因此无限扩大。一部《土门》,人与狗处处对应,具有宗教意识的作者甚至从灵魂流转

---

[1] 阿尔贝特·施韦泽:《敬畏生命——五十年来的基本论述》,陈泽环译,上海社会科学院出版社2002年版,第74页。

的角度说明了人与狗的一体性。"不管怎么说,我们都是狗命,与狗结下不解之缘,或者说,我们的前世就是狗变的。"人和人以外的生命共同组成了一个完整的生命世界,然而人这一生命形式却要对狗这一生命形式进行残忍地杀害了。那杀狗的场面何其冷酷又何其滑稽,于是,人作为万物灵长而具有的理性和尊严在人与狗的对峙中丧失殆尽。当那只德国狼犬终于因离开土地而被吊死的时候,谁又能说得清这究竟是狗的悲剧还是人的悲剧呢?

对狗的不宽容必然地扩大到了人。仁厚村人与西京人简直是势不两立的。他们之间的隔阂似乎与生俱来,那种相互间的仇恨让人怵目惊心。进一步的发展是仁厚村人与仁厚村人之间的伤害。美丽的眉子被驱逐了,连本也遭了殴打。这种情况我们通常用"狭隘"来解释——由思想观念上的分歧而产生的狭隘,其实更具本质意义的是在理性主宰下人与宇宙之间缺乏一种根本性的精神联系,进而使人不能意识到人与其他生命之间的关系,无法以肯定和顺应的态度生存于世,于是,他们互相伤害,烦躁易怒,人类的灾难便降临了。"眉子突然出现在我们仇恨的公司大楼上,这使仁厚村的人愤怒不已。他们立即向她吐唾沫,吐舌头,那敲鼓的人就在鼓点之隙用鼓槌指她,戳她,有节奏地骂:汉奸——不要脸!不要脸——汉奸!"这类在《土门》中一再出现的幼稚而可笑的场面,除了说明无理性的生命的荒诞,还能说明什么呢?

更进一步的发展是人对生命的戕害。精明能干的成义终于死了。成义到底是怎么死的?这似乎是不言自明的事情。实际上,导致成义死亡的原因应该是成义自己。那貌似为公众利益而献身的行为,其实正反映了人的狂妄自大与愚昧无知。这种狂妄和愚昧在成义身上达到了无以复加的地步。成就大事,角逐争斗,飞檐走壁,成义是走得太快也太远了,以至于无暇回头看一看。而反省和回顾无疑只能是理智者的行为。书中所叙的成义的身世、成义的流浪、成义的一身轻功,都是失去了生存根基的人所特有的象征,而一个不可改变的事实则是:人只能生存在有限之中。正如远方来的女孩念的书中所说的那样:"我们活得就像会永远地活下去一样……但现在又怎样呢?"

对自我及自我以外的生命的伤害。根本上必然是对母亲——土地的伤害。如果我们仅仅从故事的表层来看的话,仁厚村人与西京人似乎对土地表现了两种截然相反的态度,即守护和争夺。实际上这两种不同的态度却有着相同的本质,即都是把土地视为人类生存的环境而利用。仁厚村人要把它建成一个现代化的桃花源，西京人先是要在这里盖一片居民住宅区，继而又决定盖一座大酒楼。"西京城里之所以还没有像一个大都会的样子，就是缺乏一些高大的档次高的建筑"，于是，土地与人分离开来，化育万物的土地成了人占有和改造的对象，人则是土地的征服者和主宰者，土地和人类的灾难便自人而降临。"人越来越多……楼越来越高，汽车越来越豪华，伪劣虚假的人和事也越来越高超，城市越来越在扩大，这时候出现一个词：污染——环境污染，精神污染。"如果仅仅从社会层面来看，人们说这是对工业文明的弊病的批判，其实更深层的是对人对土地施暴的控诉。人本是土地的一族子孙，秉承土地的恩泽而生存，然而当人越来越强大的时候，却要斩断与土地连接的脐带了——人类过于迷信自身的力量，其自我中心主义达到了无以复加的地步。仁厚村与西京对待土地的态度在这一点上形成了共性。这里有必要说一说神禾塬。在《土门》中，神禾塬是以理想的文明形态出现的，一种兼具城乡优长的文明。人们因其文明的完美性而认为这是为作家所肯定的社会发展蓝图（作品也确实因此而完成了社会层面主题的表达），又因其过于完美而认为这只不过是一个乌托邦式的空想。其实导致神禾塬不能成立的根本原因不是它的过于完美而造成的虚幻，而是神禾塬并没有成为人的精神的归宿。在这里，土地仍然是作为与人分离着的外在环境而存在的，人与土地仍然是利用与被利用的关系。喧嚣，浮躁，争斗，攫取，生命间的互相残杀和自相残杀，土地为人类灾难的深重而沉默不语。

"你本是尘土，仍要归于尘土。"耶和华对始祖亚当这样说。"开天辟地，未有人民，女娲抟黄土作人。"[1]中国神话也有这样的记载。《土门》没有过多地从正面彰明土地的召唤，却通过人类自身的灾难昭示了人与土地的关系。土地乃人的生存之本，她为人类生长出粮食、蔬菜，也将自身的精神默默地昭示给她的子孙。博大、平和、质朴、宽容，只有进入土地，人才回到了自己的家园，漂泊的精神也才获得了终极安顿。这种归家的安全感将使人顺从生命，肯定世界，"并因此变得深刻，内心丰富、纯洁、宁静和温和"[2]。"温柔的人有福了，因为他将承受土地"，耶稣也这样赞美说。于是，《土门》经由云林爷为无家可归的人指点了根本的归宿——"你从哪儿来就往哪儿去吧"。梅梅在作品中是寻

---

[1] 李昉等：《太平御览》卷七十八。
[2] 阿尔贝特·施韦泽：《敬畏生命——五十年来的基本论述》，陈泽环译，上海社会科学院出版社2002年版，第130页。

找自己的化身，待最终进入母亲的子宫而宣告了寻找的结束。此处的"母亲的子宫"显然只是一个譬喻，其本体则是土地。至此，始终默默存在于作品中的土地的真义得到了昭示，浮躁——土地，"隔离"消除了。《土门》的真实内涵也因此而显现。

四

行文至此，我们有必要概括一下《土门》的主题了。《土门》的主题体现了多个层面，从社会层面看，它体现为从对农业文明的审视到对工业文明的审视，再到最后归结于神禾塬这一理想的文明形态；从文化层面看，它体现为从对儒家文化的审视到对道家文化的归入；从生命层面看，它体现为由浮躁到进入土门。三个层面的主题虽然密不可分且分别从特定角度不同程度地揭示了《土门》的内涵，但前两个主题却不能涵盖全篇。只有生命层面的主题，才代表了《土门》的本质，才赋予《土门》以完整。反映现实变革只是《土门》的表层叙述，正是关于人与土地的关系的述说，《土门》才具有了浓重的文化色彩和生命色彩，并在生命体悟的层面上有了突破。

浮躁在过去的年代里多用于表现生命个体的一种心态，然而今天，它已经成为时代情绪了。具有极大的艺术敏感性的贾平凹从十余年前起就集中对这一问题进行了探索，这就是写于1986年的《浮躁》。浮躁或许从一开始就与失家相联系，寻找也就相伴相随。然而写作《浮躁》时的贾平凹还是颇为乐观的，此时的浮躁虽也表现出一定的寻找意向，但更似那"翻洞过峡吼声价天"的州河，创造出的是生命悲壮的声势。这之后是《废都》《白夜》。此时，浮躁已更多地落在了人生和人性的层面上，痛苦和焦虑成为浮躁的主色调，寻找的色彩也更为浓重。人从哪里来？又到哪里去？根源和归宿的问题被重新提起，浮躁也因此更具人本意义。周敏和夜郎们都在寻找着自己的家园，然而作者并不曾提供答案——再生人的钥匙始终没有寻到要开的锁。这之后是《土门》。《土门》仍然是对浮躁的人生的透视，这是它与此前几部作品的相同之处，尽管它将背景移至乡村都市化。从这一点上说，《土门》并没有实现对前三部作品的超越。但是，它继"浮躁——寻找"之后，第一次提出了精神家园——母亲的子宫——土地这一概念，从而，漂泊中的灵魂终于有了归宿，《土门》也实现了对前三部作品的超越。如果论及《土门》的价值，我想，其根本的价值当在于此吧。

《土门》中的土地以母亲的子宫为喻体，是作为雌性的、化生万物的母体出现的。"土与地是一个词，地与天做对应，天为阳为雄，地为阴为雌"，作者在《土门》后记中这样说。正因此，若追溯到道家文化中，母亲的子宫——土地便又具有了更深一层的意义。《老子》云："谷神不死，是谓玄牝。玄牝之门。是谓天地根。"可见，这化育天地的母体"玄牝"乃是与虚无缥缈的道相通的。那么，归入母亲的子宫——土地也便是归入道了。道是什么？它是宇宙的本源，是创生万物的母体，所谓"道生一，一生二，二生三，三生万物"。于是，《土门》中的母亲的子宫——土地也便因此而具有了宇宙最高本体的意义。它不仅因创生万物而成为万物的家园。更以其自身的禀性劝化人类要致虚守静，谦下不争。焦灼中的女主人公有过这样一个梦境："我在梦里往一个遥远的地方去，有雪山，有河流，有石条砌起来的城门洞……城外的人扛着椽进门洞，怎么也不得进去，城里人也有扛着椽要出城的，怎么也是不得出来。门洞口有人在喊：竖着！竖着！竖着椽果然就进了城门。"于此，作者对道的精神的提倡已经是很明显的了。博大、平和、包容、顺应——土地的精神就这样在作者的叙述中被不断感知，人类终于又重建起与宇宙的根本性的精神联系。

道的归入容易使人认为作品有消极性，这或许正是阻碍我们从深层次上理解《土门》的一个因素，因为千百年来人们关于道家文化的定见早已为我们浮躁的心性所认同。不错，道家守持的总是事物的负面，比如虚静无为，比如柔弱不争。然而，道家文化的实质果真就是消极的吗？一部《老子》，分明通篇都在阐述生命之至理，只不过是以反达正、以抑至扬罢了，《淮南子》中对创世的道的描绘，便凸显了其至大至强："夫道者，覆天载地……山以之高，渊以之深，兽以之走，鸟以之飞，日月以之明，星历以之行，麟以之游，凤以之翔。""神秘于秋毫之末，而大宇宙之总……节四时而调五行。"大智若愚，大巧若拙，大象无形，大音希声。这，就是道的形而上之超越吧。贾平凹是追求形而上的，他在谈及《白夜》的人物创作时说过这样一段话："描写他的时候，愈形而下愈好，这样给人以世俗感，产生写实感觉，而在完成形而下后，一定要整体上有意象，也就是有形而上的意味。"《土门》中的诸多意象都有符号的味道，"土门"的敞示又最终形成了《土门》的形而上。"形而上者谓之道"，《土门》终于以对"道"的归入实现了对世俗人生的超越。超越不是对世俗的脱离，而是从更大、更深、更广的意义上把握世俗。进入"土门"的人将由冲突转为和谐，由浮躁转为宁静。人将超越在短暂与有限中生存的自我，与宇宙生命合而为一。我想，这就是《土门》所敞示的形而上境界的意义吧。只是作品在寓言形式的使用上有失写实感，从而使形而下与形而上之间相脱离。

《土门》仍是一部寻根小说，寻求生命之根。

[原载《锦州师范学院学报(哲学社会科学版)》1998年第2期]

比较研究

乡村守卫者的悲歌

——读《土门》与《德伯家的苔丝》

于 红　胡宗锋

19世纪末的英国文坛中有一位以擅长描写英国西南部乡村生活而出名的作家，他就是托马斯·哈代。哈代出生于1840年，此时正值英国资本主义逐步上升的时期。英国一方面在海外寻找和扩展殖民地，另一方面在国内加快工业化和城市化的进程。与此同时，在这股强大的、不可抗拒的历史潮流的冲击下，以自给自足为特征的英国农村宗法制社会也一步一步走向没落。哈代生长于多塞特的农村，这个地方偏远而贫穷，人民的思想保守而简单，因此哈代比一般作家更能深刻体会到工业化和城市化对农村的冲击和改变，从而将这种冲击下的伤痛和绝望通过描写一个农村姑娘的命运的方式表现得淋漓尽致。《德伯家的苔丝》(下文简称《苔丝》)就是深刻折射作家对这个巨变的时代的思考和对逐渐走向灭亡的农村社会以及传统的悲哀和叹惋的一部著作。

多国面临着一场轰轰烈烈的革命，工业化成为改革所必然导致的结果，同英国社会在工业化的进程中一样，中国的宗法制农村社会在历经了几千年的发展和演变之后，面对如此具有颠覆性的冲击，它所感受到的不仅仅是物质上的匮乏与局促，也有文化上和传统思想上与商业文化和城市文化之间的巨大落差。在小说《土门》中，贾平凹通过描写拒绝灭亡命运的仁厚村的故事，反映出他对乡村传统和城市文明与人类生存的不同关系的思考以及面对乡村命运时的悲伤和绝望。

当一种文化面临衰退的时候，它必然会展现它的批判和反抗姿态的，它很自然地要借文学的歌喉唱出它或悲或怨的挽歌。乡村传统在工业化和城市化的过程中不可避免地会被城市的物质文明所替代。因此对于来自乡村的作家们在现代文明与乡村文明的批判与取舍上体现出的困惑与绝望就不难理解了。他们的内在底蕴与乡村文明在情感上是难以割舍的，他们与现代文明是认同与拒斥共存的，且还蕴含着内在的恐惧。这种面临乡村文化和城市文化的冲突的困惑和绝望则是《土门》和《苔丝》最大的共同点。

  乡村有最接近自然生活的环境、简朴的生活方式、单纯的人生态度、匮乏的物质条件等等，与工业社会里要求上进、追求效率及物质上的极大丰富相悖。正是这种农业社会的生活方式才让农业文明和乡村传统得以保存。生长于农业社会里的人一旦走入工业社会就会深刻地感受到物质和文化上的差别以及价值取舍上的迷茫。在《苔丝》和《土门》中，两位文学巨匠都将故事发生的地点放在比较落后的农村地区。苔丝生活的地方叫马洛特村，"这个村子坐落在美丽的布莱克摩尔谷（或称黑原谷）东北绵延起伏的丘陵之中，与世隔绝。这儿距离伦敦虽然不过四小时路程，它的大部分地区却还是旅游者和风景画作家足迹未曾到过的"，地域的封闭带来了传统上的原始性，正如年轻的苔丝一样，她"只有满腔热情，不带丝毫世故，尽管进过村上的学校，说话仍有许多乡音……身上还不时闪现着儿童时代的特征"。她对于马洛特村以外的世界，就只能依仗乡村学校的教育来判断了，当她走出马洛特村这块熟悉的地方的时候，她才开始真正了解到她所生活的那个时代的真正内容。《土门》讲述了仁厚村的命运。这个村地处西京城的城乡接合部，有一个颇有特色的名字——仁厚村。"仁厚"两字在中国的传统文化中是被人们所推崇的，"仁"字的本义是"博爱，人与人相互亲爱"，它是中国古代一种含义极广的道德观念，其核心指人与人相互亲爱，孔子以之作为最高的道德标准，与英文中的 benevolence 一词的意思相似。"厚"指"宽厚而爱人"（贾谊《过秦论》）。小说以第一人称展开描写，而叙述人的农村人身份也表明了作者的乡村立场和乡村文化心理。梅梅，小说中的"我"，是一个农村姑娘，虽不十分漂亮，涉世也不深，但上过函授，所以比同龄的农村姑娘更有个性，更有思想。在小说的开端，梅梅曾经说过："父亲是一株老树，他到底还能叶落归根，而我充其量还只是棵树苗子，却就要被连根拔起，甚至拔起了还要抖掉了根根爪爪上的土，干净得像是洗过一样。"在《苔丝》中，农业社会是苔丝少年时代成长的环境，在那里她得到的是父母的爱和弟妹的信赖及欢乐和恬静的生活。然而成年后的苔丝却是在工业化的影响下走向了悲惨和痛苦生活的道路。与此相似的是《土门》中的仁厚村在城市化之前的状况是平静和安宁的，贫穷而简单，随着城市的扩张，仁厚村的土地慢慢变成了水泥地，农民失去可以耕作的土地，水泥地和高楼的面积一天天扩大。从物质上讲，村民们富裕了，可是从精神上讲，村民们感受到的是失去家园的痛苦和无助。作家们的绝望心态反映了时代发展的必然趋势，这也是每一种文化衰亡时，它的挽歌的必备特性。但是，由于乡村之子们的过去和现实都与乡村之根联系得非常紧密，所以，尽管在绝望之中，他们仍然顽强地保留着许多乡村的立场，在他们勉励的守卫中，更可以清晰地看出他们在文化上向乡村文明的回归和求助倾向。在《土门》中，成义的话道出了作者的心声，"我走遍了中国，浪不掉的还是我这一身农皮，农民就是农民，天下哪儿有像故乡这样收留我呢？可是我们的土地被城市吞噬了，唯一剩下的只有我们的村庄。我们再不能连我们的村庄都要失去了！让城市的人都患上肝炎吧，他们来治病就像朝圣一样……只有这样，我们才能保住村子，才能保住一个民族，我们是明鼓族"。在《苔丝》中，苔丝在川特里奇的亲戚家受到侮辱后回到马洛特村。刚回来的时候她觉得"她在这过的是陌生人和异邦人的生活"，但是几个月以后，她终于明白"她还想重新尝试独立的甜味，无论付出什么代价都行，过去的已经过去了，无论过去是什么样子……平静的接受现实，并在其中找到快乐"。苔丝对生命依然怀着希望，生命仍然在她心里热烈地搏动。同安琪儿分手后，苔丝又回到了马洛特村，"她悄悄地，孤苦伶仃地回到了这道旧门的前面，在这个世界上再也没有更好的地方可去"。第二次离开家乡马洛特之后，她外出打工，在那个机械化的农场里"她的心灵一直处于停滞状态。她所从事的机械的工作不但不曾改变这种停滞，反倒是助长了它"。但是一旦回到了故乡马洛特，一旦回到自然的怀抱中，苔丝的心就能找到安慰，找到生存下去的理由，找到重新面对生活的勇气，可是一旦走出这个贫穷而简陋的家，她的眼前就只剩下了凄凉和悲惨。

两部小说都对工业文明进行了抨击，表现出作者的文化姿态，表现出相同的现实绝望情绪，这是传统文化的宿命，也是农业文明在工业文明冲击下无可逃避和言说的哀歌。贫穷的苔丝为了家里的生计到商人出身的冒牌亲戚阿历克家去认亲，可是这个富裕的商人后代却是个典型的花花公子，他虽然给了苔丝物质上的帮助，却夺取了苔丝的贞操，让这个单纯的姑娘从此吃尽了苦头。与阿历克相对的是，安琪儿是牧师的儿子，受过高等教育，声称蔑视世俗礼仪和物质差别。对爱情心灰意冷的苔丝在泰波斯特奶牛场打工的时候与文质彬彬的安琪儿相爱，并且结婚，然而好景不长，在新婚的夜里，当这位绅士知道了苔丝以前的经历后就断然与她分手了。安琪儿在表面上"温文尔雅，也富于热情，但是在他的素质的某个深奥莫测之处却存在着一种生硬的逻辑积淀物，仿佛是横在松软土壤里的一道金属矿脉，无论什么东西要想穿破它，都不免碰得口卷刃折。这道积淀过去阻碍他接受宗教，现在又阻碍了他接受苔丝。而且，他的热情中的火焰成分少，光亮的成分多"。

苔丝终究是不明白自己的死是不值得的，因为她所爱的不是一个她心目中真正完美高尚的"阿波罗"，他不过是工业社会的产物，一个受过高等教育性格浪漫的人而已。他不可避免地要受到这个时代主流思想的引导，因为他不是农民，他来自城市，是一个拥有城市式的价值观和道德观的人。对苔丝来说，被奸污也许比被自己最爱慕的丈夫在新婚之夜给抛弃所造成的痛苦要更加深重，虽然安琪儿对苔丝没有任何出轨的行为，但是他的离开却将苔丝生活的全部快乐和希望统统抽走了，留下的是一个没有生机的空壳。富有的阿历克为苔丝在社会上存活下去提供了必不可少的经济来源，安琪儿在思想修养和学识上的渊博和深奥从心灵上彻底征服了年幼无知而又性格温柔的苔丝。但阿历克和安琪儿都是工业社会的产物，一个是商人后代，一个是牧师后代，一个是放荡不羁的花花公子，一个是道貌岸然的翩翩伪君子，正是这两个工业社会的主流人物的代表最后将苔丝推向了命运的深渊。

小说《土门》的男主人公成义的身世本来就是有些传奇色彩的。他不是仁厚村的人，他是城里人丢在仁厚村的弃婴。"成义长大，书并不安生去念，人却嚣张如匪，他是脑袋机灵的人，学什么会什么，干什么像什么，叹气的是认为世上无难事但什么事皆不能一以贯之，往往一宗事情眼看着成功了，出乎意料地又去谋算别的事。"成义曾经学过偷窃，走南闯北，最后在西藏的古格王宫里看到了佛石，灵魂得到净化，决心再不做贼并且自断其手，后来被人救下且接上了一只女人手。

当了村长之后，成义为了保护家园，为了维护村民的利益，他加强村民的教育，搞好和周围单位以及市政府的关系，他把神医云林爷像神仙一样供奉起来，还在村口修建了村牌楼。他的目的很明确，从大的说是为了保护自己的乡村，保护自己的家园，让仁厚村成为都市中的桃花源，让仁厚村的那份独特的自在无为的生活成为都市中一道独有的景观，让患了城市病的人在这里得到治疗；从小的说，成义这样做也是为了实现个人的梦想，像祖先贾万三那样干上一番大事业，真正让世人看到农民的力量。从更深的层次上看到，成义的行为起到了抵制城市向乡村入侵、保护乡村传统文化的作用。乡村传统文化对人类来说就好像土地和狗的关系，狗是土命，而人也是土命，当人离开土地的时间太长了，人就会失去生命中必不可少的和谐，就像狗离开了大自然就成了被人类豢养的宠物，它们的命运也就从此改变，失去了家园就失去了自由的天空。在《土门》开头描写广场杀狗的情节中，作者描写了不同的狗在临死前的状态，有的奋力挣扎，有的泰然自若，有的因为太漂亮了而被人们放过，在小说结尾处，仁厚村被推土机铲平，一切都不存在了，村民们失去了祖祖辈辈生活的土地，就像那群狗一样；失去了家园的人就像失去了土地的狗，再也找不到什么归宿，再也没有生命的源泉。成义就像是那条临终前苦苦挣扎的狗，虽然用尽力气，可是绳子却越套越紧，直到他再没有力气挣扎。

《土门》中另外一个神奇人物就是可以治疗肝病的云林爷。他相貌平平，没什么特色。"主持和教主都有一种威严，是有人与神与上帝的可敬而难能可亲的感觉，云林爷却是亲近的，仍是一个爷爷，他双足瘫痪，貌有乞像，你甚至觉得他窝囊和卑微，根本用不着尊重似的，可以口无遮拦地无度嬉闹。"云林爷是仁厚村一个农民，他相貌平平，与衣着鲜艳的城市人形成鲜明对比，可是云林爷却能够为城市人治疗疾病，让城市人在农村找到健康和平静。应该说，是乡村治疗了他们，是大自然的洁净的空气和简单的生活治疗了他们。这里不难看出：作者对城市的弊端是如何看待的，对乡村的依赖是如何体现的。当生活在城市里的人回到了农村，回到了自然的怀抱，他就找到了自己的方向，再也不会迷失在灯红酒绿的世界里，不会成为城市文明的牺牲品。

这两部作品都表现出同样的文化诅咒姿态，表现出同样的现实绝望情绪。这是传统文化的宿命，也是农业文明在工业文明冲突下无可逃避和言说的哀歌。

小说《苔丝》的结尾处描写到，安琪儿和苔丝的妹妹在监狱的高墙外看到标志犯人已被处决的黑色旗子从监狱的旗杆上慢慢升起来的时候，他们两个手拉手一同走向新的生活。然而在那个时代，英国的法律是禁止和妻妹结婚的，这也就暗示了这个婚姻必将是无法进行的，城市和乡村之间的矛盾将无法调和，工业文明必将代替农业文明。"众神之手结束了他跟苔丝玩的游戏。"一个受尽折磨的纯洁的灵魂为了得到真正的爱情和幸福终于以这种方式结束了自己痛苦的历程，得以安妥。在《土门》的结尾处，仁厚村被房地产公司吞并。到此为止作者为仁厚村画了一个悲哀的终止符。然而作者依旧给了自己希望，也给了读者希望，在这些仁厚村的人失掉了家园以后，他们又将到一个叫作神禾塬的地方去居住，那是"一个新型的城乡区，它是城市，有完整的城市功能，却没有像西京的这样那样弊害，它是农村，但更没有农村的种种落后，那里的交通方便，通讯方便，贸易方便，文化娱乐方便，但环境优美，水不污染，空气新鲜，当然也严格控制着人口，不是任何人都想去就去的"。神禾塬虽好，虽然充满希望，可是却又是一个"桃花源"一般的地方，不知道它的所在，不知道它的命运。

两位作者都没有解释如何对待城市发展和乡村传统的保存问题，但是他们都给了读者以启迪，给了读者更广阔的思考空间。同时两位乡土作家都向读者展示了乡村生活的人物和景色的古朴和秀美，揭示了真正美好的事物是善良和热情的心，是忠诚和执着的精神，是对美好事物的不懈追求，是为爱情和理想的实现而面对死亡的坦然。这一点贾平凹曾在他的一篇散文中做过说明，"人生的苦难是永远和生命相关的，回想起在乡下的日子，日子就变得透明和快乐。真正的苦难在乡下，真正的快乐在苦难中"。

这份与乡村的迫近，这份心灵的热切，使乡村之子们多了许多迷惘和短视，却也增添了峻切与真诚。他们的困惑固然是源于血脉与泪水的深切交融，他们的绝望更凝结了乡村之子对母亲的无奈惋叹。

（原载《小说评论》2003年第1期）

无处归抑或不想归？

——从《土门》到《高兴》的"乡土"变迁

王昱娟

鲁迅在20世纪20年代对"乡土文学"有过这样的界定："蹇先艾叙述过贵州，裴文中关心着榆关，凡在北京用笔写出他的胸臆来的人们，无论他自称为用主观或客观，其实往往是乡土文学，从北京这方面说，则是侨寓文学的作者。"1949年以后，文学被划分为各个题材领域，"乡土小说"被"农村题材小说"代替，内容以宣传政治运动、阶级斗争和社会主义优越性等为主。新时期以来，随着"文化热""寻根文学"的兴起，"乡土文学"又被广泛采用。当代作家对于"乡土"的关注是一贯传统的，他们多从农村走出来，或在农村待过，其中贾平凹尤为突出。从最初的"商州"系列到《高兴》，甚至那些称得上城市题材的《废都》《白夜》等小说，无不有"乡土"气息。但随着时间推移，"乡土"确实在发生变化，无论现实变迁还是作家主体精神世界的迁徙，都昭示着"乡土式微"。

费孝通先生说"从基层上看去，中国社会是乡土性的"，然而在中国走向"现代化"的进程中，"城市化"开始成为"现代"与否的标志。贾平凹曾说"我估计将来随着时代前进吧，这个国家肯定会城市化，这是大趋势"。就是在这样的趋势下，作家的创作已经开始映射出"乡村"这个古老聚落形式的式微。至于《土门》中的"仁厚村"，作为中国城市化的特殊聚落，"城中村"成为作家关照的又一"乡村"。小说开篇象征农耕文明的黄牛被杀掉并被分食，就预示了城市包围农村的结果。

在农村与城市的两相比较之下，城市的优越性被放大。身处城中村的人，眼看高楼拔地而起，自来水龙头一开哗哗地流水，上厕所也不再十冬腊月冻屁股，于是乡村被厌弃，城市成为人心所向。然而从内心深处讲，中国传统的守土观念让他们不愿离开自己世世代代生存的家园,这里的生活方式以及人们的观念都是农村的,其价值准则也是农村的。然而代际差异产生了最初的裂隙,年轻人与老一辈对城市与乡村的不同看法与态度在这里精准地表现出社会现实,而作者则在代际的裂隙间彷徨。

《土门》的创作时间大约是在贾平凹游历江南之后。书中他借范景全之口说出"为什么一定要强调什么工人阶级,农民阶级?南方的一些地方,城市和乡村已不截然那么分开了,农村的乡镇企业已经是在实行工业化"。这看似提供了一条可行的康庄大道,然而对仁厚村来说仍是杯水车薪。小说中成义领导村民建立大药房,基本上具备了乡镇企业的雏形,尽管这是建立在以云林爷为"仁厚村"之神的基础上,不可否认这给了仁厚村一个大大的希望。此外仁厚村家家大院子,院内有住不完的空房子,可以租赁给附近工矿企业、机关单位的职工。然而这些都不能改变村庄被城市吞噬的命运,只不过让村民们过了一段脱离土地也还滋润的日子。

脱离了土地的日子,虽不能说它依然是乡土的,却也不能说是城市的,失去了土地的人们很有些找不到别的事做的样子,在他们眼中大概只有向土地讨食这一种活法。现实中处境尴尬的仁厚村,难道不也是变相地向土地讨食吗?建立在土地上的房子被租赁出去,房租成为人们的生活来源。城市与乡村不再界限分明,而处在这胶合的边缘,仁厚村乃至整个乡土世界都产生了大大小小的动荡,是物质的,也是精神的。在这动荡生产的尴尬中,现实的乡土逐渐淡出人们的生活,《土门》的价值正在于它直面最锋锐的社会现实。作家以敏锐的嗅觉,早在20世纪90年代就抓住了"都市里的村庄"作为书写对象。对"乡土式微"这一命题而言,《土门》是最直接的表述。

纵观贾平凹小说创作历程,一条清晰可见的"乡土式微"轨迹自此开始浮现,直到《高兴》的出版,现实与作家心里的双重发展得以契合。刘高兴的进城完全是不带有被动城市化意味的主动行为,这与仁厚村被拆不同,高兴是受着城市之光的吸引而从未打算回归乡村的。他与《高老庄》中的高子路又有很大不同,如果说高子路以知识分子的姿态从离开到归来,再到离开,是一种对乡村的批判与缅怀,那么刘高兴简直可以说是拥抱城市了。然而需要注意的是,刘高兴对城市的向往并非完全是物质的,这当然有作家理想主义的成分在里面,但是从刘高兴对爱情以及理想的追求来看,这个人物又与现实中进城务工的农民不同,他是代表"乡土文化"的形象。这就形成了有趣的景象,一方面作家让主人公离开乡土世界,另一方面他自身又带着乡土的优越感,尽管刘高兴的优越感在城市当中显得尤其可怜。然而,作为一个有文化自觉的作家,贾平凹并未简单地让刘高兴成为又一个进城的民工,他处于城市底层,却活得一点也不卑微。甚至,在面对城市中唯利是图的人时,他的形象充满着伟大的人性光辉,这一点从刘高兴筹钱救孟夷纯去找韦达之后的表现之中,可以很清楚地看到。

总之,作为一个全新的进城者形象,刘高兴成为乡土的背离者,同时成为"乡土性"现代转化的典型形象。如果我们从社会学的意义上讨论进城者,很容易以"理性化"来指称这一群体的所有转化特征,正如诸多关于"城市化"过程中农民工的社会调研显示的那样,新一代农民在强大的城市话语之下不再认同自身的乡村出身,转而投向城市的怀抱,尽管其经历往往并不如愿,比如社会保障的缺乏、城市排斥性的困扰以及经济生活的窘境,但这些研究都指向一个显而易见的事实:大多数进城者都想要通过努力留在城市,而非他们父辈那样返回乡村。这一点,《高兴》当中也做了同样的叙述。然而,我们还是要将贾平凹所创造的这个人物同社会调查的情况分开来看,假如现实中的农民工对城市认同就意味着对乡村否定,此时城市与乡村是站在对立面的,对他们来说只能在城市与乡村之间做选择,从而使自己的身份打上其中一个标签。而刘高兴存在的意义即在于,他并非通过否认乡村而建立起城市认同,甚至他对城市的向往是建立在自我认同的基础上,这就让我们很难分辨究竟这个"自我"是城市的还是乡村的。由此,贾平凹其实是将"乡土式微"的命题撤销了,我们所看到的是那个被拆除的"仁厚村"上面,重新打下的地基,它不是原本的"乡土",而是某种新的可能性,"乡土"不再是需要"回去"的地方,而是一种创造性的重建。

(原载《青年文学家》2010年第19期)

《病相报告》研究

自述与研讨

《病相报告》后记

贾平凹

一、一个老头

十八年前我在陕南山区采风时伤风感冒，去一个卫生站注射柴胡，患上了乙肝——事后晓得注射柴胡的那个针头扎进过十多个人的屁股，每扎过一次只用酒精棉球擦拭一下——从此在中国的文坛上我成了著名的病人。乙肝是一种可怕的慢性病，它使我住过了西安市内差不多的大的医院，身体常年是蔫蔫的，更大的压迫是社会的偏见，住院期间你被铁栅栏圈着与外界隔离，铁栅栏每日还让护士用消毒水洒过，出院了你仍被别人警惕着身体的接触，不吃你的东西，远远地站住和你打招呼（乙肝病人是人群中的另类，他们惺惺惜惺惺，所以当社会上形成了以友为名的关系网，如战友网，学友网，乡友网，也有了病友网。而病友网总是曾经的乙肝患者）。我曾经写过《人病》一文，疑惑着到底是我病了还是人们都在病了？以此也想着许多问题，比如什么是病呢，嗜好是不是一种病，偏激是不是一种病，还有吝啬、嫉妒、贪婪、爱情……

爱情更是一种病。

我之所以这么认为是我出院后在某一个疗养地认识了一位老头。老头当时已七十岁了，是个知识分子，满肚子的才学，我向他请教有关哲学和文学的问题，他显得十分正大，不能不让我高山仰止。但是，他除了要写作一部革命回忆录外（据说那部革命回忆录始终未能完成），每日要做两种功课，一是锻炼身体，把胳膊攀在树枝上，双腿蜷起，像吊死鬼虫一样荡来荡去；二是给远方的情人写信。一个年龄老朽的人如此狂热爱情，这已经是公开的秘密，大家都不避讳，而且故意逗他，老头那一刻纯真如儿童，脸颊红红的，眼睛放光，说一些很幼稚可笑的话。老头的两种不同的表现令我非常吃惊，我产生了强烈的要了解他的欲望，我几乎每晚都去他的房间，我们一边用蒲扇拍打着叮在腿上的蚊子一边谈黑格尔和《恶之花》，谈着谈着就谈到了他的青年时代和中年时代，他的青年和中年是参加过革命与革命革过他的命的经历，他的爱情就贯穿其中。我原以为可以将他为模特写一个美丽而有些滑稽的故事的，但愈是了解了他我却不敢触及了，甚至在相处的日子再不戏谑他写情书的行为。老头不是一个坚定的革命党人，这令我们感到些许遗憾，或许是他的性格所致（知识分子是我们民族历来的精英阶层，但它绝不是个个都是精英，以我所见，他们有着严重的人格缺陷，乏于独立），但是老头却是活得最真实的人，尤其到了晚年。老头用他一生的苦难完成着一个凄美的爱情故事，这故事对于写书人和读书人或许是一桩幸事，对于老头自己却未免残酷。这如同一头牛耕犁驮运了一生死在了田头和磨道，农人剥下了皮蒙了大鼓而欢庆丰收的喜悦。我想，起码等老头下世后再写吧，老头却一年一年活下来，他健康地活着，我越发觉得我做作家的无耻，这和那些一旦有了某画家的作品就等待着某画家立即死去而准备着高价售画的收藏者有什么不同？

　　老头的故事就这样一放十数年地搁置了下来。

　　现在，我与老头完全失去联系，听说他搬迁到了另一个城市，算起来年龄已近九十，可能是不在了人世，而在提笔要写他的故事时，更重要的是我也近五十，体证到了自己活着何尝不也是完成一种痛苦呢？生的目的是为了死，而生的过程中老头拥有了刻骨铭心的爱，而我们又有什么呢？当我终于动手写这个故事了，我把故事的梗概讲给一些朋友听，他们是劝我不要去写的：目下的时代哪里还有爱呢？老头的故事只能显出艺术上的不真实。我有些心不甘，特意去了迪厅，抓回来了我认识的诸位时兴的小女人（我的出现使欢蹦如虫子的舞者都驻足侧目，他们很少见过有如此老的人进入这种场合），并特意接触了一些单身贵族，他们可以随时将女人带回家来，事毕了，抽二张三张纸币塞在女人的口袋让其走人，这些人听我讲述老人的故事，眼圈却红了，哀叹起这个时代再不赋予他们的爱了。他们在哀叹，我想，是真实的。过去的年代爱是难以做的，现在的做却难以有爱，纯真的爱情在冰与火的煎熬下实现着崇高，它似乎生于约束死于自由。

　　与其说我在写老头的爱情，不如说我在写老头有病，与其说写老头病了，不如说社会沉疴已久。

二、复杂的故事

　　不管有多少人请著名的书法家写"宁静淡泊",悬挂于墙上,压在桌面玻璃下,但肯定是再也出现不了一个陶渊明了。现今的文坛,许多作品标榜着现实主义,实际上写满了现实的回避。那个老头,即便已经去世,他起码活到了九十余岁,他经的事情太多,活出了境界,他应该是一位神仙,我却无力将他写得精粹。在写作的过程中我常常想到这样的问题:李商隐的爱情诗,他的原意是否就是我们现在所理解和诠释的那样?真正的爱情诗它绝不是空泛的,肯定有秘密的心结,是写给自己或最多是另一个人。可李商隐是写给谁的,其中有什么凄苦的故事,我们不知道,我们只欣赏"春蚕到死丝方尽,蜡炬成灰泪始干"句子很美。六月的荷塘里我们看到的是冰清玉洁的莲,我们看不到深水下边的污泥和污泥中的藕。有时也想,梁山伯祝英台的爱情是中国最经典的了,但故事却是那么的简单!这或许是古人的生活很简单,讲的故事也简单,而现在是不能了,现在的人活得太琐碎,任何事情都十分复杂。复杂阻碍了故事的流传,可我无能为力。我企图把《病相报告》写得短而又短,或者是一个短篇,或者是一个中篇,但糟糕的是提纲就起草了十多页,我们习惯了要所谓的深刻,要起承转合,要典型环境中的典型人物,看到了山地里的一枝兰,自然要想到这兰在城里珍贵为什么在山中烂贱如草,为什么绿肥红瘦,绿红是从哪儿来的?《病相报告》是要写一个人的一生七十余年,铺设开来,那得有四五十万字数!如果四五十万的字数写一个爱情的故事(故事说远,它不发生在古代,古代我没经过读者也没经过,那鬼是好画的;故事说近,它又不是这几年的事,虽然我询问过十位二十二岁左右的青年"四人帮"是谁,他们皆摇头不知,但更多的人却是从各种运动中走过来的,眼里容不得一粒沙子),又要按着时间顺序一一交代清楚,那极可能这个故事陈腐不堪,皇帝穿上了龙袍才是皇帝,美丽的巩俐将一身大红对襟袄穿在身上出现在陕西关中的小镇上,她就是农妇秋菊,没有人找她签名留影了。我于是重起炉灶。我之所以使文中所有的人物统一以第一人称说话,是要将一切过渡性的部分全部弃去,让故事更纯粹。之所以将顺序打乱是想让读者看得真切而又不至于局限于故事。如此写下来,竟然也有十六七万字,我不能不哀叹:我们可能再也无法写出一个简单的故事了。

三、我的尴尬

我喜欢的夏天又要过去了。西安是没有春秋的,在寒风来临之前我修改完了《病相报告》就可以去南方走一趟了。西安的冬天是不宜于我的,那看不见的风,总是庄严地流动,落在你的身上却像乱刀在飞。我数年来愈加萌生着去南方居住的念头,可怜的是年迈的母亲和尚未长大的孩子需要照顾,以及又难以割舍的这座城市弥漫的古文化的氛围。南方是心身暖和的,我这么想,而我的一位朋友来帮我修理损坏的一页窗扇时,讲了一个他的同事的笑话,让我在这个下午笑出了眼泪。

笑话是这样的:

××是个瘦子,上了一辆公共车,公共车的一面窗子上玻璃掉了是个空框,但他不知道。这时一个人也来赶车,此人瘦,就站在窗外,他以为从玻璃上照出了自己,一边看着一边拍脸,说:咦,怎么又瘦出了一圈?!

四、还要干什么

当年,《浮躁》写完,开始写序,写了两个序,这是我的长篇中唯一的一次。在第二个序里,我宣布着写完了《浮躁》将再不从事《浮躁》类的写法,于是开始了后边的《废都》《白夜》《土门》《高老庄》以及《怀念狼》和这个《病相报告》。在这些长篇里,序是没有了,却总少不了后记,后记里记录了该部作品产生的原因和过程,更多地阐述着自己的文学观。我不是理论家,我的写作体会是摸着石头过河,我把我的所思所想全写在其中了。但我多么悲哀,没人理会这些后记。现在,我又忍不住在即将付印《病相报告》时又要宣布对于《病相报告》写法的厌恶!我是有这个毛病,病得深,我已不指望别人怎么看待我,我说给了我为的是给自己鼓劲,下定决心。

我之所以如此,是我感到了一种不自在,也是我还在《病相报告》未完成前就急不可耐地先写了中篇《阿吉》。

我是这么想的:

中国的汉民族是一个大的民族,又是一个苦难的民族,它长期的封建专制,形成了民族的政治情结的潜意识。文学自然受其影响,便有了歌颂性的作品和揭露性的作品。歌颂性的历来受文人的鄙视,揭露性的则看作是一种责任和深刻，以致形成了一整套的审美标准，故推崇屈原、司马迁、杜甫，称之主流文学。伴随而行，几乎是平行的有另一种闲适的文学，其实是对主流文学的对抗和补充，阐述人生的感悟，抒发心臆，如苏轼、陶潜乃至明清散文等，甚或包括李白。他们往往被称作"仙"，但绝不能入"圣"。由此可见，重政治在于重道义，治国平天下，不满社会，干预朝事。闲适是享受生活，幽思玄想，启迪心智。作品是武器或玉器，作者是战士或歌手，是中国汉民族文学的特点。

而外国呢，西方呢，当然也有这两种形态的作品，但其最主要的特点是分析人性。他们的哲学决定了他们的科技、医学、饮食的思维和方法。故对于人性中的缺陷与丑恶，如贪婪、狠毒、嫉妒、吝啬、啰唆、猥琐、卑怯等等无不进行鞭挞，产生许许多多的杰作。愈到现代文学，愈是如此。

我不知道我还能说出些什么，也不知道能否说清，我的数理化不好，喜欢围棋却计算不了步骤。我的好处是静默玄想，只觉得我得改变文学观了。鲁迅好，好在有《阿Q正传》，是分析了人性的弱点，当代的先锋派作家受到尊重，是他们的努力有着重大的意义。《阿Q正传》却是完全的中国的味道。二十多年前就读《阿Q正传》，到了现在才有了理解，我是多么的蠢笨，如果在分析人性中弥漫中国传统中天人合一的浑然之气，意象氤氲，那正是我新的兴趣所在。

2001年10月7日

（选自《病相报告》，上海文艺出版社2002年版）

文本分析

WENBEN FENXI

叙述密度与意象空间

——《病相报告》的一种解读

王仲生

贾平凹的长篇小说《病相报告》给人的突出印象是叙述的密度很大，意象的空间却又相当疏朗，呈现为一种艺术的吊诡。

吊诡，最早出自《庄子·齐物论》："丘也与女皆梦也，予谓女梦亦梦也，是其言也，其名为吊诡。"意为自相矛盾，奇特怪异。这是一个既古老又具生命的词。在文艺批评、文学理论中，吊诡的运用频率相当高。

《病相报告》仅十五万字，叙事简洁，故事单纯，但艺术的含量很大，包含了丰富的生活经验与现象事实。而且，吊诡之处尤其在超越了经验与现象的层面，在小说所营造的意象世界里，形而下的细节与情节和形而上的人生思考、宗教情结的相互渗透，相互彰显，具有明快与幽邃一体的特点。

《病相报告》避免了传统的叙述方式，以几个主要人物和第一人称叙述构成了故事。这让人想起了福克纳的《喧哗与骚动》。

福克纳曾经说，他把康普生家的故事写了五遍。这是指，其中福克纳让三兄弟班克、昆丁与杰生各自讲一遍自己的故事。《喧哗与骚动》出版十五年后，福克纳又为小说写了一个附录，对叙述的故事进行了补充。这五遍并不是重复的，即使有重叠之处，也是有意为之。这好比是把几种颜色不同的玻璃杂陈地拼装组合，构成一幅由单色与复色拼成的斑斓图案，炫目而鲜亮。

《病相报告》共二十九章，分别由八个人物各自讲述同一个故事。这不同人物的各自的故事，既有各自的独立存在的意义，又是对同一故事的不同视角的叙述与充实，这就避免了平面与单一，从而使中心故事更为突显和丰富。

平凹一直认为，每个人都是独立的存在，都有其存在的意义，但这意义只有他与我与你在交往与对话中，才能获得。正如椅子之配桌子，茶壶之配茶碗。它们一旦进入了"关系"，形成了"组合"，就会激活"场"效应，并在"场"效应中显现出不同于原来的静止、孤立状态中的审美意蕴，这也就是平凹自《太白山记》以来所追求的"意象"效应。

平凹曾经说，"我欣赏这样一段话：艺术家的最高目标在于表现了对人间宇宙的感应，发掘最动人的情趣，在存在之上建构他的意象世界"[①]。意象的追求与建构，是贾平凹创造性继承中国传统美学的关节所在，也是他特立独行于当代文坛的深层缘由。《病相报告》中，我们依然可以看到东方审美精神、审美方式的意象创造。

有趣的是，《病相报告》同样有四章是重叠的。胡方与江岚持续半个世纪的生死恋情，是小说的主要情节。訾林与景川作为胡方的忘年交，他俩作为独立的人，自有他俩的生活经历与情感纠葛，但他们在胡方与江岚的爱情悲剧中又扮演了不可或缺的重要角色。叶素芹是胡方的妻子。韩文是江岚的丈夫，胡方的战友。冬梅是胡方与前妻之女，胡亥是胡方与叶素芹的儿子，是冬梅同父异母的弟弟。仅从人物关系的设置来看，就将胡、江的悲剧人生与社会生活联系了起来，把小说的空间与时间编织为一种辐射结构，这就为小说容量的丰满提供了可能。"我之所以使作品中所有的人物统一以第一人称说话，是要将一切过渡性的部分全部弃去，让故事更纯粹。之所以将顺序打乱，是想让读者看得真切而又不局限于故事。"[②]平凹的这段自白，说明叙述策略的选择与运用，是要引导读者从故事的层面走出来，沉浸于小说的意象空间、意象世界。

小说开端，胡方临终前脑溢血突发，訾林与江岚深夜送胡方去医院。小说结尾，胡方的追悼会举行，胡方钟爱的狗——狐子也死了，这两章都是从訾林的视角落笔的，这使得小说的开端与结尾相呼应，形成了一个自足的审美世界。或者说，小说的开端就成为小说的结束，因为胡方一死，小说也就完成了。

玛格丽特·杜拉斯的《情人》就是以这样的结构讲述她的故事的。杜

---

① 贾平凹：《静虚村散叶》，陕西人民教育出版社1990年版。
② 贾平凹：《病相报告》，上海文艺出版社2002年版。

拉斯曾经这样说过：在《情人》这本小说里，"小说的开端就把全书关闭起来"[①]，这与她以往的小说没有结尾是完全不一样的。

平凹是一位从不安分的作家。多转移，求创新，是平凹一以贯之的艺术追求，但他又始终让他的作品贯注着我们民族审美方式特有的意象思维。

在《病相报告》这个封闭的自足的文本中，由于采取多角度的自叙方式，作者得以略去大量的过渡性的交代，在时空调度的自由度上，拥有了优游与从容。就时间而言，从胡方的童年到老年，七十多个春秋的漫长岁月，小说并不是物理时间的线性铺展，而是借不同人物之口，以心理时间的跳荡穿插，来展开胡方悲剧性的一生。就空间而言，从延安窑洞到青海格尔木垫泵站，从陕南的荆子关到北京、西安，空间的位移，如电影蒙太奇错位切割，完全无需过程而直接呈示。

这样，作家在叙述中就有可能腾出手来，把笔墨集中于人物的心理、情感与欲望的深层冲突，并且在时空的不断交错中给读者留下了相当多的空白，让读者去自由联想与深思。

小说第十八章，江岚有一段独白："现在，我们是老了，太阳照在阳台上的时候，我常常坐在藤椅上回想往事。"岁月的苍凉与人世的沧桑感，就这样不经意地袭上读者心头，让我们不由联想到《情人》的开端："我已经老了，有一天，在一处公共场所的大厅里，有一个男人向我走来。"《病相报告》与《情人》在情感意蕴上有着如此惊人的相通、相似处。当然，因为中西文化背景的不同，这两部小说，各有自身的价值与审美合理性。不同于《红楼梦》写青年男女的纯情，也不同于《金瓶梅》写中年男女的欲的燃烧，《病相报告》写的是老年人的爱情，这是饱经忧患，充满了沧桑与悲怆的无望之爱、绝望之恋。人物命运的曲折与时代风云的变幻为小说铺陈了浓厚的民族文化底蕴，具有浓重的怀旧色彩，以"往事记忆"的形式折射现实生活的无奈。

《情人》的出版家热罗姆·兰乐曾指出："这本书的主题绝非一个法国少女与一个中国人的故事而已……情人代表着许许多多的人物。"而在《病相报告》里，一个老头用他一生的苦难完成着一个凄美的爱情故事。在日

[①] 玛格丽特·杜拉斯：《情人》，王道乾译，上海译文出版社1998年版。

益世俗化、平面化的今天，这个发生在上个世纪的爱情悲歌，又是让人难以置信。""过去的年代，爱是难以做的，现在的做，却难以有爱。"因为爱已被性、被欲所取代，所谓做爱，除了机械性的操作，还能有什么？这样，《病相报告》就成为一首爱的绝唱、爱的挽歌，成为对于爱情在商业大潮的惊涛拍岸中的失落与畸变的反思与批判。

《病相报告》如同《情人》一样，其意并不止于爱情。"我的生命，活着在追求自由，我的生命也就在这种自由中死去。"火葬了的胡方，竟然死不瞑目，对挚友訾林诉说自己无尽的哀伤。爱情在这里，是与自由血肉相连的，它象征了自由、寄托了自由。贾平凹说："与其说我在写老头的爱情，不如说老头有病，与其说老头病了，不如说社会沉疴已久。"胡方之所以戴有不同的人格面具，既是生存环境所使然，也是他生存样式的自我选择。胡方是执着的，为了完美，为了自由，为了心中的理想，他付出了生命的代价。胡方又是软弱的，他不断退却，又在退却中坚守。他的坎坷的一生，他在政治上的起落，他在爱情上的挫败，我们都很难做一个简单的判断。那枚戒指，以及送给江岚的小狗——狐子，也被作家赋予了多重含义。

特别值得注意的还有：胡方死后，訾林在胡方的住所（永宁宫的房间）发现，几尺多高的画纸全画着陶瓶和陶罐，且陶瓶和陶罐的形状一成不变，他是长年累月地对着一只陶瓶和陶罐不厌其烦地画，重复地画。"在院的角落，那一棵枯秃其顶的梧桐树下，黑烟滚滚地烧焚了他的一大堆衣物，我最后一次坐在房间里的他曾经坐过的藤椅上翻阅那些画纸，在画纸中偶然发现了其中的四幅背面记有文字"，都是胡方与江岚的悲剧爱情，而且那最后的一段文字写着他火化后的事情。

这一段文字，在小说里，重复出现了四次。不同的是，重复的文字后，胡方死后的独白有了延续与发展。胡方的生死之恋的悲剧性也因此得以汇聚形成一浪又一浪的情感冲击波。而阴冷、恐怖诡秘的氛围却又始终如一。每一次的重复都形成了一种巨大的心理与情感的撞击的威压。

消亡，是存在的明证。人的存在是向死而生。这是海德格尔的观点，平凹是否熟悉，并不重要。重要的是，平凹以他生命的感悟，艺术地将生与死的界限抹去了，打通了，而且把这种生死观呈现给了读者。"如何将西方的抽象融入东方的意象，有丰富的事实又有深刻的看法，在诱惑着我也在煎熬着我。"这正是平凹小说的艺术境界不同于一般当代作品的地方。

正是在这些意象构筑的艺术世界里，胡方这个人物获得了超越具象的普通意义。他既是活生生的现实生活里的一个人，同时是人类生存状态的一个象征、一个艺术概括。无论是在历史的风尘里，还是在当下的情境中，苦难都如影随形地与胡方的生命相纠缠。在不断的磨难与挫折下，他只有无奈，只有孤独，只有向内心世界不断收缩。内敛是他性格的显著特征。在心灵的孤岛，他的人格力量，有如他吞咽下的戒指，光芒只能照耀这幽暗的一角。全部原因，只是因为，他企求爱情，企求自由地、有个性地活着。

平凹是一个热切关注着现实的作家，又是一个善于思考、耽于艺术的作家。当他将现实生活中的种种丑恶与苦难置于特定的时空条件下予以艺术地表现时，他并没有停留于生活经验，也没有局限于现象的表层，而是深入地分析和研究了造成苦难的不合理人生，并从理想、人性的高度，对病态社会予以了揭示和剖析。痛苦与悲悯，也在这尘世的苦难中，升华为一种宗教情怀。

内容大于形式，在叙述的细密与空白所形成的吊诡中，我们看到了平凹小说的现代性创造。

韦伯在论述艺术的"自身合法化"时认为："在生命的理智化和合理的条件下……艺术变成了一个越来越具有独立价值的世界，它有自己存在的权利。无论怎样来解释，艺术承担了这一世俗的拯救功能，即它提供了一种从日常生活的刻版尤其是从理论的和实践的理性主义的无力中解脱出来的救助。"[①]

这就是说，艺术作为一个独立的存在，有它自身固有的规律性，而不应按照非艺术的非审美的合法化依据来运作。一旦将艺术从工具理性、实践理性中独立出来，按照表现的、审美的理性来进行，这也就意味着审美的现代性建构的展开。

当然，工具理性、实践理性与审美理性不可能完全割裂，毕竟，它们是相互缠绕纠葛着的。但它们又是不同圆心的圆，它们不可能也不应该重叠，而只可能相交错。越是错位，审美的价值也就越高。这在中国的文学名著

---

① 周宪：《20世纪西方美学》，南京大学出版社1997年版。

中，可以说是一个通例。

《病相报告》之所以既是传统的，又是现代的，就是在这个意义上说的。

对于政治、经济、法律、道德等等，平凹自有他的思考，但小说是审美创造，他追求的是审美价值，是文本的创新，是形式的创新。正是在这创新里，他疏离了传统的、既存在的工具理性、实践理性，呼唤着对人的拯救。正如胡方的悲剧，不仅来自外部世界，更来自他自身。胡方经历着他内心世界的痛苦厮杀，一方面，他渴望纯真的爱和自由，另一方面，他恪守着传统的道德与信念。他对人的尊严的维护，也因此不得不累累受挫、受损，最终痛苦地走向死亡。

"一部好的作品，关键在于它给人心灵深处唤起了多少东西，不在乎读者看到了多少，在乎于使读者想起了多少。"[①] 这是平凹答记者问时的话，《病相报告》报告了病相，目的在于警示社会和人生，这是平凹的审美乌托邦，是现代精神的审美呈现、审美救赎。

[原载《西安建筑科技大学学报（社会科学版）》2003年第2期]

---

① 贾平凹：《病相报告》，上海文艺出版社2002年版。

报告现实社会生活的种种病相

——贾平凹小说《病相报告》的艺术文化学解构之一

张亚斌

病者，人之生理机能出现问题也；相者，事物多种表现行为及面貌特征之谓也。然而，《病相报告》一书中，病，却不在人的生理机能，而在于人的个体与社会的心理机能、行为机能和文化机能；相，不在一般事物之表象，而在社会人生之种种生存境况也。毫无疑问，贾平凹先生的《病相报告》一书是成功的，因为它在揭示"肃反"扩大化及极"左"思潮影响下20世纪中国出现的某种病态气象、病态人生、病态爱情、病态人性和病态权力等，为我们提供了一个可资分析借鉴的文化实物范本。

下边，我们从三个方面，对《病相报告》文本以及其在传播过程中引发出来的种种深层现实社会生活文化病相，进行艺术文化学解构。

一、《病相报告》：报告革命时期的某种悲剧爱情

《病相报告》首先是一个20世纪革命时期的悲剧爱情文化寓言，当贾平凹先生声称他"写的是现在40岁以上的人都经历过的那个时代，那时和现在社会的不同，所以这本书叫'病相报告'，不叫'爱情报告'。主人公的爱情只是表象，我要写的，更重要是社会变迁，和这个变迁带来的社会病"[1]。应当说，他其实已经告诉了世人他的这个写作目的。他实在是想借《病相报告》，讲述一个被"社会文化病"尤其是被"政治文化病"所毁掉的爱情故事。

《病相报告》的故事并不复杂，文化青年胡方和纯情少女江岚在红色圣地延安开始了他们长达一个世纪的爱情之旅，然而，他们决然没有想到，革命促

---

[1] 贾平凹：《老夫聊发爱情狂》，载《新闻晚报》2002年6月23日。

成了他们的爱情,但极"左"思潮却毁灭了他们的爱情,使他们蒙受了将近一个世纪的爱情耻辱。在革命时代出现的某些不正常的极"左"政治狂热地扼杀人性价值理念的苦难年月里,他们只能徒劳地像动物一样活着,毁灭着自己的肉体、人生、爱情。但是,真正的爱情是任何社会力量也打不垮的,任何政治革命狂热可以摧残人的肉体、人的灵魂,将人世间的爱隔离得天各一方,却永远不能使爱的光焰无声地寂灭。胡方和江岚的世纪之爱表明:真正的爱情,就像被尘封的世纪老酒,置之弥久,其味愈醇,以俟合适的社会文化土壤,爱情的烈焰必将释放出耀眼夺目的生命光华。

晚年的胡方和江岚身上所燃烧起来的爱情的熊熊大火,已经无可辩驳地证明,在苦难的人生里,只有爱是永恒的,是不可战胜的,当那种弥漫于人世间的极"左"病态政治狂热和革命文化热情逐渐灰飞烟灭,并且徐徐消失于历史的理性时空之后,我们便会发现,只有无法夺走的爱,才是社会和生命的唯一文化主人,是它们创造了一个又一个人间神话,供我们千古传颂。

毫无疑问,胡方和江岚的凄迷爱情故事就是这样一个爱情文化神话,它让我们魂牵梦绕,心潮涌动。

如果稍加注意的话,我们会很快发现,《病相报告》在报告男女主人公的悲剧爱情故事时,有这样几条艺术线索贯穿始终:

一是以胡方和江岚的理想爱情生活为主线的文化结构线索,它对于展开作品的故事情节,起到了比较明显的穿针引线作用,尤其是这个线索结构对于构筑作品中的人际关系网、拓宽作品的文化主题,显示出了较大程度的艺术扩张力和包容性。

二是以胡方与叶素琴的世俗家庭生活、江岚与韩文的情感纠葛为辅线的文化结构线索,这两条线索为营造作品的生活冲突文化气氛,揭示政治权力社会的荒谬文化本质和人生际遇中的种种复杂文化境况,提供了一个较为理想、较为完美的人生表现舞台。

三是以胡方与冬梅母亲的婚姻为虚线的文化结构线索,这条线索是靠"冬梅寻父"和回忆"母亲对她的讲述"等有关叙述段落逐步实现的,它在表现人治社会政治文化的残酷无情方面,在透视人类生活不可驾驭、不可预测、无可奈何的文化特性等方面,有着非常深刻的表现力。

从《病相报告》的这三个有关爱情的文化结构线索中,我们的确看到的都是主人公不可避免的悲剧爱情文化命运,历史决定了他们的爱情文化悲剧,他们也在默默地承受着历史赋予他们的悲剧爱情文化之重,在历史的沉重压迫下,他们的爱,显得那么渺小、脆弱、徒劳和不堪一击,但是,当他们奋起抗争时,我们又能够看到他们的爱是那么伟大、那么坚强、那么充满鲜活的文化意义和富于生命的文化韧性,那么地不可以战胜,实现着人性悲壮与崇高的纯粹美感文化律动。

特别是当我们看到胡方和江岚的最后爱情升华时,他们不可遏制的性冲动、性欲望,使我不由得想起日本电影剧作家筒井友美改编的电影剧本《失乐园》的最后片段,他们之间的性结合,无疑是一种近乎于久木和凛子的在纷飞的大雪中完成的那种殉情的悲壮文化造型,表达出:死也要死得"合二而一",死也要爱情轰轰烈烈。

毫无疑问,胡方和江岚的最后结合,不仅仅是主人公对人类生物性文化极限的一种终极挑战,更重要的是作为一种对传统世俗道德观念的顽强挑战,它还完成了对那种被无限制拔高的极"左"革命政治理性的文化精神挑战,并且对其所患的"爱情生活病",做了一个深刻、辉煌的人性化注解。

他们的英雄壮举似在说明,在革命的大潮中那些打着"道德牌"的社会文化力量,试图毁灭人世间最神圣的爱情精神时,应当说,它是最不道德的。这正如革命政治文化制造喜剧,极"左"政治文化制造悲剧一样,当几乎所有的人引吭高歌革命政治文化的历史性贡献时,我们是否又看到了极"左"革命的政治文化将自己推到了历史的被告席上。

二、《病相报告》:报告异化权力支配的人性欲望

在《病相报告》中,我们印象最为深刻的是由于专制文化支配权力而导致的掌权者的无限度私欲膨胀,由于手中掌握着无人监督的生杀予夺的政治文化权力,以致有的主人公在权力面前,几乎都不能自己,至高无上的权力充溢了他们原本就很虚弱的生命底气,因为具有了这样的权力荣耀,他们简直不知道自己为何物,借助权势,不仅捞到了人生中不可多得的政治资本、经济利益,而且还劫掠到了人人惊羡的艳情女色。正是异化的权力造成了他们和其他主人公命运中产生了凄美残酷的"人性异化病"。这一切充分说明,权力实在是个好东西,当人人都想把它作为人生的一大追求时,掌权者们却几乎认为只有他们自

己才能从容享用这种政治文化特权和"文化富贵病"。

《病相报告》中,展现着异化权力劫掠女色文化的叙事结构。

第一个叙事结构是有关江岚被几近猥亵式性骚扰的故事。当"他发一声恨","趁机"在江岚的"屁股上拧了一把",把江岚"压在床上",最后被江岚扇了一个耳光时,足以说明他是个厚颜无耻、寡廉鲜耻的家伙,完全是一个地地道道的流氓和无赖,在毁掉人民的革命事业同时,他还毁掉了自己和胡方等许多无辜的人。

第二个叙事结构是有关百斗的故事。像百斗之类的"革命投机者"完全是对革命政治、阶级斗争、政治权力的亵渎。

第三个叙事结构是有关景山后娘被强暴的故事。当社会中的"官本位"权力意识为那些当权者带来种种销魂乐魄的美妙生理享受时,这就难怪世界上的一切牛鬼蛇神几乎都趋之若鹜、人人都要争夺文化权力了。

第四个叙事结构是有关圆圆被长期霸占的故事。可见,人性的堕落远不及权力的堕落,当权力堕落到如此荒谬和可悲的文化境地时,它还能够给老百姓带来什么样的好处呢,特别是当它被掌握在这样一伙人的手中时,我们怎能不看到它所酿成的一个又一个人间爱情文化悲剧呢?

人啊,这个高级动物,在非人性、非理性的文化欲望面前,他们都是一个个赤裸裸的人,既然上帝赋予了他们作为一个"生物人"的本体文化特性,那么,他们注定就要经受生物性的终极考验,尤其是当他们被推向权力的顶峰时,他们经受欲望诱惑的可能性更大,正是这种超过常人的欲望诱惑,使他们的人性变得脆弱、人格走向堕落,而这也可能是贾平凹《病相报告》中有关权力劫掠女色文化叙事结构试图告诉我们的一个真理吧。

[原载《西安建筑科技大学学报(社会科学版)》2003年第4期]

报告现实社会生活的种种病相

——贾平凹小说《病相报告》的艺术文化学解构之二

张亚斌

从艺术文化学的研究角度来看,《病相报告》所报告所蕴含的社会文化主题的确是非常丰富的,除了我们已认识到的它所报告的在20世纪,那三种影响中国人命运的"社会文化病相":由"革命时期的悲剧爱情"所导致的"社会政治病",由"权力支配的人性欲望"所孕育的"爱情生活病",由"道德无奈的生命堕落"所酿成的"人性异化病"等凄美残酷的"社会文化病"症外,实际上,在《病相报告》的独特的艺术文本结构中,还隐藏着更为深厚的社会文化意义和内涵。特别是在其中所充溢的那些造成主人公文化个体悲剧命运的"社会政治病",更是让我们体味到了那些主人公形象生命现象背后,所涌动的内在文化意识隐秘的复杂性,而且,至为重要的是在《病相报告》艺术文本中,所折射出的中国当代文学批评中所暴露出的种种社会文化病相,则更使我们感觉到这部作品所涵盖的深不可测的社会文化价值以及它所能够达到的广阔文化边际。

下边,我们不妨从以上两个方面,对这部小说继续进行艺术文化学解构。

一、《病相报告》:报告生命意识的内在隐秘

《病相报告》中,人们最不能忘记的是那五个开头相同的文化故事段落,这五个故事段落板块是作者专为訾林与胡方的关系设计的,意在通过訾林的视角,解构胡方的人生文化隐秘。有人认为这五个故事段落板块纯属多余,并声称自己看不出这样写到底有何意义。在此,笔者谈一下自己的粗浅看法。

这五个故事的开头段落都是这样的:火葬了胡方,訾林去整理胡方留在永宁宫里的遗物,胡方曾在那里"收留了几尺多高的画纸"。訾林看到"那些纸上全画着陶瓶和陶罐,且陶瓶和陶罐的形状一成不变,仅仅角度不同,可以想见,

他是长年累月地对着一只陶瓶和一只陶罐不厌其烦地画,重复地画"。訾林在"震惊又浩叹不已"之余,"坐在房间里"胡方"曾经坐过的旧藤椅上翻阅那些画纸","在画纸中偶然发现了其中的四幅背面记有文字","有两幅是放在画纸堆的底层,地板上的潮气使纸面泛黄变硬,有水渍印出的一块一块痕迹,某些文字模糊不清,而放在最上边的两幅,明显是他在最后离开这房间前写的"。读着四幅画的背面那些"密密麻麻"的文字,訾林是"那样的激动和伤感如孤身在山中突然发现了一个石洞,产生了无比的好奇",他"打着火把钻进去","可这些文字记载的事"使他"陷入了极大的疑惑","似乎从未听"胡方"提起过",而且更令訾林想不到的是"那最后一段文字里却怎么写着"胡方"火化后的事情",读着读着,訾林就"毛骨悚然起来",他"觉得胡方的灵魂还在,如气体一般就附着于越来越朦胧的房间里","在注视着"他读"他的隐私"。

不同的地方在以下几个方面:

第一个段落:訾林首先读到的胡方"隐私"是胡方活着时的一段往事。那时胡方住在"社科院家属区","每天早上"他都要"出门搭车","带饭盒"到"那一家卖水盆羊肉的店里",买"一碗水盆煮馍",去看店里那位非常"像江岚"的年轻女服务员。大概是个冬天,訾林又去这家店里,不期遇见"一个男子"连骂带打那位女服务员,也许是他的"江岚爱情情结"在发生作用吧,"就走过去","一下子将那男的推开",由于"用的力气太大",那男的被他推得"跌坐在地上",这下闯大祸了,那"男的扑起来竟打了"他"一拳",他被打的"新闻"很快"风传"到他老婆耳里,无法解释自己和那女的是什么"关系",使他在老婆面前落了个"流氓"的骂名,他老婆因此到他的"单位的领导"那里告状,导致他和老婆进入了"分居"的冷战时期。

第二个段落:訾林读到的第二个"隐私"是胡方的灵魂飞到北京,化作了"一只苍蝇""从门缝里钻"进了江岚家里。月光下,他轻"吻"着熟睡的江岚,结果把江岚给"吻"醒了,"她终于挥了一下手,眼睛睁开了,而且打开了床灯。""房间里有苍蝇啦?"江岚说着"看见了"他,他落在了"她的衣服背上","拿眼睛看着她","她不认得"他,他骚扰得江岚睡不成觉,韩文起来赶他,他与韩文周旋,"患有严重的脉管炎"的韩文经不起他的"折腾","去了卫生间","很久没出来"。他趁机继续"吻"江岚,就像当年他吻她那样,她"不断地抗拒着,又接受着,嘴里连续不绝地骂:你坏,你坏!""韩文从卫生间里出来了",

"他从桌下取出蝇拍","恶狠狠向"胡方"拍来"。与韩文又周旋了一番,胡方"飞出了房间","在门口心满意足地发笑",每天晚上,他都这样"光临"江岚的房间,有一次,他"没有变成苍蝇进去",而是"让她长长地做梦,梦里读很厚的一本书,书里的情节就写着过去延安的一幕",这是多么刻骨铭心的"一幕",江岚读着读着"就醒来了,她就是不情愿醒来",她上完卫生间,"回到床上轻轻躺下,梦继续了,梦里还在读书",读着读着,"她最后是哭醒了",醒来了"记起"胡方在信里写给她的诗句。"她哽咽不已",天亮了,"她喃喃着,叫唤:狐子——,狐子——",不过她叫的不是"胡子",而是那条与他同名的狗,那狗已经"代表"他,"永远"地守在"她身边"。

第三个段落:訾林读到的第三个"隐私"是江岚与胡方见面的现实故事。江岚把她与胡方的爱情故事讲给儿子听,懂事的儿子与母亲一起在那个风雨交加的夜晚,等让母亲牵肠挂肚、几乎要与父亲离婚的那个胡伯伯的到来。五个小时后,提着伞、像"落汤鸡一般"的胡方出现在江岚家门口。"'天啊!'江岚叫了一声"把胡方"抱住","她的泪直流在脸上",一点也不避讳儿子,用双手抹着胡方"脸上的雨水",她用"发颤的声音对着儿子说:'我说他会来的,我说他会来的!'"胡方告诉江岚"半夜里根本没有车",他是如何"从涿州的宾馆跑到公路边等待过往的货车,好容易挡住了一辆,车却在街上发生了故障无法启动",然后,他"就步行赶过来"。儿子打开衣柜找了件衣服让胡伯伯穿上,他故意在那里"翻寻了很久"。"江岚再一次抱住了"胡方,"使劲地亲"他,"似乎要"把胡方的舌头"连根吸去"。"多么聪明的儿子","他是故意""将时间和空间留给"相知相爱的母亲与胡伯伯。终于儿子"轻轻地咳嗽了一下",胡方的舌头便"又回到了嘴里"。

第四个段落:訾林读到的第四个"隐私"是胡方在"文革"时期,因为挨整而实施自杀的心理体验。他寄给江岚的信被"退回"来了,"查无此人"。他不知道她究竟是"死了",还是"活着"?对他来说,"漫骂,羞辱","已经是疲了";"游街示众","头一低就瞌睡了";被"批斗"的时候,将批斗的声音当作"呼叫"自己"熟悉的人的名字",他"便觉得有趣和好笑"。然而,对他来说,如果说那一切"非人道"的行为尚且能忍受的话,他此生无法承受的就是没有爱了。没有了江岚,他"还活着干什么呢?"他"开始准备着"死。如何死?是他那时正在考虑的问题,他不想像"临床的马老头"那样吊死,"舌头吐得有一丈

164

长",太难看了;好不容易上到八层楼的楼顶,本想"七点钟从这里跳下去",但考虑到这种死亡方式会"吓着""年幼"的孩子,便"决定""不能这样死"。最后,他"去了三个医院开了三十片"安眠片。他"关好办公室的窗子,也插了门关","分三次吃下"药片,给儿子和妻子写了遗书,"然后躺在了床上,盖上了床单,静静地睡下",他知道自己"很快就睡着了","不省人事","停止呼吸而死去",他"慢慢地迷糊了",他感觉到自己"慢慢地死了"。

第五个段落:訾林读到的第四个"隐私"是死了的胡方讲他自己火葬过程中的所见所闻。他的"身子被推进尸炉膛里",尸炉工一边念叨着,一边拿炉杆"往下打"他"翘得""高高"的"胳膊"和"腿"。不料尸炉工的举动引得一番风波。景川等人差点和这个尸炉工冲突起来。尸炉工依旧拿着弯弯的炉杆在炉内倒腾着胡方的尸首,汽油开始浇遍他的全身,"烈火像菊花一样开放",胡方自己都"听见了哔哔叭叭的皮肉爆裂声",他的身子"开始发黑,发白,开始扭动着收缩着,收缩了又展开,再收缩,变成了一疙瘩",简直都"没有了个人形",就像"几十年里""批斗会上",他被人们"揪头发""扭胳膊""棍打腿"一样。他终于明白:"身体是我的,但身体并不属于我",他这一辈子就是生活在尸炉膛里,被人火化着。如今,他"终于独立了,无形无影,无色无味,无声无息",看自己的"身体在尸炉膛里被焚化"了。他"终于爬出了烟囱,然后和那一股蓝烟飘荡在了高空"。经历了远远超过一般人六十分钟的火化记录,胡方的硬骨头终于被尸炉工火化完毕。在把他的骨灰铲向盒子里的时候,那个与他的生命同在的戒指被人们发现了,并且与他一起被永远地"放在骨灰盒里"。

仔细分析上述五个开头相同的故事段落,透过主人公潜意识铺就的"人性异化病"和"社会文化病"河床,我们不难发现,其本质是时代病了,沉重复杂的"时代文化病"使这五个开头相同的叙事段落,显示出与众不同的别样艺术魅力。具体说,体现在这样几方面:

一是其中充溢着作者强烈的生命主体哲学文化意识。人不可能走进同一条河,这个古老的西方古典哲学定律表明,即使是同一物质,随着岁月的流逝,会表现出不同的价值。此物非彼物,物质的历时性、历史性,决定其在相同的空间环境中,因为时间意义的变化而显示出完全不同的意义和内涵,这就是我们平常所说的"此一时,彼一时"也。也正由于如此,在这五个文化叙事段落中,相同的路径和方法,訾林解读到的胡方的"文化隐私"完全不同。由此可见,《病相报告》惊人相似之处的背后,蕴涵了作者完全不同的情感心理体验,这就像苏联故事片《伊万的童年》中的小主人公伊万所做的那两个母亲在井边被德军枪杀的梦一样,表面相似,而其文化本质和意义迥然有异。

二是其中体现的是典型的中国式审美思维文化的特点。许多人都听说过这样一个故事,古时候,一个人因为痴迷于一幅山水画所创造的高远意境,整天对着它看,结果看着看着,有一天他走入画境中了,有人来找他,没有找见,只看见画挂在那儿,便也看画,发现画中多了一个人在山间走,仔细观之,发现那人正是他要找的此君。日本人中村茂夫在评价中国画这种出神入化的审美功能时说,中国画一般都"采取了诱引观者入画中幽绝之境的构图方法",在这些画中,"画中的世界",不是"作为客观实在的世界用精微的手法来描绘"的,"而是作为主观的视觉的世界来描写的"。显然,《病相报告》中,贾平凹先生就是采用这种艺术创作文化方式,将读者带入他所营造的高远艺术文化意境的。在我国学者的眼中,把这种艺术审美方法,叫作"参悟",意思是说,这种艺术审美文化现象,往往体现着高深莫测的人生哲理,诸如阴阳交合、有无相生、虚实互济等朴素的传统哲学思想。贾平凹先生是推崇传统的人,自然,他运用这种美感思维方法,是有意要把读者带入他设想的充满道家情调的或禅宗意味的超现实艺术文化氛围中。

三是其中流露出深刻的出世文化精神。为什么作者要选择那种纯粹的中国传统艺术结构手法把读者带入艺术意境?为什么作者选择了皆林而非别人去进入画境?其原因有二:一方面是这种由现实导入超现实的传统绘画审美写作手法,能够让主人公逃逸摧残他一生爱情的悲惨社会现实的文化折磨,能够超越一辈子分离他人生真爱的现实因素的文化阻隔,使他能够轻松地实现自己生命中的自由爱情目标,而且这种结构手法还为作者表现主人公的这种自由爱情思想精神,提供了较大的写作自由度,所以作者选择了这种表现方法;另一方面是由于皆林是个观念艺术家,他深谙中国传统绘画艺术的这种审美文化玄机,因此,只有他才能坐在胡方"曾经坐过的旧藤椅上",从那四幅被"水渍印出的一块一块痕迹""某些文字"已经"模糊不清"的画中,从那些画背面"密密麻麻"的文字中,孤独、激动和伤感地"突然发现了"那一个深入胡方潜意识"隐秘"的秘密文化通道,他终于"打着火把钻进去",走进了善画"擦像"的主人公——胡方所刻意创设的、令他"产生了无比""好奇"的艺术"石洞"中,终于他成了胡方,他把自己想象成了胡方,与胡方角色合二而一,在他内模仿、内体验胡方情感历程的文化过程中,他终于有了达摩面壁图破壁的"艺术快感",而且,他的确体验到了这种快感,尽管这种成果的快感建立在胡方"人生痛感"的基础之上。我们有理由相信,訾林就是在这样一种"艺术快感"的文化基础上,获得了艺术创作的文化灵感,像本书作者和胡方那样,终于他们一起超越了现实,实现了由苦难现实向虚无理想逃逸的全面"文化出世"。

四是其中弥漫着浓郁的"生死无常""生不如死"的文化悲剧色彩。这五个段落中,第一、三、四个段落是表现阳世中胡方的人生往事的,而第二、五个段落则是表现已经死亡后、身处阴界的胡方灵魂活动的。第一个段落表现生时胡方因为与江岚的深刻"爱情情结",结果导致他陷入了尴尬的生活情境;第三个段落表现未亡人胡方在北京与江岚的"激情碰撞",显示出了他们即使海枯石烂也永不褪色的"爱情价位";第四个段落表现身处现世的胡方那种没有爱情便生不如死的"死亡意识",失去了江岚,他做出的唯一人生选择就是死亡;第二个段落表现身处生死两界的胡方的灵魂是如何穿越时间和空间的阻隔,与江岚进行"非常交流"的,在阳世他们只能通过"苍蝇"和"狗"来实现"爱情表达",可见他们爱情的可悲;第五个段落表现身处阴间的胡方的灵魂是如何目睹自己肉体的毁灭的,在烈火中他的爱情得到自由地超脱,得到精神上的永生,走向至高无上的绝对永恒。不难看出,作者一方面意欲在此控诉造成他们爱情悲剧的社会,另一方面,意欲在此讴歌爱情的伟大和不朽,即便是走向悲剧,但物质不灭,爱情不死。

二、《病相报告》: 报告乏味无趣的庸俗批评

时代病了,然而,谁曾知道,这病的不仅是书中人,而且还有书外人,还有我们这些千千万万的读者,当我们用心、用情去感受这泣血的文字时,我们的心不禁颤抖了。

毫无疑问,《病相报告》是一部非常严肃的艺术作品,作者贾平凹先生已经在其中浸透了太多太多的心血。正如作者所言:"中国的汉民族是一个大的民族,又是一个苦难的民族,它长期的封建专制,形成了民族的政治情结的潜意识。文学自然受其影响,便有了歌颂性的作品和揭露性的作品。""作品是武器或玉器,作者是战士或歌手,是中国汉民族文学的特点。"很明显,这部著作中,

作者是个"战士",他要进行"揭露性"的文化批判,也正由于这个原因,他说,"与其说我在写老头的爱情,不如说我在写老头有病,与其说老头病了,不如说社会沉疴已久","过去的年代爱是难以做的,现在的做却难以有爱,纯真的爱情在冰与火的煎熬下实现着崇高,它似乎生于约束死于自由"。[①]唯其如此,他也指出,"《病相报告》是我最早想好的一个题目,我觉得还可以。这部小说不仅是谈爱情的,而且是通过写一个经历了几十年的爱情故事,通过这线索,来看中国各个时期的社会,由此折射社会问题"。

客观地讲,作者贾平凹先生是成功地实现了其文化目的的,这部作品的确全面反映了20世纪50年代末至70年代中的"社会文化病"。它告诉人们,这种病发源于一种荒谬的"社会政治病",作用于人生的主体——人,制造了他们一生命运中骇人听闻的"爱情生活病",并使人自体传染上了一种凄美残酷的"人性异化病",造成了一种更为沉重复杂的"时代文化病"的产生。从这个角度上讲,《病相报告》一书对病态现实社会生活的文化揭露是入木三分、淋漓尽致的。

然而,具有讽刺意味的是这部小说在出版发行后,还引出我国当代文学评论界"病态批评"社会学病症的大暴露,当有些对贾平凹先生持有种种偏见的人,在借批评《病相报告》一书,开始对贾平凹先生进行人格攻击的时候,笔者不仅为中国文学批评界的堕落感到悲哀。是什么原因使那些人对此作品"恶评如潮",甚至在还未对作品进行阅读解构时,已经立下了"不读贾平凹"的"无声的誓言",难道仅仅是因为他们能未卜先知,未看作品,即可根据作家一贯的"恋污癖",知道此部作品只会让他们"人生的记忆之库沾上腌臜之气"。特别是当有人在嘲讽作家"撒尿东篱下,堕落细无声""一上台就把裤子脱了,让鼓掌的人好生尴尬",其作品"屎尿屁经血黏痰随处可见,令人作呕"时,我倒觉得如此近乎于恶语伤人的"泼妇骂街式"文学批评实在有些卑鄙下流,并且令人作呕。

当那些好为人师的"批评家",在发出"如果贾平凹贾大作家只能写污染精神的东西,干脆罢手算了。依我看,干点什么都比糟蹋文学强"的忠告,并教诲贾平凹先生应当如何写作时,我倒觉得,透过《病相报告》这朵"恶之花",也许

---

① 贾平凹:《病相报告》,上海文艺出版社2002版,第303—304页。

我们不仅能够看到20世纪中国社会的种种文化病相，而且它还能引导我们看到21世纪中国文学批评界的种种病相。是啊！这《病相报告》实在好得很，因为，它在表现了20世纪种种社会现实生活文化病相的同时，还意外地使当代中国文坛的"文学批评病"病相大暴露。

文学批评是一门严肃的社会学科，任何批评家的批评应该建立在客观、公正、冷静的理性分析基础之上，当批评家不负责任地对作家进行人身攻击、对作品进行充满自我好恶色彩的诅咒式批评时，应当说，掉价的绝不是作家及其作品，而是那些所谓"批评家"的个人人格。

有人说，贾平凹先生的《病相报告》是一种"消极写作""伪写作""一种思想苍白、趣味低下的欲望化写作"[①]，在认真阅读了那些"语重心长"地教诲贾平凹先生如何写作的"批评家"的有关文章后，我发现，那些文章空洞、干涩，除了卖弄几个术语、概念，利用作品中几个记录人性心态的词语，对作者进行人身攻击外，竟然没有对作品文本进行实证分析。认真研究了一番《病相报告》文本及有关那些所谓"批评家"的批判性文章，我发现，真正有病的不是贾平凹先生，而是那些因个人偏见而对《病相报告》进行乏味无趣"情绪化低迷批评"的庸俗批评家们，倒是他们的"消极批评"模式和"伪批评"方法，很有可能混淆视听，迷惑一部分人，将自己和他人引向"糟蹋文学""糟蹋文学批评"的危险文化道路上。

贾平凹先生在答《晨报》记者时指出，"好作品50年后见分晓"，对于那些批评他的人，他曾很宽容地说"我的写作是顺着我的河流走的，至于评论家怎么评价那是评论家的事了。有的评论家喜欢把作家的作品作为例子归于他的想法来完成他的评论，但我觉得评论首先面对的应该是创作。一个作家的盖棺定论是在停止写作之后，甚至时间更远"。毋庸置疑，作家本人对这个问题的看法倒还理智，他与那些发了"疯"的批评家相比，其人格风范是不言自明的。

[原载《西安建筑科技大学学报（社会科学版）》2004年第2期]

---

① 李建军：《〈病相报告〉之"病相"种种》，载《文汇报》2002年12月24日。

论《病相报告》的现代主义特色

席忍学

贾平凹的长篇小说《病相报告》具有非常写实的特点。一个个细节的描写，一桩桩事件的叙述，时代氛围的营造，方言土语的运用，给人以很写实的感觉，但作品的境界是极其现代的，现代主义特色是异常鲜明的。

《病相报告》叙述的是主人公胡方和江岚凄美的爱情故事。为什么叫"病相报告"呢？"胡方和江岚的爱情之所以是苦难的，那是因为时代病了，社会病了。而数十年的中国，各个时期有着各个不同的病，这就是作者要报告的事。"但作品并没有采用宏大的国家民族叙事形态聚焦于时代与社会，而是以病态的时代与社会为背景，着力表现个体的生存境遇和悲剧命运。胡方，这个少年时期即奔赴延安的革命者，当年牺牲爱情回到老家陕南组建游击队，历经艰险，矢志不渝，中华人民共和国成立后竟被冠以"叛徒、反革命"罪名打入监狱，随后又被遣送到荒无人烟的沙漠劳动改造。"文革"中被关进"牛棚"，遭受毒打，因画周总理像惨遭批斗。江岚因没有爱情的婚姻而脾气暴躁，灵魂不安。叶素芹，一个积极上进的女性，只因组织"乱点鸳鸯谱"，嫁给了胡方，受尽了歧视，终生抑郁不得志。胡方的孙女患了肾病，全家顿时被阴云笼罩。景川，胡方最亲密的朋友，只因生父曾经是国民党军官，备受社会歧视，爱情受挫，婚姻无望，迫不得已，与驴性交，"活得不如一头猪"。景川的母亲被迫清扫马路与公厕，受尽了羞辱。景川后娘也成了专政对象——"村里谁支使她，她就得踮着小脚跑，谁见着她给她脸上吐唾沫，她都擦了，还得笑着"；遭贫协主席强暴，还被加上破坏农业学大寨的罪名，挨批斗三天三夜，腿被打折了，精神失常，丧失了语言能力。读罢小说，一幕幕悲剧历历在目。这一幕幕悲剧是人的价值被摧毁的悲剧，是人的尊严被践踏的悲剧，是美好人性被扼杀的悲剧。在这一幕幕悲剧中，居于焦点位置的是胡方与江岚的爱情。小说以此为核心，又切入了不同人物的悲剧，来凸现爱情的永恒价值。江岚带着红枣，从北京到成都看望胡方，恰好碰上胡方被抓，二人连说一句话的机会也没有。江岚在胡方挣脱警察冲向自己时给他嘴里塞了一颗红枣，胡方囫囵吞下，第二天大便时枣核卡在肛门，割破了直肠，血流如注。每当疼痛难忍时，胡方就念叨着江岚的名字。当他受批斗遭毒打时，就想到了江岚，想到了与江岚相爱的一幕幕情景，痛苦因此减轻，甚至消失。胡方与江岚失去了联系，误以为江岚已经死去，痛不欲生，自杀未遂。爱情，已成为主人公医治伤痛的良药，成为胡方的生命支柱。作品借胡方之口道出了爱情的价值："我现在才知道人是需要爱情的，需要的不是床笫之上的颠鸾倒凤，需要的是一种想象的享受，它实在是人生旅途中的一袋供咀嚼的干粮啊！"爱情的价值是多元的，既有其社会性、时代性，也有本体性。在国家民族的宏大叙事形态的小说中，一般突出爱情的社会性价值与时代性价值。《病相报告》着力突出的是爱情的本体性价值，并把它作为人的价值的重要内涵加以表现，这正是该小说现代主义特色的显著特征。因为，"西方现代派的一个重要贡献就在于对人的价值、人的地位与尊严的深沉思考"[1]。

《病相报告》的现代主义特色还表现在叙事方式、叙述视点方面。如果说传统小说惯用的"时间流"叙事方式是线型叙述，那么，《病相报告》的叙事方式可以称为"圆圈"叙述。所谓"圆圈"叙述，就是"将故事进程即'时间流'推到一个若有若无的境地，作者在不断的'圆圈'叙述中，将时间切割成跳跃状、分散状；或许，一个、两个、三个圆圈的叙述，产生了相互之间的交叠，于是不断有新的弧线产生"[2]。小说写胡方与江岚七十余年的爱情，不是按照"时间流"一一叙述，而是以作品中的人物为叙述视点，将主人公的爱情故事切割成分散状，展开"圆圈"叙述。每个人物叙述的故事自成"圆圈"，又相互交叠。虽然叙述的是自己的故事，但都与胡方与江岚的爱情故事建构起或直接显现或烘托或对照的关系。例如，第四章以景川为叙述视点，叙述了"我"的同父异母弟弟景三元及后娘的生存现状，又极自然地切入了胡方早年的生活，然后又回到现实，写江岚将要来西安。从眼前着笔，再闪回到过去，又返回现在，是一个典型的"圆圈"叙述[3]，虽然以景川的视角展开故事，但又极其自然地插入胡方与江岚的故事。景川后娘的人生际遇，不仅显现了个体命运的悲惨，而且反衬出胡方与江岚爱情的

---

[1] 王铁仙等：《新时期文学二十年》，上海教育出版社2001年版，第455页。
[2] 王铁仙等：《新时期文学二十年》，上海教育出版社2001年版，第208页。
[3] 刘象愚等：《从现代主义到后现代主义》，高等教育出版社2002年版，第203页。

生命意义和审美价值。第七章写景川爱上单位的女同事陆眉，但对方因景川的政治出身和南瓜状的脸而断然拒绝，既表现了爱情的异化，又以对比方式映照了胡方与江岚爱情的纯真。第十五章以冬梅为叙述视点，叙述了胡方与前妻的"捆绑式"婚姻，从又一个侧面烘托出胡方与江岚爱情的真挚。就这样，小说的每章或直接或间接、或明或暗地显现胡方与江岚的爱情故事，均打破"时间流"，读起来虽然有点困难，但小说人物的主体性得到了凸现。小说还打破了传统的全知全能式的单一叙述，采用多视点的第一人称叙述。小说共二十九章，分别以作品中的人物訾林、景川、江岚、訾林和胡方、胡亥、叶素芹、冬梅为标题，且前后重复、彼此交叉，叙述视点不断变换。"现代主义作家十分注重叙述手法的转换和变革，他们往往采用多角度、多层次、多人称的叙述方法。"《病相报告》的"圆圈"叙述、多视点叙述表明作者对现代主义叙述风格的追求。

《病相报告》的现代主义特色在结构上的表征是：采用"聚焦式"结构。小说打破了传统的时空结构模式，以胡方和江岚的爱情故事为聚焦点，将发生在不同时期、不同地点、不同人物身上的故事组合为一体，使看似散乱的故事有了内在的联系。如下图表示：

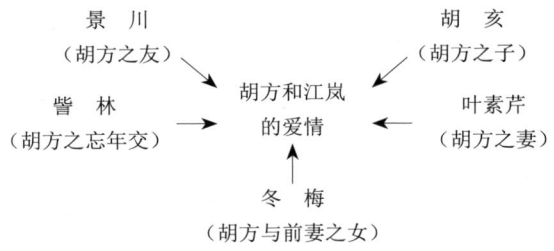

不同人物从自己的特定视角叙述故事，才把胡方与江岚的爱情故事切割成了一个个片段。怎样将这些片段组合为整体呢？传统的方法往往以时间、空间的顺序加以组合，这部小说没有明晰的时空顺序，只有一个清晰的聚集点，并以此把众多散乱的故事浑然天成地组合为一体。不仅如此，"聚焦"还折射出不同人物的内心世界，使小说既有了坚实的"事实"，又有了深刻的意味。

选取意象，描写幻觉与梦境，是《病相报告》现代主义特色的又一表征。为了增强艺术感染力，小说选取了一系列意象。为了歌颂胡方与江岚的爱情，作品中反复出现红枣、戒指、狗等意象。胡方与江岚在延安相爱，他俩一边谈情说爱一边吃着红枣，沉浸于爱情的甜蜜之中。中华人民共和国成立后，江岚带着一篮子红枣从北京到成都看望胡方,适遇胡方被抓,江岚在胡方冲到自己跟前时赶紧给他嘴里塞了一颗红枣。红枣与故事浑然一体,深蕴着独特的意义,成为富有特定蕴含的审美意象。红枣的甜蜜不正是爱情的滋味吗?红枣的红色,不正是赤子之情的象征吗?胡方与江岚于1949年后第二次相见,江岚把一枚金戒指戴在胡方手指上。从此以后,胡方把这枚戒指当作命根子,不允许任何人碰它。为防止戒指丢失,他在大腿上划一道口子,把戒指藏于其中。胡方去世后,遗体化为灰烬,戒指却依然完好。在传统习俗中,金灿灿的戒指是爱情的信物。在此,戒指获得了形而上的意义,它象征着爱情的珍贵,隐喻着爱情可以超越死亡获得永恒。胡方在青海劳改时养了一条狗,狗的后代胡方送给了江岚,江岚给狗起名为"狐子"("狐子"与"胡子"同音)。江岚出差了,"狐子"病了;胡方去世了,"狐子"死了。

"狐子"成了胡方的替身,与江岚朝夕相伴。这样,狗被赋予了深层的意蕴——象征着爱情的忠贞与执着。小说还通过幻觉与梦境描写,渲染情感气氛,增强抒情性。胡方已被火化,江岚的幻觉中却出现了胡方的身影。胡方在青海时经常梦见江岚所在的城市——北京。这些幻觉与梦境把江岚和胡方的内心情感世界生动形象地展现于读者眼前,增强了作品的审美效应。

《病相报告》呈现出的现代主义特色,是西方现代主义文学影响的结果,正如贾平凹本人所言:"这么多年,西方现代派的东西给我影响很大。但我主张在作品的境界、内涵上一定要借鉴西方现代意识,而形式上又坚持民族的。"[①]同时,也是作者艺术创新的结晶。"他的创作,从一开始就表现得极不安分。作品前边发表,后边就自我否定,书一本本地出,花招一次次地变。"[②]虽然作者在"即将复印《病相报告》时又要宣布对于《病相报告》写法的厌恶"[③],但该作品作为把"西方现代意识"与"民族形式"巧妙融合的创作实践和艺术追求,为解决中国文学面临的"全球化"与"本土化"矛盾提供了成功的范例。

(原载《商洛师范专科学校学报》2003年第2期)

---

① 胡天夫:《关于对贾平凹的阅读》,见贾平凹:《病相报告》,长江文艺出版社2002年版,第312页。

② 孙见喜:《鬼才贾平凹》,北岳文学出版社1994年版,第114页。

③ 贾平凹:《病相报告》,上海文艺出版社2002年版,第303页。

在传统与现代之间挣扎

——论《病相报告》主题的误读及贾平凹小说创作与接受的困境之因

石 杰

一

《病相报告》是贾平凹在本世纪献给世人的第二部长篇小说。作为一位向来引人注目的作家，小说出版后也还引起了一定的反响。小说写了一对老革命爱恋一生的故事。男主人公胡方与女主人公江岚都是延安时期的老革命，他们相识于参加革命之前，相恋于参加革命之初，由于偶然的原因最后没能结为夫妻，却终生心心相印，至死不渝。这样的故事对国人来说实在是太熟悉了，于是，研究者们几乎无一例外地将小说概括为一桩"凄美的爱情故事"[1]以及对数十年中国社会不同时期的病相的暴露。他们认为作家笔下的爱情是伟大的，爱情对人具有非凡的拯救意义，作家对胡、江的爱情是肯定、礼赞的，从而《病相报告》的主题也就自然而然地落到了爱情这个人类的永恒主题的层面[2]。甚至作为对读者的引领性文字，《病相报告》的内容提要也这样说："它其实是一个凄美的爱情故事。主人公胡方和江岚以终生来完成了这个故事，但这个故事是苦难的、悲惨的和苍凉的。这如污泥塘里开出了绚丽的莲。"[3] "那么，为什么叫'病相报告'呢？胡方与江岚的爱情之所以是苦难的，那是因为时代病了，社会病了。而数十年的中国，各个时期有着各个不同的病，这就是作者要报告的事。"[4]

---

[1] 北乔：《印象点击·病相报告》，载《当代作家评论》2002年第5期，第148页。
[2] 北乔：《印象点击·病相报告》，载《当代作家评论》2002年第5期，第148—149页。
[3] 贾平凹：《病相报告》，上海文艺出版社2002年版。
[4] 贾平凹：《病相报告》，上海文艺出版社2002年版。

这样的概括或许也还不能说错。翻开《病相报告》，胡方与江岚那具有一见钟情意味的相识，那如火如荼的相恋，那心心相印的相知，那刻骨铭心的相思，乃至胡方最后的为爱而死，不都让我们感动不已吗？法国女作家杜拉斯说过一段意味深长的话："写一本书，我认为是从词开始的……我看见这些词，我把它们安置下来……有些词属于句子，有一些词则属于书。'沙漠'这个词拍击着全书的节奏。'情人'这个词也一样。"[1]贾平凹的《病相报告》，"拍击着全书的节奏"的词就是"爱情"[2]。"爱情"充斥在字里行间，"爱情"从头延续至尾，乃至我们掩卷深思时，跃动在我们心间的就是"爱情"这个词，这个生命的凝聚。何况，在《病相报告》后记中，作家自己也对本书的产生做过原始性的说明。十八年前贾平凹在陕南山区采风时患上了乙肝，疗养时认识了一个奇怪的老头。老头每天除了锻炼身体就是给远方的情人写信，这种对爱情的狂热使他感动不已。于是，在老头离世之后，作家终于将"老头用他一生的苦难完成着的一个凄美的爱情故事"[3]形诸文字。这一说明，大概是《病相报告》的爱情主题的最有力的佐证了。

　　然而，如果了解贾平凹的整个创作历程特别是近年小说创作且又认真读过《病相报告》的话，便会发现研究者们对《病相报告》主题的归纳有点儿别扭，有点儿不尽如人意，以下几个问题也不好解释：其一，自《废都》以来，贾平凹一直致力于对人、人生、人性的探讨且已经深入悖论的层面，用他自己的话说，是越来越使生存处于一种尴尬的境地，作品也因此而表现出灰色与消极[4]。那么，《病相报告》何以突然疏离了他一贯的艺术思维，而显示出极大的偶然性？其二，作品结尾如何解释？江岚在失去了胡方和狐子之后的"解脱"之语意义何在？其三，《病相报告》的"病相"到底是指什么？如果真的像研究者们所说的是指数十年中国各个时期的不同病相的话，那么作家在本书后记中一再指出的"爱情更是一种病"[5]。"与其说我在写老头的爱情，不如说我在写老头有病"[6]又做何解释？这些，都提示我们

---

[1] 何太宰：《现代艺术札记》，外国文学出版社2001年版，第143页。
[2] 何太宰：《现代艺术札记》，外国文学出版社2001年版，第143页。
[3] 贾平凹：《病相报告》，上海文艺出版社2002年版，第299页。
[4] 贾平凹：《四十岁说》，见贾平凹：《闲人》，作家出版社1994年版。
[5] 贾平凹：《病相报告》，上海文艺出版社2002年版，第298页。
[6] 贾平凹：《病相报告》，上海文艺出版社2002年版，第300页。

对《病相报告》的主题的分析不能局限于作品的表层，而应该是更深层次的蕴涵。

二

现在，让我们重新看一下《病相报告》到底写了什么。

《病相报告》具有很长的时间跨度，从某种意义上说甚至有一种史的性质。小说大致从延安时期开始一直写到现在，构成史的就是个人在不同历史阶段的经历。作家打破了常用的按照时间流向叙述的方式，由不同人物的叙述把时间分割成块状，将过去与现在穿插进行。尽管如此，我们还是可以理出几个主要人物的人生经历的，而这一点对我们把握小说的基本内容非常重要。小说的主人公是胡方。胡方在父母感情发生变化而导致家庭发生变故后只身离开了家乡，在江岚家与江岚相识，相互间产生了好感。不久二人先后参加了革命，且真诚相爱。后来胡方在陕南被敌人俘虏。江岚得知胡方死后在东北与韩文结婚，侥幸活下来的胡方却被迫与当地一农家女子完婚并生下一个女儿。胡方不爱这个女人，不久便离家出走，后来娶了政工干部叶素芹为妻，但二人感情不和，矛盾丛生，因为江岚始终占据着他的心。他凭着对江岚的爱和思念度过了"文化大革命"期间的艰难岁月，"文革"后夫妻感情仍然不好，乃至他长期一人独居。他几次去北京与江岚偷偷相会，就在江岚来西安与他相聚时，他却因服春药而死。

小说的另一主人公——江岚在延安时期与胡方相爱，胡方的"死"使她悲痛欲绝。后来她与战友韩文结婚，得知胡方还活着后欣喜若狂。对胡方的思念使得韩文的爱成了她的沉重的包袱，她甚至动了离婚之念。和胡方一样，她的生命也完全依赖于对胡方的爱。就在她前往西安与胡方相聚时，她却永远失去了胡方。

除了胡方和江岚之外，韩文和叶素芹也算得上是两个重要人物。韩文自始至终深爱江岚。最初，为了江岚对胡方的爱，他曾主动收起自己的感情与胡、江二人做了亲密的朋友，胡方到陕南打游击后韩文便承担起了保护江岚的义务。胡方的"死"为他创造了与江岚结合的机会，但实际上他并未获得江岚的爱。他和江岚一样为胡方的活着而惊喜，他尽到了一个最完美的丈夫的职责，然而，他始终走不进江岚的情感深处。就在他准备退出成全胡方和江岚时，江岚已经别无选择了。

和韩文相比，叶素芹的命运似乎更惨。她是被组织上指派给胡方的。作为胡方的老婆，她却从未尝过爱情的幸福。她在政治上受胡方的连累，家庭也因胡方的遭遇而一度陷入艰难的境地。更难承受的是感情上的折磨：她本以为嫁的是一个处男，胡方却不仅结过婚而且还有一个女儿；她以为只要不让那两个女人走进她的家庭就行了，没想到胡方的心里还装着个江岚。他们一直争吵，打骂，她甚至因厌恶胡方而患了洁癖，最终落得个孤苦一生。

此外还有一个着墨较多的人物——景川。景川幼时即因父亲弃妻再娶而与母亲相依为命。他受到曾经做过国民党部队师长的父亲的牵连，到青海接受改造，却第一次经历了感情上的重创。"文革"中别人给他介绍了一位农村姑娘，但她竟是生产队长的姘头。最后他决定娶一个中年女人，女人却做过妓女而且再嫁时还要带着她的植物人丈夫。

主题是"形象和象征所包含的、经过阐释可以认识的意蕴"[①]。尽管文学理论到本世纪初已经有了长足的发展，但是，20世纪西方文学关于主题的这一释义还是有其科学性的。从以上几个主要人物经历的梳理不难发现，说《病相报告》仅仅是写了一个凄美的爱情故事以及暴露了数十年中国社会不同时期的病相实在是有些褊狭和表面化了。《病相报告》虽然以胡、江的爱情故事为核心，但它牵扯到了一系列人，其主要人物都与胡、江的爱情有着或直接或间接的联系，都从不同角度体现了胡、江之爱的正面和负面意义，但也不能简单地将其视为是对矢志不渝的爱情的歌颂，尽管作品的叙述确有让人生出歧义的理由。事实上，《病相报告》真正要表现的主题不是对爱情的歌颂，而是思考、审视，审视爱情这一人类生存境遇中的人性、人的命运。爱可以使人坚强、美丽，可以成为人的精神支柱而支撑着人度过苦难艰辛的岁月，生命因爱而具有了斑斓的色彩。想想胡方与江岚之间的痴情，韩文对江岚的爱，以及景川对那个善良的女人的行为的包容，这些是多么令人感动啊！然而爱也可以使人发狂，使人丧失理智，在给自己带来痛苦的同时也给他人带来痛苦，甚至死亡，生命因爱而变得丑陋。众多

[①] 罗吉·福勒：《现代西方文学批评术语词典》，袁德成译，四川人民出版社1987年版，第284页。

研究者都提到了胡方将江岚送给他的那个戒指始而缝进狗腿，又缝进自己的腿的情节，认为那是挚爱的明证，然而除了这一层意思外，还有没有别的含义？作家有意破坏这个爱情的守护者的形象，让这个长得很帅的男人腿上鼓起个包，走路一跛一跛的，很艰难。还有胡方初始的手淫，胡方追着那个长得很像江岚的女孩儿看，胡方变成了一只苍蝇围着江岚转，以及后来的服春药，这些都使爱情具有一种讽刺色彩。最令人深思的是胡、江之恋竟是以胡方的死和江岚又回到韩文身边而结束，这样的安排显然具有着作家的深意。小说开篇就这样描述了胡方的病态，亦是事情的结果：

> 他已经穿上衣服，但一只袖子并没有伸进胳膊，第三枚扣子扣在了第五个扣门里，衣服就在胸前壅了一疙瘩。裤子也没有完全穿好，半个屁股还露着……嘴巴明显地向左边抽，白沫就涌出来，像肥皂泡一样堆在了口角。[①]

这样的结局简直是对这场轰轰烈烈生生死死的爱情的莫大的悲哀和讽刺。爱情真的是坚硬的吗？还是根本就不堪一击？在死亡面前，任何永恒一类的词汇都失去了说服力。如此一来，那些痴情的爱恋者也就成了被情感驾驭的悲剧角色了。

景川的爱有着另外一番含义。如果说胡方的死使爱情由真实转为虚幻，景川的婚事则使爱情由浪漫转为现实。景川曾一度痴情于一个分配到青海的姑娘，但那只是一次没有结果的幻想，现实容不得他有任何的浪漫之想。于是，他的神圣的爱情动摇了：

> "得了吧，老景，你……生活上没有照料，性问题无法解决，你还是好好成家过日子吧。"
>
> 訾林的话像针一样刺了我个激灵，这是他数年来说得最好的话……訾林一下子使我陷入了困境，也就是这句话从此结束了我的单身生活。[②]

爱情在这里已经等同于日常生活，等同于性。它由美好如梦幻的天上落到了凡俗不堪的地上，实在得可见可触。景川是胡方相处得最久感情最亲密的朋友，他的爱情从另一方面补充说明了作品对爱情的释义。由此看

---

① 贾平凹：《病相报告》，上海文艺出版社2002年版，第1页。
② 贾平凹：《病相报告》，上海文艺出版社2002年版，第279页。

来,《病相报告》与其说是对爱情的赞美,不如说是一首关于爱情的挽歌。这样的结论似乎是很难让人接受的,不过显然并非无稽之谈。或许,贾平凹并不想为爱情做一个是与非的答案,而是借助于对爱情的解读书写生存的悖谬,亦即爱情的悖论意义。悖论与其说是一个概念,不如说是人类的生存方式和生存本质,它使人类处于左右为难的境地。爱情是什么?它为什么将所有的人都裹挟其中饱尝它的幸福甜美却又将人置于悲惨的境地?导致胡方之死的到底是什么?是那片春药?是朋友的帮助?是江岚的到来还是胡方自己?这样说似乎是太荒诞了,但是每一项却又都是无法否认的事实:胡方疯狂地爱着江岚却又因爱而彻底地遗弃了江岚,景川和訾林帮助胡方却又因此而害了胡方,江岚深爱胡方,江岚的到来却要了胡方的命,叶素芹的爱总是与仇恨相联系。春药本来是壮阳之物却使人一命归阴,照顾植物人丈夫的女人却是一个肮脏的妓女。小说还写了许多偶然性,比如胡方的"死"导致了江岚与韩文的结合,组织的指派形成了叶素芹与胡方的终生的悲剧,胡方与农家女的短暂而无爱的婚姻却生下了女儿冬梅,等等。这些,与其说是对社会的病相的揭露,不如说是人生的荒诞。当然,作家是将它们与不同时期的社会背景联系在一起的,这也许就是作家所说的中国民族背景了[①]。

  这样的分析是符合贾平凹近年的小说创作思路与走向的。在新时期作家中,贾平凹是很独特的,这种独特性就在于他对人、人性和人的命运的执着的探求和思考。早在20世纪80年代初期的一批中短篇小说中,贾平凹就将人生纳入了悖论的轨道,诸如《天狗》《冰炭》《好了歌》《沙地》等等。作品中的每个人都在生存的困境中挣扎,这困境是来自他人的更是来自自己的;后来的"太白系列""逛山系列"乃至书写改革的一批作品,悖论意义表现得更广泛也更深刻;20世纪90年代以来的小说创作,悖论的色彩尤为突出。这一阶段的小说,可以说从整体上构成了对人生和生存的悖论性质的集中反映。《废都》中一派繁盛景象,这繁盛却是彻底的颓废;《白夜》的题目本身就是悖论;《土门》中无论是传统还是现代都无栖身之地;《高老庄》侧重表现了传统文化的悖论;《怀念狼》从人性以及人与狼相生相克

[①] 胡天夫:《关于对贾平凹的阅读》,见贾平凹:《病相报告》,上海文艺出版社2002年版,第310页。

的关系上表现了现代人几乎无法逾越的生存困境；《病相报告》也是如此，只不过是从爱情的角度体现了人类生存的悖论性而已。它不是单纯地讲述了一个凄美的爱情故事，唱了一首矢志不渝的爱情的赞歌，21世纪的贾平凹早已不是20世纪70年代末的贾平凹了；也不能单纯地将它看作是对中国不同时期的社会病症的展示，这不符合他的艺术个性，他自己也曾说过他"不是一个政治性强的作家"①。在"伤痕文学"已经过去了二十多年人类已经进入了另一个世纪的今天，再让一个成熟作家的作品仅仅体现为歌颂或者暴露已经不大可能了——他的艺术思维和创作个性都不允许他这样做。那么，《病相报告》的"病相"是指什么呢？指人性的普遍缺陷，指人类生存的尴尬。也正因此，贾平凹的创作具有了现代性。

悖论体现出了人生的荒诞。处于悖论中的人困窘、惶惑、尴尬。现代人要与之抗争的已不再是洪水、猛兽，不再是饥饿、寒冷，也不再是社会、敌人，而是自己，是深藏在自己心灵中的人性的恶魔，以及由这个恶魔所形成的生存境遇。这头恶魔的特点是无法控制、无法评判、不可理喻，也无法逃避，人类因它绝望也依赖于它而存活。《病相报告》中的每个人都在爱情中挣扎，又都无法离开爱情。这，或许就是早已为西方小说家们所重视的现代性终极悖论吧。正是对这种终极性悖论的反映，中国当代文学才具有了最根本的现代意识，才得以与世界文学接轨。

早在1994年，贾平凹就这样谈过他的创作："人常常是尴尬地生存。我越来越在作品里使人物处于绝境，他们不免有些变态了，我认作不是一种灰色与消极，是对生存尴尬的反动、突破和超脱。走出激愤，多给沉闷的人生透一口气来，幽默由此而生。"②在《病相报告》后记中，贾平凹又这样说："与其说我在写老头的爱情，不如说我在写老头有病，与其说写老头病了，不如说社会沉疴已久。"③我认为，这里的"社会沉疴已久"不能仅仅理解为不同历史时期的政治性病相，更是指人性的普遍性疾患或人的普遍性尴尬生存，亦即悖论。而数十年中国各个时期的不同的苦难只能说从外在方面形成了人生的困境，否则书中的那种偶然性因素便不好解释。作为一

---

① 贾平凹：《四十岁说》，见贾平凹：《闲人》，作家出版社1994年版，第4页。
② 贾平凹：《四十岁说》，见贾平凹：《闲人》，作家出版社1994年版，第4页。
③ 贾平凹：《病相报告》，上海文艺出版社2002年版，第300页。

个有责任感的作家，贾平凹是一直致力于为他笔下的人物开一个药方或者指一条出路的，尤其是近年的小说创作。《废都》是一出彻底的悲剧，庄之蝶最终也没能从废都中走出去；《白夜》似乎将希望寄托在了人自身；《土门》则试图从传统文化中为病态的人们寻找出路；《高老庄》似乎是寄希望于现代文明；《怀念狼》则祈盼着人的理性；而《病相报告》呢？表面看其结局与《高老庄》极为相似，即都是逃离，但高子路是由传统文明逃到了现代文明，而江岚逃到了哪里呢？江岚的离去实质上也是回归——"'都丢了！'她说了一句，如释重负地长吁了一口气，竟然微微地笑了。'我现在该解脱了，訾林，我终于解脱了！你买一张车票，我明天得返京了。'"[①]

  这就是江岚对这场爱情的态度。江岚真的解脱了吗？如果她真的解脱了，爱情的意义何在？如果她没有解脱，爱情的价值又在哪里？何况京城里还有那个江岚不爱的韩文在。出路几乎是不存在的，只要爱情还是一种悖论。

  英国女作家伍尔夫说过这样一段话："从每个俄国大作家身上，我们都能看出宗教圣徒的风貌，俄国人的头脑既然如此广博包容，体恤不幸，头脑中酝酿的种种结论也许不可避免是极其悲哀的。更确切些，我们真不妨说，俄国人的头脑不做什么结论。他们给人一种感觉：答案是没有的；如果诚实地体察生活，生活会没完没了地提出问题，等到故事结束以后，问题一定还会留在耳边再三盘问，毫无解决的希望——就是这种感觉使我们充满了深深的（而最终可能变成怨恨的）绝望心情。"[②]这段话用于包括《病相报告》在内的贾平凹近年的小说创作是再合适不过了。或许，贾平凹小说的功能在于书写了小说应该发现的问题，在于探索，而并非在于提供答案，以及提供了什么样的答案。

  悖论与出路无缘。

三

  然而，这样说并不意味着《病相报告》主题的误读与作品本身没有关系，相反，作家与作品是有着推卸不了的责任的。

---

① 贾平凹：《病相报告》，上海文艺出版社2002年版，第297页。
② 何太宰：《现代艺术札记》，外国文学出版社2001年版，第27—28页。

在《病相报告》后记中，贾平凹明确表示《病相报告》的写作主旨是通过一个爱情故事分析人性的。他认为中国文学受民族政治情结的影响，主要分为重政治的文学和闲适的文学两大类。重政治的文学偏于道义，不满社会，干预朝事；闲适的文学则在于享受生活，幽思玄想，启迪心智。西方"当然也有这两种形态的作品，但其最主要的特点是分析人性。他们的哲学决定了他们的科技、医学、饮食的思维和方法。故对于人性中的缺陷与丑恶，如贪婪、狠毒、嫉妒、吝啬、啰唆、猥琐、卑怯等无不进行鞭挞，产生许许多多的杰作。愈到现代文学，愈是如此"。[①] 贾平凹在这段话里表述了中西文学的主要区别。中国的重政治的文学和闲适的文学虽然也都可以见出人性，但它们并不以对人性的深刻透彻的解剖为目的，在这一点上，中西文学确实大相径庭。从后记中可以看出贾平凹显然是倾心于西方文学的。《病相报告》的写作无疑是一次人性分析的实践，遗憾的是基本失败了。如果读者对贾平凹的整体创作思想和实践并不了解又忽略了那不甚引人注目的结尾的意义（那是很容易被忽略的）和后记（后记并不属于作品）的话，他能从作品中读出什么呢？一个中国人的苦难的一生？一桩至死不渝的爱情？都对。总之，情投意合、屡遭坎坷、心心相印、苦苦思念、忠贞不贰等等中国传统的爱情文学的主题词都可以用到胡方与江岚的爱情上。遗憾的是这类经典爱情的语汇在中国几千年的文化传统中早已浸满了道德意义。儒家的伦理道德不是向来提倡忠信吗？国人对爱情上的忠贞不贰不是向来赞赏有加吗？从相恋到相离，再到相思和相聚，在《病相报告》中，我们甚至可以发现一个传统经典爱情故事的脉络，就连景川和訾林的行为也具备了"见义勇为""拔刀相助"一类的道德意义。于是，胡方的死也就只能引起读者的同情和遗憾了。显然，作家的思维还未从传统的道德层面完全转换到人性分析上来，他想写成人性分析式的作品，而且也朝着这个方向做了努力，他的思想观念和思维方式却阻止他这样做。于是，创作初衷和作品的表述发生了抵牾，这就使得主题有些不伦不类了。这种情形和主题的含蓄或多义性不是一回事，其根本的区别在于前者的思维是不和谐的。

道德的书写不是不可以见出人性，但是中国传统意义上的道德叙述却

---

① 贾平凹：《病相报告》，上海文艺出版社2002年版，第304页。

不能等同于西方文学中的人性分析。前者是在既定观念主使下的外部叙述，是自觉不自觉地歌颂早已被认定的人类的一种美好的东西。在这种叙述中，人性的复杂被消解了，人物的行为在本质上成了观念的注脚。而西方文学中的人性分析却是以人为本的。它不受任何既定的框子所左右，明晰、深刻，仿佛是一把无形的刀子，将人性一层层地剥离开来，读者看到的是最深层的人性的肌理。显然，这是两种思维方式。贾平凹是一个道德感很强的作家，强烈的悲天悯人精神使他很容易在面对一出爱情悲剧时情感占上风。事实上，当他为老头的爱情故事所感动而又决心把它写出来时，就已经不可能实现他的人性分析了。因为，他无法在一个梁祝式的爱情的基础上建立一个人性分析的小说模式，而这恰恰与读者的思维方式吻合。

在《病相报告》后记中，贾平凹一再谈到他在分析了中西文学的差异后自己所取的态度。他说："我所感兴趣的是在中国民族背景下分析人的本身，即人性中的弱点和缺陷，这样的小说是简单的故事。"[①]"如果在分析人性中弥漫中国传统中天人合一的浑然之气，意象氤氲，那正是我新的兴趣所在。"[②]显然，贾平凹并不想偏执一端，而是要走出一条中西合璧的道路来。或许正是出于这种考虑，《病相报告》将胡、江的爱情故事设置在了数十年中国社会的苦难背景之下。是战争使胡方与江岚的命运发生了转折，是青海的劳动改造使胡方与江岚失去了联系，是"文革"使胡方与江岚不能谋面，是改革开放以后胡方与江岚才得以相聚。作品在不同阶段的历史时空与人物命运之间又嵌入了一些偶然性因素，使史的坚硬与人的命运的柔软更显得浑然一体。这大概就是贾平凹所说的"意象氤氲""天人合一的浑然之气"了，其实这正是贾平凹一贯的写法，本质上也是中国文学的创作规律。它来自作家的忧患意识和使命感。"中国汉民族是伟大而苦难的，又有儒家的影响，所以其政治情结和关注、忧患国家、民族的意识是中国任何作家都无法摆脱的"[③]，它可以使作品超越个人生活层面，深远、厚重，从而具有史诗般的性质，然而对史诗的追求也干扰了对人性的关注。在史的强大

---

① 贾平凹：《病相报告》，上海文艺出版社2002年版，第310页。
② 贾平凹：《病相报告》，上海文艺出版社2002年版，第304页。
③ 胡天夫：《关于对贾平凹的阅读》，见贾平凹：《病相报告》，上海文艺出版社2002年版，第310页。

下,人生被分割成了一个个可供把握的历史事件,人性也因此被分门别类。即使最伟大的爱情,也成了历史的有倾向性的评注。这样一来,读者从《病相报告》中解读出对不同时期社会病相的揭露也就很自然了。

史诗情结使贾平凹没能写出一个"简单的故事"①。尽管"人物统一以第一人称说话"②的方法确实"将一切过渡性的部分全部弃去"③,小说仍然显得繁复细密。须知"简单的故事"并不完全取决于形式。中国作家的文化负载和心理负载都太沉重了,道德修养、忧患意识、经国之业、不朽盛事,这些使得文学总是徘徊在政治的、历史的、道德的、修养的层面,而今在那本来就过于沉重的负载上恐怕还得加上一个市场观念。小说界不是在普遍追求好听的故事吗?读者不是已经被奉为天经地义的上帝了吗?这一切都决定了中国文学永远习惯于做外在的叙述。人性分析是明晰,是透辟,是无顾虑,是以人为本。它与其说是文体风格,不如说是思想观念、思维方式。

早在1994年,贾平凹就明确谈到了他对中国文学与世界文学的关系的看法。他认为:文学固然是本民族的,但更是整个人类的,"'越是民族越是世界'的言论,关键在这个'民族'是不是通往人类最后相通的境界中去"④。近年来,他一直在从事着中国文学如何走向世界文学的探索,这探索带给读者的更多的却是迷惑。这迷惑固然有读者自身的原因——在这个喧嚣杂乱的世界里,人们的思维已经变得越来越简单了,耐心也变得越来越少。有谁还会耗时费力地去思考一部小说的精神的全部复杂性呢?而实用的浅薄的思维却越来越普遍。"对于我们时代的精神来说,有理的要么是安娜要么是卡列宁;塞万提斯给我们讲知的困难和真理的难以捕捉这一古老的智慧却被看作讨厌和无用。"⑤更主要的还在于探索者本身的局限。贾平凹积累多年的经验得出要学习西方关键是要转换思维,要有人类意识,但人类意识如何体现呢?思维又如何转换?他的想象力为"高老庄"浑浑噩噩的现实生活所束缚,只能重复地书写一些不再新鲜的情节、细节;他意

---

① 贾平凹:《病相报告》,上海文艺出版社2002年版,第302页。
② 贾平凹:《病相报告》,上海文艺出版社2002年版,第302页。
③ 贾平凹:《病相报告》,上海文艺出版社2002年版,第302页。
④ 贾平凹:《四十岁说》,见贾平凹:《闲人》,作家出版社1994年版,第2页。
⑤ 何太宰:《现代艺术札记》,外国文学出版社2001年版,第263页。

识到了乡村都市化这一全球发展趋势,都市却没能为他提供现代文明的现实;他想表达生态平衡这一人类思想,却又没有切身的生活体验。这一次,他想通过爱情这一永恒主题探讨人性,又缺乏足够的现代理性。于是,他只能重复和借助已有的生活积累,只能在不伦不类的寓言中游戏,只能在传统与现代之间苦苦挣扎。看起来,光靠"转化"是不行的,"黏合"更为拙劣。也许,应该放弃一些,沉入"存在"中去,如布洛赫所说,去"发现只有小说才能发现的"[①]东西。

[原载《宁夏大学学报(人文社会科学版)》2005年第4期]

---

① 何太宰:《现代艺术札记》,外国文学出版社2001年版,第253页。

附录

研究总目

YANJIU ZONGMU

《白夜》卷

贾平凹：《白夜》，华夏出版社 1995 年版。

费秉勋：《追寻的悲哀——论〈白夜〉》，载《小说评论》1995 年第 6 期。

韩鲁华：《平平常常生活事，自自然然叙述心——〈白夜〉叙事态度论》，载《小说评论》1995 年第 6 期。

石杰：《烦恼即菩提：有意选择而无力解脱——读贾平凹长篇小说〈白夜〉》，载《唐都学刊》1996 年第 1 期。

旷新年：《从〈废都〉到〈白夜〉》，载《小说评论》1996 年第 1 期。

韩鲁华：《视角 场面 人物——〈白夜〉叙述结构分析》，载《锦州师范学院学报（哲学社会科学版）》1996 年第 4 期。

杨胜刚：《〈白夜〉经典性述评》，载《柳州师专学报》1997 年第 3 期。

陈绪石：《〈白夜〉，〈废都〉的延续与变异》，载《九江学院学报（社会科学版）》1998 年第 1 期。

郭惠芳：《隐逸与逃遁——论〈废都〉、〈白夜〉、〈土门〉中知识分子形象的特征》，载《郑州大学学报（哲学社会科学版）》1998 年第 6 期。

许爱珠：《"说话"小说：民族化的现代小说形式探索——以〈白夜〉和〈高老庄〉为例》，载《江汉论坛》2009 年第 3 期。

王烈琴：《读者反应视角下〈白夜〉中"夜郎"形象解读》，载《小说评论》2012 年第 3 期。

丁亚玲、周超、蔡彦：《一座城市的荣耀及困境——解读〈废都〉、〈白夜〉的城市文化建构》，载《长春工业大学学报（社会科学版）》2014 年第 3 期。

韩鲁华：《〈白夜〉〈怀念狼〉重读札记》，华夏出版社 2017 年版。

《土门》卷

贾平凹：《土门》，春风文艺出版社 1996 年版。

邢小利、仵埂、阎建滨、李建军、孙见喜、王永生、贾平凹：《〈土门〉与〈土门〉之外——关于贾平凹〈土门〉的对话》，载《小说评论》1997年第3期。

孟繁华：《面对今日中国的关怀与忧患——评贾平凹的长篇小说〈土门〉》，载《当代作家评论》1997年第1期。

石杰、石力：《〈土门〉：文化的审视及抉择》，载《锦州师范学院学报（哲学社会科学版）》1997年第4期。

钟本康：《世纪之交：蜕变的痛苦与挣扎——〈土门〉的隐喻意识》，载《小说评论》1997年第6期。

石杰：《土地——生命之根——重读〈土门〉》，载《锦州师范学院学报（哲学社会科学版）》1998年第2期。

于红、胡宗锋：《乡村守卫者的悲歌——读〈土门〉与〈德伯家的苔丝〉》，载《小说评论》2003年第1期。

李晶：《心灵化批评传统在〈土门〉评点本中的继承与发扬》，载《萍乡高等专科学校学报》2007年第1期。

张雨：《异域影响与现实叙事——评贾平凹〈土门〉〈高老庄〉〈怀念狼〉的创作得失》，载《重庆科技学院学报（社会科学版）》2009年第5期。

王昱娟：《无处归抑或不想归？——从〈土门〉到〈高兴〉的"乡土"变迁》，载《青年文学家》2010年第19期。

张家平：《关注现实题材的转型之作——〈土门〉新论》，载《湖北经济学院学报（人文社会科学版）》2015年第4期。

《病相报告》卷

贾平凹：《病相报告》，上海文艺出版社2002年版。

王仲生：《叙述密度与意象空间——〈病相报告〉的一种解读》，载《西安建筑科技大学学报（社会科学版）》2003年第2期。

张亚斌：《报告现实社会生活的种种病相——贾平凹小说〈病相报告〉的艺术文化学解构之一》，载《西安建筑科技大学学报（社会科学版）》2003年第4期。

席忍学：《论〈病相报告〉的现代主义特色》，载《商洛师范专科学校学报》2003年第2期。

张亚斌：《报告现实社会生活的种种病相——贾平凹小说〈病相报告〉的

艺术文化学解构之二》，载《西安建筑科技大学学报（社会科学版）》2004年第2期。

徐巍：《一曲"复调"的爱情悲歌——关于贾平凹〈病相报告〉的报告》，载《当代文坛》2004年第3期。

石杰：《在传统与现代之间挣扎——论〈病相报告〉主题的误读及贾平凹小说创作与接受的困境之因》，载《宁夏大学学报（人文社会科学版）》2005年第4期。

王燕：《试析贾平凹小说中疾病的意象——以〈怀念狼〉、〈病相报告〉为例》，载《湖北函授大学学报》2014年第8期。

董然：《复调视野下的〈病相报告〉》，载《商洛学院学报》2015年第3期。